KB253213

魔劍轉生
Natasha Friebahh

Knight Reload

마검전생

FANTASY FRONTIER SPIRIT
김재한 판타지 장편 소설

마검전생 6

김재한 퓨전 판타지 소설

초판 1쇄 찍은 날 § 2010년 11월 26일
초판 1쇄 펴낸 날 § 2010년 12월 3일

지은이 § 김재한
펴낸이 § 서경석

편집팀장 § 서지현
편집책임 § 박우진
편집 § 주소영 · 어정원

펴낸곳 § 도서출판 청어람
등록번호 § 제1081-1-89호
등록일자 § 1999. 5. 31
어람번호 § 제1-1204호

주소 § 경기도 부천시 원미구 심곡2동 163-2 서경B/D 3F (우) 420-822
전화 § 032-656-4452 팩스 § 032-656-4453
http://www.chungeoram.com
E-mail § chungeoram@chungeoram.com

6
도서출판 처럼
마검전생(魔劍轉生)
김재한 판타지 장편 소설
FANTASY FRONTIER SPIRIT
Knight Reload
마검전생

Contents

CHAPTER 28
베이런 크로네스

마검전생

마검전생

1

　음습한 분위기를 풍기는 실험실 안에서 거품이 끓어오르고 있었다.

　인간을 담고 있는 커다란 유리관의 푸른 액체가 부글거리고, 그 속에 있던 인간의 형체가 흔들린다. 기포가 수면까지 올라가 터질 때마다 푸른 액체의 양이 줄어들어 가고, 이윽고 공기가 들어찬 관 속에서 누군가 조용히 숨을 토해냈다.

　"후우."

　"그게 최후의 하나입니까?"

　그렇게 물은 것은 유리관 앞에 앉아서 책을 읽고 있던 남자였다. 회색 머리칼에 붉은 눈동자를 가진, 수많은 이들의 증오를 한 몸에 받는 희대의 살인마 베이런 크로네스.

"그렇지."

대답은 두 사람에게서 들려왔다.

관 속에 있는 누군가와 그 옆에서 걸어나오는 아이오네스에게서.

놀랍게도 둘의 목소리는 한 치의 오차도 없이 맞아떨어지고 있었다. 아무리 연습을 해도 그렇게 할 수 있을까 싶을 정도로 완벽하게 똑같은 높낮이와 호흡으로 울려 퍼진다.

"프로토 오크의 곁에 둘 것은 이것으로 충분하지. 그가 분노해서 이 육체를 갈가리 찢는다고 해도 아무것도 변하지 않아."

아이오네스가 웃는다.

관 속에 있는 존재도 웃는다.

아이오네스와 함께 웃고 있는 것 역시 아이오네스였다. 온몸이 물에 젖고 알몸이라는 것이 다를 뿐, 하나부터 열까지 아이오네스와 똑같은 모습을 하고 있었다.

이것은 아이오네스가 오크들에게 전해주지 않은 흑마법의 비의 중 하나였다. 예전, 리할드 왕국에서 복수심을 품은 자들 셋을 하나의 정신으로 묶어 강력한 힘을 발휘하는 흑마법사로 만들었던 실험으로 얻은 힘이다.

"동기화는 완벽한 것 같군."

아이오네스가 흡족한 듯이 말하는 순간, 유리관 속의 그와 밖의 그가 서로 다른 존재가 되었다. 서로 다르게 호흡하고, 서로 다른 곳을 바라보고, 서로 다른 말을 할 수 있게 된 것이다.

그러나 그것은 둘 다 아이오네스이기도 했다. 하나의 육체를 다루는 것도 버거워하는 보통 인간들과 달리, 아이오네스는 여러 개의 육체를 동시에 다룬다. 그리고 그만큼 정신의 용량을 확장시켜서 한 번에 여러 가지 생각을 하고, 여러 가지 것을 보고 느끼며, 여러 가지 말을 할 수 있는 거대한 통합체로서 활동하는 것이다.

지금 이 순간에도 아이오네스의 또 다른 육체가 먼 곳에서 활동하고 있었다. 아이오네스는 자신의 다른 육체가 보는 풍경을 음미하면서 미소 지었다.

그러다가 문득 베이런에게 물었다.

"그런데 무슨 책을 보고 있는 건가?"

"지난번에 황도에서 구해다 주신 책이지요."

베이런이 책을 들어서 표지를 보여주었다. '칠흑의 악마에 대하여'라는 제목을 가진 그 책은 황도의 학자가 쓴 베이런에 대한 책이었다.

"제 행적을 타인의 시각으로, 왜곡과 정치적인 의도를 듬뿍 담아서 집필한 책이라는 것도 꽤 볼만하군요. 보면서 피식피식 웃게 되는 게 아주 대단합니다."

"나 같으면 낯 뜨거워서 못 볼 것 같은데, 자네도 취향이 특이하군."

"그때의 일을 제국에서 어떻게 생각하고 있을지 흥미가 있었으니까요. 구해주신 책들은 거의 다 봤는데, 정말이지 신선한 즐거움이 있습니다."

베이런은 쿡쿡 웃으며 책을 덮었다. 그리고 허공을 올려다보며 옛일을 떠올렸다.

2

20년 전.

바이더스 제국은 공포에 질려 있었다.

대륙에서 가장 넓은 영토를 가졌고, 건국 후 몇 번이나 대륙통일의 꿈을 꾸었던 이 나라가 공포에 떨고 있는 이유는 믿을 수 없게도 단 한 명의 기사 때문이었다.

기나긴 인간의 역사, 그리고 소드 마스터의 역사 속에서 유일하게 검은 오러 블레이드를 다루는 남자 베이런 크로네스.

칠흑의 악마라고 불리는 그 희대의 살인마는, 공식적인 대련에서 패배했다는 이유로 자신을 죽이려고 한 바이올 공작가의 후계자를 시작으로 수천 명의 인간을 죽였다. 귀족도, 평민도, 노예도 가리지 않았고 마법사도, 성직자도, 소드 마스터까지도 아무 거리낌 없이 베어 넘겼다.

그렇게 쌓아올린 시체의 숫자가 수천 명에 이르렀을 때, 황제는 제국의 전력을 집중해서라도 그를 막아야 한다는 결단을 내렸다. 단 한 명의 인간을 잡기 위해 제국의 핵심전력이 방대한 영토를 가로질러 한자리에 집결했던 것이다.

제국 황도를 방어하는 네 개의 요새 중 하나, 동쪽의 아즈발트.

그곳이 베이런 크로네스의 전설이 종결되었던 장소였다.

투두두두두두!

마법의 섬광이 비처럼 쏟아졌다. 113명의 마법사가 끊임없이 쏟아붓는 섬광. 수천 명을 상대할 수 있을 그 힘은 어처구니없게도 단 한 사람을 표적으로 삼고 있었다.

마법사들이 구성한 거대한 포위망 안에는 검은 어둠의 구체가 자리했다. 엄청난 속도로 진동하고 있는 그 구체는 끊임없이 쏟아지는 마법을 모조리 막아내고 있었다.

폭우처럼 쏟아지던 마법이 멈칫하면 그때부터는 한차례 휴식을 취한 소드 마스터들이 달려들었다. 122명의 성직자의 가호를 받고 있는 열아홉 명의 소드 마스터는 쉬지 않고 차륜전을 벌여서 베이런 크로네스의 힘을 소진시켜 갔다.

그야말로 자존심이고 긍지고 모조리 내팽개친 전법이었다. 처음 이 전법을 사용하기로 했을 때 소드 마스터들의 반발은 대단했다. 하지만 전투 개시 후 네 시간이 지난 지금 불만을 이야기하는 자는 아무도 없었다. 그들은 베이런을 요새의 마탑 시스템까지 동원해서 만든, 표적의 생명력을 빼앗고 특수한 인력을 발생시켜 중앙으로 몰아넣는 마법진 속에 끌어들이고 몰아쳤는데도 전혀 승기를 잡지 못한 것이다.

처음에 이 작전에 참여한 소드 마스터의 수는 스물두 명. 도저히 질 수 없는 싸움을 벌였는데도 불구하고 베이런은 세 명의 소드 마스터를 쓰러뜨렸다. 그것도 보통 인간을 집어넣으면 30초도 되지 않아서 생명력을 전부 빼앗기고 미이라가 되어버리는 마법진에 사로잡힌 채로!

'어떻게 버틸 수가 있는 거야!'

마법사들은 모두 속으로 비명을 지르고 있었다.

이 작전에는 9서클을 수행하는 황실마법사 드리온과 팔카드가 함께하고 있었다. 그리고 7서클 이상을 수행하는 고위 마법사도 무려 70명 이상이었다.

이 정도면 한 나라를 상대해도 손쉽게 압도할 수 있는 무시무시한 마법 전력. 적이 대규모 병사들이 아니었기에 그들은 온갖 심오한 마법들을 베이런을 상대로 사용하고 있었다. 감각을 흐트러뜨리고, 에너지의 균형을 무너뜨리고, 공간을 뒤흔들고, 타 차원을 경유하여 영혼에 접촉하는 등 수백 가지도 넘는 방법의 공격들이 이루어졌다.

그런데도 베이런은 그 모든 것을 몸에 두른 어둠으로 막아내며 버티고 있었다. 심지어 요새 전체의 마력순환 시스템이

동원된 생명력 흡수 마법진조차도 그에게서는 거의 힘을 뽑아내지 못했다.

파바바바밧!

초진동 오러 블레이드가 격렬하게 맞물리며 공간이 진동했다. 푸른 초진동 오러 블레이드와 검은 초진동 오러 블레이드. 둘 다 초당 수만 번이나 회전하는, 이 세상에 가르지 못할 것이 없는 무적의 검.

"정말 끈질기군."

제국 최강의 3기사 중 하나인 리베이드 알루미아스가 이를 갈았다.

올해로 48세가 된 그는 명문 무가인 알루미아스 백작가의 셋째로 태어나서 소드 마스터 속성법이 아닌 순수한 검술을 탐닉한 끝에 소드 마스터가 된 이였다. 다른 소드 마스터들을 압도하는 그의 기량이 지난 네 시간 동안 소드 마스터들의 희생을 세 명으로 막을 수 있었던 원인이었다.

흩어지는 어둠 저편에서 베이런이 말했다.

"지긋지긋하다, 너희들은."

소드 마스터들은 쉴 새 없이 주변을 돌면서 공격을 퍼부어대고 있었다. 변화무쌍한 오러 블레이드를 이용, 360도 전부에서 쏟아지는 연격은 신이라고 해도 완전히 피해낼 수 없는 것이었다.

성가시게도 그들 중에는 순수하게 자신의 기량만으로 소

드 마스터가 된 이들이 네 명이나 섞여 있었고, 소드 마스터 속성법으로 만들어졌으면서도 그들의 가르침을 받아서 회전기까지 깨달은 자들도 세 명이나 있었다. 거기에 113명의 신관이 해일처럼 퍼부어대는 신성 마법의 가호는 그들의 능력을 폭증시켰고, 베이런을 표적으로 날려대는 저주의 힘은 잠시라도 정신을 놓는 순간 영혼을 수천 조각으로 찢어놓을 것만 같았다.

리베이드가 외쳤다.

"베이런 크로네스! 어째서 이런 힘을 갖고 타락하였느냐?"

"이 나라가 타락하였기 때문이다. 아니, 이 세상 전부가 마찬가지다. 너무나도 권태로워서 참을 수가 없구나. 오로지 너와 검을 맞대고 있는 이 순간만이 열기라는 것을 느끼게 해준다, 리베이드."

베이런은 리베이드와 말을 나누는 와중에도 끝없이 오러 블레이드와 오러 디펜더를 전개하여 모든 공격을 막고, 흘리고, 되돌리고 있었다. 소드 마스터들은 사제들의 가호에 의존하여 톱니바퀴처럼 맞물리는 연격을 퍼부었으나, 자신의 공격이 상대에게 닿기는커녕 오히려 되돌아오는 것을 보며 기겁해야 했다.

파지지지직!

리베이드와 베이런의 검이 다시 격돌했다. 이 전장에서 오로지 리베이드만이 초진동 오러 블레이드로 베이런과 정면

대결을 벌일 수 있었다.

"억울한 일을 당했다면 원한을 갚는 것으로 그쳤어야 할 것을! 죄없는 인간 수천 명을 학살하고 황실에 검을 들이대다니!"

"죄없는 인간 따윈 없다. 부하의 죄는 곧 주인의 죄, 백성의 죄가 곧 군주의 죄이니 이런 나라의 정점에 앉아 있은 것 자체가 곧 죄다."

베이런은 한마디도 지지 않고 받아쳤다.

이전까지 그는 평범한 기사였다. 제국 동부의 아이렌 기사단에 소속되어, 무뚝뚝하고 인간관계가 좁긴 하지만 전장에 나설 때마다 빼어난 무용을 자랑하며 동료들의 신뢰를 받았다. 다들 아이렌 기사단에서 가장 검술이 뛰어난 자가 누구냐고 물으면 베이런을 꼽았다.

22세의 젊은 나이로 아이렌 기사단의 단장으로 부임한 바이올 공작가의 후계자 아르젠은 검술의 천재라고 불리던 이였다. 제국에서 가장 유명한 검술 유파 중 하나인 아르나타를 극한까지 연마하여 아르나타 연맹에서 마이스터의 칭호를 받았으니 그 천재성을 알 만했다. 비록 소드 마스터는 아니었지만 그는 자신의 검술에 자신감이 대단했고 그것을 공식적으로 드러내어 주목받길 즐기는 과시욕이 강한 성격의 소유자였다.

아르젠은 단장으로 부임하자 기념식을 열고, 여흥이라면

서 아이렌 기사단의 기사들 중 검술이 뛰어나다고 이름난 이들을 모아 대련을 벌였다. 기사들은 하나같이 그 앞에서 얼마 버티지 못하고 패배를 맞이했는데, 이것이 실제 실력으로 압도당한 결과인지 아니면 알아서 기어준 것인지는 알 수 없다.

문제는 마지막 상대였던 베이런이 단 일합으로 아르젠을 꺾었다는 것이다.

그때 기념식장에는 숨막힐 듯한 정적이 흘렀다.

거기서 조용히 물러났으면 좋았으련만, 아르젠은 얼굴을 붉히며 다시 대련할 것을 요구했다고 한다. 그리고 이번에도 단 일합으로 꺾였다.

기념식장에는 찬바람이 불었고 베이런은 싸늘한 경멸의 시선을 아르젠에게 남기고는 그 자리를 떠나갔다. 웅성거리는 사람들 속에서 아르젠은 증오의 불길을 태웠고, 바로 다음 날 베이런의 숙소에는 있어서는 안 되는 두 가지가 있었다. 하나는 독약, 또 하나는 암살자.

숙소에 하인이 가져다 둔 물병에는 독약이 들어 있었고, 문 밖에는 암살자들이 대기하고 있었다. 베이런이 물을 마시는 것을 본 암살자들은 의기양양해서 숙소 안으로 들어갔고, 그리고 비명조차 지르지 못하고 쓰러졌다.

베이런은 암살자들에게 배후를 들은 뒤 죽였다. 그리고 아무도 모르게 움직여서 하인들을 붙잡아 하나하나 죽여가며 진위를 확인했다.

마침내 암살의 배후가 아르젠임을 확신한 그는 싸늘한 미소를 지은 채 기사단장의 거처로 쳐들어갔다. 아주 당당하게 정문으로 들어간 그는 경비병들을 포함해서 가로막는 인간들을 모두 죽였고, 한참 여자와 뒹굴고 있던 아르젠을 끌어내서 만인이 보는 앞에서 목을 쳤다.

그 이후 그는 덤벼들던, 자신의 동료였던 자들을 모조리 죽여 버리고 그곳을 떠났다. 하지만 행적을 굳이 숨기려고 하지 않았기 때문에 그를 붙잡기 위해 병력이 파견되었고, 그리고 그 모든 이들이 죽었다.

그렇게 수천 명을 죽인 후에 베이런이 도달한 곳이 바로 이곳이었다.

콰아아아아아아!

폭음과 함께 소드 마스터 한 명의 몸이 갈가리 찢겨 나갔다. 생명력을 흡수하는 마법진 위에서 네 시간이나 싸웠는데도, 113명의 마법사가 마법을 쏟아부었고 122명의 성직자가 뒤를 받쳐 주고 있으며, 스무 명 이상이 합공을 하고 있는데도 소드 마스터들은 베이런에게 상처를 입히지 못하고 희생을 내고 있었다.

리베이드는 치솟는 의문을 견딜 수 없어서 물었다.

"왜 소드 마스터임을 숨겼나, 베이런?"

"글쎄. 너희들이 하찮아 보였기 때문이었겠지."

그때까지 알려지지 않았지만, 놀랍게도 베이런은 소년 시절에 소드 마스터를 세 명이나 죽인 적이 있었다. 어렸을 때부터 이상한 정신세계를 갖고 있었던 그는 몬스터 토벌을 위해 본대와 떨어져 단독으로 행동하고 있던 소드 마스터들을 찾아서 기습, 그들을 죽여서 없애 버렸던 것이다.

베이런이 소드 마스터가 된 것은 고작 열세 살 때의 일이었다. 은퇴한 소드 마스터에 의해 만들어진 소드 마스터.

베이런의 양부는 영지 분쟁 때 소드 마스터 양산법을 통하지 않고 자력으로 소드 마스터가 된 이와 결투를 해서 한 팔을 잃고 은퇴하게 되었다.

그때부터 그는 진짜 소드 마스터를 만드는 데 집착하기 시작했다. 자식들을 아무리 몰아쳐도 싹수가 보이지 않자 재능이 있어 보이는 아이 500명을 사들여서 지옥과도 같은 훈련을 시켜 소드 마스터를 만들고자 했다. 아이들은 서로 싸우고, 교관과 싸우고, 그와 싸워가며 검술을 연마했다.

그리고 아이들의 수가 100명 이하로 줄어들었을 무렵 베이런은 소드 마스터가 되었다.

소드 마스터가 된 베이런이 제일 처음 한 일은 양부를 죽이는 일이었다. 양부를 죽이고, 그 가족을 몰살시키고, 자신의 동료였던 아이들까지 모조리 죽인 후에 자취를 감추었다. 설마 이 거대한 학살극이 열세 살 소년에 의해 벌어졌을 거라고는 아무도 생각하지 못했고, 그래서 베이런이 열다섯 살이 되어 또 제국 서쪽 끝에서, 그리고 동쪽 끝에서 각각 한 명씩의 소드 마스터를 죽였을 때도 그의 존재를 아는 이는 아무도 없었다.

도합 세 명의 소드 마스터를 죽인 베이런은 소드 마스터임을 숨기고 제국 기사가 되었다. 병사로 활약하고, 우연인 척 가장해서 귀족의 목숨을 구하니 손쉽게 기사로 서임될 수 있었다.

그가 그렇게 한 이유는 알 수 없다. 다만 아르젠이 그의 내면에 쌓여 있던 파멸적인 권태를 촉발시킨 것만은 분명했다. 아르젠이 그를 암살하려고 했을 때, 아니, 아르젠과 검을 마주했을 때부터 그는 모든 것을 포기해 버렸던 것이다.

그 결과 그는 이 순간의 즐거움을 얻었다.

콰아아아아!

또 한 명의 소드 마스터가 죽었다. 아무리 리베이드가 분전해도 베이런에게는 여력이 넘쳐흘렀다. 전방위에서 날아드는 모든 공격을 막고, 조금이라도 틈이 생길 때마다 한 명씩 죽이고 있었다.

"소드 마스터들, 물러난다! 마법사들 공격 개시!"

두 명의 소드 마스터를 추가로 잃은 리베이드가 후퇴를 명했다. 그러나 그때 베이런이 차갑게 웃었다.

"안 되지. 마법사들의 공격에는 이미 물렀다."

베이런이 웃었다. 그의 몸을 감싼 어둠이 더욱 짙어졌다.

동시에 그의 오러 디펜더가 분리되기 시작했다. 한 겹, 두

겹, 세 겹… 그렇게 얇게 분리된 것으로도 모자라서 표면에
금이 가더니 수십 조각으로 나뉘어져 사방으로 폭발하듯이
퍼져 나갔다. 조각조각으로 나뉜 오러 디펜더들이 확장되면
서 서로 겹치는 순간, 그 지점에는 모든 빛을 지워 버리는 시
커먼 어둠이 출현하면서 무시무시한 힘의 폭풍이 몰아쳤다.

콰콰콰콰콰콰!

"이, 이건 대체……!"

포위진을 총지휘하고 있던 황실마법사 팔가스가 경악했
다. 소드 마스터가 이토록 광대한 범위에 걸쳐 힘을 폭발시킬
수 있다니, 직접 보면서도 믿을 수가 없었다.

다행히 그들에게는 베이런의 탈주를 막기 위한 33겹의 방
어 결계가 있었다. 일부 마력이 역류하는 바람에 몇 명의 마
법사와 성직자들이 피를 토하며 쓰러지기는 했지만 아직 이
쪽의 우세는 굳건했다.

하지만 그것은 팔가스의 생각일 뿐이었다.

"크으으으윽……."

폭발의 한가운데서 신음이 울려 퍼졌다. 베이런의 검에 찔
린 리베이드의 입에서 흘러나온 소리였다.

베이런이 히죽 웃었다.

"즐거웠다, 리베이드."

폭발의 순간, 베이런은 주저없이 리베이드에게로 달려들
었다. 리베이드 역시 역전의 용사라 당황하지 않고 검을 휘둘

렀지만 폭풍에 밀려나는 기세가 그에게 치명적인 허점을 만들었다. 그 사실을 깨달은 순간, 리베이드는 방어를 도외시하고 반격을 날렸고, 베이런의 검이 그의 심장을 꿰뚫었다.

"분하… 다……!"

쾅!

그 말과 함께 그의 몸이 산산조각 났고, 빛의 폭풍이 휘몰아쳤다. 초진동 오러 디펜더로 빛의 폭풍을 뿌리친 베이런이 휘청거렸다. 괴물처럼 강한 모습을 보여왔지만 네 시간 이상이나 절대적으로 불리한 상황에서 싸워온 그도 많이 지쳐 있었다. 그리고 리베이드가 목숨을 도외시하고 날린 마지막 일격은 그의 옆구리를 관통하면서 깊은 상처를 남겨주었다.

베이런이 웃었다.

"큭큭, 정말이지 나잇값 하는군."

그때였다. 앞쪽에서 섬광이 번뜩였다.

파아아아아!

질풍처럼 달려들던 검광이 바로 눈앞에서 폭발, 세 줄기로 갈라지면서 상중하단을 동시에 노렸다. 베이런은 검을 세워 그것을 받아내며 뒤로 후퇴했지만 그 순간 모래먼지를 뚫고 돌격해 오는 기사가 있었다.

파지지지직!

초진동하는 두 개의 오러 블레이드가 서로 맞부딪쳤다. 베이런은 균형을 잡지 못하고 뒤로 주르륵 밀려났지만 기사의 안색은 새하얗게 질려가고 있었다. 베이런의 움직임을 묶을 생각으로 검을 맞부딪쳤건만 진동수가 세 배 이상 차이 나는 것이 아닌가? 검을 서로 밀고 있는 것만으로도 오러 디펜더가 흩어지면서 내상을 입을 줄이야.

그가 피를 토하며 외쳤다.

"지금이다!"

베이런은 오싹한 위협을 느꼈다. 정면에 검을 묶인 상태에서 좌, 우, 그리고 뒤쪽에서 세 명의 기사가 달려들고 있었다. 그들 모두 소드 마스터 속성법을 거치지 않은, 스스로의 힘으로 진동의 묘리에 도달한 진정한 소드 마스터들. 지치고 부상까지 입은 상황에서 날아드는 그들의 공격은 충분히 위협적이었다.

베이런은 급히 오러 블레이드를 사방으로 뻗어내고, 오러 디펜더를 응집시켜서 그들의 공격에 대응하려고 했다. 오른쪽과 뒤쪽에서 날아들던 공격은 그것으로 저지하는데 성공, 하지만 좌측에서 달려들던 이는 멈추지 않았다.

"베이런 크로네스!"

그 목소리가 베이런을 흠칫하게 했다.

얼굴 반쪽이 피투성이가 된 채, 하나밖에 남지 않은 자수정빛 눈동자를 악귀처럼 불태우는 여기사가 달려들고 있었다. 초고속으로 회전하는 오러 디펜더를 응축, 폭발시켜 후방으로 방출함으로써 베이런의 예측을 뛰어넘는 가속력을 얻은 그녀는 혼을 불사르는 듯한 찌르기를 날렸다. 그녀의 청백색 오러 블레이드가 새카만 오러 디펜더와 접촉하고, 그리고…….

파학!

마침내 검이 베이런의 몸을 관통했다.

"…이런, 정말로, 닿았군."

베이런은 어처구니없다는 듯 웃었다.

여성 소드 마스터의 검은 리베이드가 남겨준 상처를 더욱 깊숙이 관통했다. 하지만 베이런은 당장 숨이 끊어져도 이상하지 않은 부상을 입었으면서도 눈을 부릅떴다.

콰아아앙!

응축된 힘이 폭발하면서 달라붙었던 소드 마스터들이 모조리 날아가 버렸다. 그 직후 베이런은 울컥 피를 토하면서 그 자리에 주저앉았다. 출혈은 오러 디펜더로 막아두긴 했지만, 아무리 봐도 오래 버틸 수 있는 부상이 아니었다.

"후후. 찰나의 희열에 몸을 던진 부나방 같은 신세인가. 그래, 그 눈부심을 견디지 못하고 몸을 던졌으니 불타 사라지는 것을 받아들여야겠지. 하지만……."

말과 동시에 그의 어깨 위에서 두 개의 어둠이 일어나 휘둘러졌다. 나가떨어지자마자 다시 달려들었던 소드 마스터 두 명은 예상치 못한 각도에서 날아드는 그 공격을 피하지 못했다.

콰아아아아아!

폭발하던 빛이 기이한 움직임을 보이기 시작했다. 베이런이 두른 어둠이 확장되면서 그 속으로 빨려 들어가는 것이 아닌가? 마치 어둠으로 이루어진 괴물이 그것을 집어삼키기라도 하는 것처럼.

"베이런!"

여성 소드 마스터가 절규하며 달려들었다. 청백색 빛의 칼날과 어둠의 칼날이 맞부딪치며 충격파가 튀었다. 두 사람의 몸이 잠시 흔들렸지만 금세 균형을 회복하고 무시무시한 속도로 검격을 주고받기 시작했다.

베이런이 말했다.

"이름을 말하라, 적이여."

"나타샤 프리바흐! 여기서 네놈을 죽인다!"

나타샤는 한쪽 눈을 잃는 바람에 시야의 사각지대가 생겼고, 베이런은 그 약점을 적극적으로 활용하여 한쪽으로 이동하면서 나타샤를 몰아붙이고 있었다. 하지만 그럼에도 불구하고 나타샤는 베이런의 검격에 입는 부상을 최소한으로 줄이면서 잘 받아냈다.

"시간이 좀 더 있었다면 좋았을 것을. 역시 어떤 천재에게도 시간은 필요한 법인가."

베이런은 애석하다는 듯 중얼거렸다. 나타샤가 오싹함을 느끼는 순간, 베이런의 검이 지금까지보다 두 단계는 빠르게 움직였다. 어떤 조짐도 없이 중간부터 급가속하는 그 검격에 나타샤는 반응할 수 없었다.

파아앙!

충격파가 터지면서 나타샤의 검이 날아가 버렸다. 그리고 맨손이 된 나타샤의 오러 디펜더를 해체하면서 베이런의 손이 날아들었다. 나타샤는 반사적으로 주먹을 날렸지만 소용없었다. 그 공격이 간단하게 뿌리쳐지면서 베이런의 손이 나타샤의 얼굴을 움켜쥐었다.

"으윽……."

"내가 10년만 더 기다릴 수 있었다면, 너는 리베이드를 능가했을지도 모른다."

베이런의 으르렁거림과 함께 어둠이 확장되어 갔다. 어둠이 나타샤를 휘감으면서 이빨을 드러냈다. 분출하던 나타샤의 오러가 급속도로 꺼져 가면서 베이런의 어둠이 그 공백 속으로 파고들었다.

나타샤는 비명을 질렀다. 오러가 채우고 있던 내면을 타인의 힘이 침범하는 상황이라니, 이런 것은 상상조차 해보지 못했다.

"하지만 시간이 없으니 여기서 나의 먹이가 되어라."

악몽 같은 베이런의 목소리와 함께 나타샤의 오러가 바닥까지 짓눌렸다.

두근.

그 순간 나타샤는 보았다. 항상 충만하던 오러의 군집, 그 밑바닥에 존재하는 끝이 보이지 않는 무저갱 같은 어둠을. 대해처럼 거대하다고 생각했던 오러의 힘이 초라해 보일 정도로 광활하고 두려운 공허가 그녀를 맞이하고 있었다.

'아아아아아아아……!'

공포에 질린 나타샤의 의식이 마침내 경계선을 넘어 나락 속으로 빠져들어 갔다. 공기가 없는 물 속에서 익사해 가는 듯한 감각에 나타샤가 괴로워했다. 하지만 그녀를 침식한 베이런의 어둠은 인정사정없었다. 그녀의 의식을 밑바닥에 처박고 모든 것을 강탈하려 하고 있었다.

갑자기 모든 것이 단절되었다.

아무것도 보이지 않는다.

아무것도 느껴지지 않는다.

자신이 누구도 발견하지 못할 무한의 어둠 속에 버려졌다는 아득한 절망감이 밀려들어 왔다. 아무것도 볼 수 없고, 아무것도 만질 수 없고, 아무것도 맡을 수 없고, 아무것도 맛볼 수 없고, 아무것도 들을 수 없는, 심지어 마나의 존재조차도 실종된 나락 속에서 나타샤는 급속도로 부서지며 추락해 갔다.

"…여기까지인가."

애석해하는 베이런의 목소리가 들려왔다.

동시에 나타샤의 감각이 회복되기 시작했다. 한번 완전히 꺼져 버렸던 감각이 기능을 회복하는 데는 시간이 걸렸지만, 나타샤는 희미해진 시야로 볼 수 있었다. 눈부신 섬광이 사방팔방을 메우고, 수억 개의 빛의 실이 뻗어 나와 베이런의 온몸을 구속해 가는 것을.

머나먼 고대, 신의 움직임을 봉하기 위해 사용되었던 궁극 마법이 한 인간을 상대로 발동되었다. 그것도 성공률을 자신할 수 없어서 그 인간을 극도로 약화시킨 후에야.

베이런은 천천히 눈을 감으며 피식 웃었다.

"뭐, 그래도 따분한 것보다는 나았다."

그리고 빛이 그의 몸을 휘감았고, 제국을 공포에 떨게 했던 악몽은 종결되었다.

나타샤 프리바흐는 눈을 떴다.

막사에 들어와서 잠깐 의자에 앉아서 졸았는데 꿈을 꾼 모양이다. 악몽으로 기억하고 있는 옛날 일을 꿈으로 꾼 것은 어째서일까?

"그 애송이와 만났기 때문인가?"

라곤 클란드.

소드 마스터가 아니면서도 소드 마스터를 능가하는 검술을 구사하는 불가사의한 마검사.

그저 천재적인 재능을 가진 것만이 아니라 수많은 전투 경험과 단련을 통해 이상으로 여겼던 모든 기술을 체화한 나타샤는 알아볼 수 있었다. 라곤의 검술이 그 자체로 무(武)의 이상을 체현시켜 놓은 것처럼 아름답다는 것을.

나타샤는 중얼거렸다.

"그 녀석에게서는 절망의 냄새가 나……."

라곤은 필시 자신이 품고 있는 것과 닮은 절망을 품고 있으리라. 소드 마스터가 품고 있는 거대한 힘 저편에 있는 무한한 공허를 본 자만이 알 수 있는.

나타샤는 베이런에 의해 강제로 그 공허와 접한 반동으로 3년간이나 오러의 힘을 잃었다. 언제나 내면의 어둠이 자라나 자신을 집어삼키는 악몽에 시달리며 필사적으로 몸부림쳤지만 오러는 돌아오지 않았다.

그렇게 공포와 싸우던 그녀는 수십 번이나 자살을 기도했고, 죽은 사람처럼 퀭한 눈동자를 한 채 말라 비틀어져 갔다. 하지만 어느 날, 모든 것을 포기하고 다시 한 번 그 공허를 들여다보았을 때 그녀는 힘을 되찾고 날아오를 수 있었다.

지금도 눈을 감으면 귓가에서 사악한 속삭임이 들려오는 것만 같았다. 자신의 영혼 일부를 침식한 어둠이 들려주는 파멸의 유혹.

나타샤는 베이런이 왜 미쳐 버렸는지 이해할 수 있는 유일한 인간이었다. 이런 어둠을 품고 있다면, 항상 그 공허를 들여다보며 살아야 한다면 미치지 않고 버틸 수 있을 리가 없다.

정상적인 세상이란 얼마나 연약하고 위태위태한 것이란 말인가. 인간은 자신이 얼마나 기적적인 확률로 삶을 만끽할 수 있는지 모른다. 그 사실을 나타샤는 아무것도 허락되지 않는 무한의 어둠 속에 빠졌을 때 깨달았고, 이후로는 정상적인 감각으로 살아갈 수 없었다.

우웅.

문득 나타샤가 손을 들었다. 그녀의 손을 감싸고 어둠이 일렁이다가 점점 투명해져 간다. 분명 베이런이 두르고 있는 어둠과 같은 것이었다.

하지만 그것은 점점 옅어져 가다가 이윽고 아름답게 일렁거리는 청백색 빛으로 변한다. 일렁이는 빛을 가만히 바라보고 있던 나타샤는 주먹을 쥐었다. 그러자 빛은 꺼지고 막사에는 적막이 돌아왔다.

나타샤는 한숨을 쉬며 막사 밖으로 나가서 기사들 사이를 거닐었다. 한창 마법사들과 모여서 뭔가를 이야기하고 있던 벨크란이 그녀를 발견하고 다가왔다.

"프리바흐 공."

"왜?"

"앞으로의 문제를 좀 논의하고 싶어서 그러니까 인상 좀 펴시지. 개인적으로 으르렁거리는 거야 그렇다 치고 지휘관으로서는 서로 협력해야 하지 않겠소?"

"정말 당연한 소린데 왜 네놈이 말하니 한 대 후려치고 싶은지 모르겠군. 어쨌든 말해봐. 방침은 어제 다 정했잖아, 나머지 녀석들이 여기 올 때까지 기다리기로. 근데 뭐가 문제야?"

"엘프들 때문에 그렇소. 토라스는 엘프와 드워프들의 지원을 꽤 많이 받고 있는 모양인데 엘프들이 우리한테 워낙 반감을 보여서……."

"그건 댁이 알아서 해. 토라스 입장에서 보면 우리를 받아들이지 않을 수는 없을 거고, 엘프들은 그냥 손을 뗄 가능성이 높겠지. 수도 얼마 안 되는 걸로 아는데 전력상 아쉽기라도 한가?"

"아쉽지. 수가 적은 대신 그야말로 최정예를 참전시켰다고 하니까. 엘프 대마법사가 셋이나 이 나라에 들어와 있다는군."

"그래? 그건 좀 놀랍군. 오러 테이커는?"

"다섯이나 와 있다고 하는데."

"대단한데. 한 명쯤은 만나보고 싶군. 나는 아직 오러 테이커는 만나본 적이 없는데……."

나타샤는 아직 엘프들과 싸워본 적이 없었다. 젊은 시절에는 서쪽 국경에서 근무했었고, 베이런의 난 이후에는 한동안 폐인이 되어 살다가 5년이 지나서야 복귀해 황도 방위를 맡아서 그들과 충돌할 일이 없었다.

벨크란이 말했다.

“뭐 그래서 좀 원만하게 연합전선을 유지하고 싶은데. 아무래도 저쪽이 혹할 만한 것을 주지 않으면 좀……”

“혹할 만한 것이라면 뭐?”

나타샤는 비로소 귀를 기울였고, 두 사람은 엘프들과의 관계를 어떻게 처리해야 할지를 한참 동안 논의했다.

3

리할드 왕국력 358년 4월.

오크들의 대군을 격파, 하이오크 라카둠마저 무찌른 전투 직후 듀리스에는 냉기가 내려앉았다. 그 이유는 성벽 바깥쪽에 막사를 짓고 야영 준비를 시작한 바이더스 제국군과 엘프들 사이의 반목 때문이었다.

“골치 아프게 됐군.”

라곤이 혀를 찼다.

오크들의 맹공이 이어지고 있는 지금, 바이더스 제국군은 도저히 뿌리칠 수 없는 존재였다. 하지만 지금까지 함께 피를 흘려온 엘프들이 그들에게 뿌리 깊은 증오를 갖고 있다는 게 문제였다.

‘뭐 내가 판단할 문제는 아니다만.’

바이더스 제국군과의 관계는 듀리스 대공이나 토라스 왕

실에서 결정할 문제지 일개 기사인 자신이 고민해 봐야 별 의미는 없다. 하물며 자신은 토라스 사람도 아니니까.

담배를 뻑뻑 피워대고 있던 크산델이 말했다.

"엘프 놈들은 쓸데없이 이성적이라 여태까지의 반감은 접고 공동전선을 구축할 가능성도 없진 않아."

"이성적이다, 이성적이다 하지만 그게 가능한가?"

바이더스 제국은 역사적으로 몇 번이나 엘프들을 정복해서 노예로 삼으려 했고, 음성적으로 노예사냥꾼들이 활동하면서 엘프 노예 매매가 이루어지고 있다. 리리디카의 경우 베이런이 바이더스 제국인을 수천 명이나 죽였기 때문에 엘프들은 그에게 반감이 없다고 말했을 정도가 아닌가?

그런데 아무리 필요한 상황이라고 해도 그렇지, 그런 그들과 손을 잡을 수 있다고?

크산델이 말했다.

"엘프들은 그럴 수 있기 때문에 엘프들인 거야. 우리는 머리에 열이 확 오르면 앞뒤 안 가리지만 그치들은 아니거든. 죽일 듯이 증오하는 상대라도 꼭 필요하다면 손을 잡을 수 있지. 다만 엘프 평의회에서 지금 상황의 긴급함을 바이더스 제국에 대한 증오보다 우선시해야 할 정도로 중요하게 보느냐, 아니냐가 문제지."

사실 엘프들 입장에서 보면 토라스 왕실이 바이더스 제국군과 연합할 경우 손을 떼버려도 문제가 없었다. 설령 토라스가 무너지더라도 오크들의 독니가 엘프들의 수도 마라세토까지 가 닿기에는 중간에 있는 나라들이 너무 많았다. 게다가 전쟁 지역 부근에 살고 있는 엘프 부족들은 이미 마라세토로 대이동을 시작한 판국이라 어쩌면 여기서 손을 떼고 사태를 관망할지도 모른다.

라곤이 말했다.

"그렇군. 정말 냉철하게 판단한다는 거 아냐. 그러기가 쉽지 않을 텐데."

"솔직히 나도 엘프들 사고방식을 완전히 이해하긴 어렵지만, 어쩌면 이걸 기회로 바이더스 제국 황실과 교섭을 시도해 볼지도 모르지. 내가 저들 입장이라면 그러겠어."

"어떤 교섭을 말하는 거지? 평화조약?"

"그 비슷한 거지. 바이더스 제국의 현 황제는 그 나라의 황제라는 것을 믿을 수 없을 정도로 평화주의자라더군. 국경에서 분쟁을 일으키던 국가들에게도 여러 가지를 양보해서 느슨한 분위기를 만들고, 내적인 문제들도 황실이 손해를 보는 한이 있더라도 되도록 평화롭게 풀어나가는."

"보기 드문 타입인데? 힘으로 압도할 자신이 있으면서 그러긴 어려울 텐데."

"그렇지. 그래서 우리 쪽에서도 바이더스 제국과 교역을 한번 해보면 어떠냐, 하는 이야기가 나왔을 정도다. 알고 있겠지만 우리도 그치들하고 별로 사이가 좋진 않거든. 하지만 그쪽에는 좀 탐나는 희소자원들이 있는지라.”

　직접적으로 국경이 맞닿아 있는 엘프들만큼은 아니지만 드워프들도 바이더스 제국과 그리 좋은 관계는 아니었다. 바이더스 제국령에는 단 한 명의 드워프도 살고 있지 않다는 사실이 이전에 피로 물든 반목이 있었음을 증명한다.

　하지만 바이더스 제국령은 워낙 광활해서 그 안에는 드워프들도 탐낼 만한 자원들이 많이 있었다. 정확히는 드워프들이 아니면 제대로 활용할 수도 없는 자원들이 더 많고, 만약 현 황제가 제정신 박힌 태도를 보여줘서 거래를 할 수 있다면 드워프들 입장에서는 조금씩이나마 거래를 터볼 만하다.

　크산델이 말했다.

　“어쨌든, 지금도 엘프들의 특작부대가 꾸준히 구출활동을 하고 있긴 하지만 바이더스 제국령에는 여전히 노예로 매매되는 엘프들이 많아. 수백 명도 아니고 수천 명 단위지. 만약 현 황실과 교섭해서 노예 매매를 국법으로 금지시키고 노예로 잡혀 있던 동족들을 돌려받을 수 있다면 엘프들은 지금까지의 증오를 누르는 것 정도는 얼마든지 할 거다. 그놈들은 그런 놈들이야.”

　“흐음…….”

　크산델의 이야기를 듣고 보니 왜 엘프들이 바이더스 제국을 원수처럼 싫어하는지 알 수 있었다. 저쯤 되면 엘프들은 천재지변으로 바이더스 제국인들이 싸그리 다 몰살당한다고 하더라도 만세를 부를 것 같았다.

사실 토라스 왕국은 엘프들이 빠진다고 하더라도 바이더스 제국군과 손잡는 것을 택할 것이다. 국경이 무너져서 왕도가 전화에 노출될지도 모르는 상황이라 왕실의 권력자들이 느끼는 공포감의 수위는 대단히 높았다. 이제는 더 이상 안전한 곳에서 명령만 내리면서 안심할 수 없는 상황이다.

그리고 객관적으로 봐도 엘프들이 반감으로 빠져나가든 말든 바이더스 제국군과 협력하는 쪽이 옳았다. 상당한 전비를 지출하게 되긴 하겠지만 지금 상황에서 소드 마스터 수십과 마법사, 성직자 수백 명을 포함한 3만의 병력은 놓칠 수 없는 전력이니까.

'하지만 바이더스 제국은 왜 이 시점에서 이 정도의 군대를 움직인 거지?

아직 그들의 광활한 영토까지 오크들의 위협이 미친 것도 아니거늘 이 정도의 병력을 원정군으로 보내다니 너무 과민한 것 아닌가? 게다가…….

'나타샤 프리바흐.'

도무지 속을 알 수 없는, 하지만 라곤이 만나본 그 어떤 이보다도 치명적인 위협을 느끼게 만드는 여자. 라곤은 본능적으로 알 수 있었다. 그녀가 자신이 만나본 모든 오러 구현자를 통틀어서, 베이런 크로네스를 제외하면 가장 깊이있는 오러를 터득하고 있다는 것을. 그녀를 보고 있노라면 베이런이 품고 있던 어둠과 공허와 흡사한 냄새를 느낄 수 있었다.

마치 존재하지 않는 것처럼 기척을 죽이고 다가왔던 그녀는 나중에 또 보자는 말을 남기고 사라졌다. 하나밖에 남지 않은 그녀의 눈동자를 보면서 라곤은 어떤 운명을 느꼈다.

4

라카둠과의 싸움에서 사경을 헤매는 부상을 입었던 질리언은 사흘이 지난 후에야 눈을 뜰 수 있었다. 이번 전투에서 워낙 많은 부상자가 발생하는 바람에 질리언의 상태가 안정세에 접어들자 성직자들이 손을 뗐기 때문이다. 깨어나 보니 몸 여기저기서 통증이 느껴져서 움직이기도 어려울 지경이었지만, 여전히 무너진 요새의 잔해를 치우고 처참하게 뭉개진 시체들을 끌어내고 있는 바깥 풍경을 보니 불평할 마음은 전혀 들지 않았다.

질리언은 목발을 짚고 절룩이면서 사람들에게 물어물어 성벽으로 향했다. 그곳에는 라곤이 서서 상황을 지켜보고 있다가 도와야 할 것 같은 곳으로 달려가는 일을 반복하고 있었다.

"어, 질리언. 벌써 움직일 수 있는 거야?"

한차례 성벽의 잔해를 치워낸 라곤이 질리언을 알아보고 물었다. 질리언이 쓴웃음을 지었다.

"그럭저럭요. 나으려면 좀 시간이 걸릴 것 같아요."

"소드 마스터니까 부상이 그리 오래 가진 않을 거야. 음, 그래도 이 정도 부상이면 내 마법도 먹히겠는데?"

라곤은 질리언의 몸을 한 번 살펴보더니 어깨에 손을 얹고 힐링을 사용했다. 따스한 느낌이 드는 빛이 접촉면을 통해 흘러들어 와 온몸으로 퍼져 간다. 질리언은 온몸을 쑤시던 통증이 한결 가시는 것을 느끼며 놀라워했다.

"효과가 대단한데요?"

"괜찮지? 부상이 너무 복잡하거나 심각하면 생명 유지하는 정도밖에 안 되지만 회복하는 것만 남은 상태로 접어들면 효과가 상당히 좋더라고. 내가 다른 건 몰라도 마력만큼은 넘쳐 나니까."

성직자들이 사용하는 신성 마법의 회복 계열이 놀라운 것은 복잡한 구조를 가진, 자연 치유력만으로는 회복이 안 되는 관절 등이 망가져도 원상복구시킬 수 있다는 것이다. 라곤이 공부한 바로 그들의 회복 마법은 신체에 각인된 '올바른 형태'를 추구하는 힘이라고 한다. 그렇기에 설령 팔다리가 잘리더라도 회복 마법을 시전하는 성직자가 충분한 마력과 기술을 가졌더라면 재생시키는 게 가능할 정도였다.

그에 비해 마법사들의 회복 마법은 어디까지나 인체의 자체 치유력과 생존본능을 증폭시키는 힘이다. 그래서 꺼져 가는 생명의 불을 붙들어놓거나, 시간을 들이면 치료할 수 있는 상처를 빠르게 낫게 할 수는 있어도 신성 마법처럼 기적에 가까운 치료를 할 수는 없었다.

"가능하면 신성 마법의 회복 마법도 배워보고 싶지만, 성직자들은 마법회로의 구조 자체가 달라서 이론도, 운용기술도 호환이 안 되니 어쩔 수 없지."

라곤이 아쉬운 듯 혀를 찼다. 성직자들 역시 마력을 이용해서 신성 마법을 사용하지만 특수한 처치를 통해서 마법회로의 구조와 성질을 바꾸고, 거기에 기반한 마력 운용법을 이용해서 마법사들과는 전혀 다른 특성의 힘을 행사한다. 그렇기에 마법과 신성 마법은 같은 출발점을 가졌으면서도 판이하게 달랐다.

질리언이 말했다.

"음. 성직자들도 다른 부상자들 치료하느라 바쁜 모양인데 종종 치료 좀 부탁해도 될까요?"

"얼마든지. 넘쳐나는 마력 쓸 데도 별로 없어. 하지만 한번에 부어넣을 수 있는 회복력에는 한계가 있으니까 시간을 두고 해야 해. 대략 여섯 시간에 한 번쯤?"

"그것만으로도 감사하죠. 이 정도 효과면 금방 완치되겠는데요?"

"그럴걸. 이 기회에 소드 마스터한테 회복 마법이 얼마나 잘 먹히는지 실험 자료나 얻어보자."

라곤은 지금도 치료소에 다니면서 성직자들을 도와서 경

상자들을 치료하고 있었다. 다른 귀족들은 절대 손을 보태지 않을 일에 나서서 힘을 보태고, 사람들을 치료해 주고 하다 보니 듀리스 병사들은 다들 그를 영웅으로 생각했다.

질리언은 잠시 동안 라곤을 바라보고 있다가 고개를 숙였다.

"라카둠을 죽여주신 것, 감사합니다."

"그 건이라면 미안하다고 하려고 했는데. 네 원수를 가로챘으니."

라곤이 쓴웃음을 지었다. 질리언이 라카둠에게 얼마나 집착하고 있는지 잘 알고 있었던 만큼 순순히 감사를 표하는 것이 의외였다. 질리언이 한숨을 쉬었다.

"물론 가능하다면 이 손으로 복수하고 싶었습니다만 제 힘이 모자라서 오히려 죽을 뻔한 것을 라곤 경이 구해주셨으니 할아버지께 면목이 없지요. 그나마 그놈이 다른 사람이 아니고 라곤 경에게 죽었다는 것이 위안거리예요."

허무한 마음이 없지는 않다. 라카둠만은 반드시 자신의 손으로 죽여서 크루소의 원한을 갚고 싶었건만, 그토록 노력했어도 아직 자신의 검은 그에게 닿지 못했다.

라곤이 쓴웃음을 지었다.

"야, 너무 낯간지럽다. 그래도 다른 사람들한테 들어보니 너도 꽤 잘 싸운 것 같던데. 내가 억지로 이것저것 가르쳐 준 게 헛되진 않았던 모양이야."

"정말 도움이 많이 됐죠. 한 방 먹이기까지 했으니. 하지만 저보다는 라곤 경이 강해진 게 더 놀라운데요? 도대체 그동안 뭘 한 거예요?"

"필요한 퍼즐 두 조각 중에 하나를 채워 넣었을 뿐이야."

"퍼즐 두 조각 중에 하나라니 무슨 말이에요?"

"토라스를 떠나기 전의 나는, 스스로 말하자면 좀 낯간지럽지만 기술은 충분한데 힘이 없는 상태였어. 한 놈 쓰러뜨리자면 수백 대를 때려야 하는 난제에 빠져 있었지. 마력은 넘쳐나는데 그걸 제대로 활용할 수 있는 수단을 터득하지 못하고 있었던 거야."

라곤은 보다 강력한 공격 수단을 원했다. 대마법사 할로드가 남겨준 이그나이트 포스를 터득하고, 부족한 이론을 공부하면서 크산델에게 필요한 마법들을 배운다면 전투력을 일취월장시킬 수 있으리라고 여겼다.

그러한 의도는 제대로 들어맞았다. 다만 예상치 못하게 마법회로가 새롭게 변이하는 과정을 겪었고, 마법의 신이라는 기이한 존재를 만나 온갖 주문들을 배우는 바람에 스스로 계획했던 것보다 훨씬, 약간 너무하지 않나 싶을 정도로 폭발적으로 강해졌을 뿐.

설명을 들은 질리언은 감탄하며 고개를 끄덕였다.

"그렇군요. 그럼 이제 공격력 면에서는 소드 마스터를 능가했다는 소리잖아요?"

"좀 더 다양한 공격이 가능하다는 점에서는 그럴 수도 있는데, 라카둠하고 붙어보니까 꼭 그렇지는 않더라. 모든 힘을 집약시킨 일격조차도 초진동 오러 블레이드와 맞부딪치면 꺾이고 말아. 공격력과 방어력이 모두 월등히 증가했으니 지금까지에 비해서 훨씬 더 수월하게 오러 구현자를 상대할 수 있게 된 것은 사실이지만 아직도 소드 마스터일 때와 비교하면 부족해."

"제가 보기에 지금 라곤 경은 소드 마스터일 때와 비교하면 훨씬 강한데요?"

"내 말은 내가 지금까지 소드 마스터였다면 그랬을 거라는 말이야. 분명히 초진동 오러 블레이드까지는 도달했을 거고, 그걸 이용한 응용기도 사용할 수 있었을 테니까. 솔직히 지금도 구상해 둔 기술이 몇 개 있어서 너랑 알리시아 경을 실험체로 삼아서 구현해 볼까 생각 중인데?"

"소, 소드 마스터 인체실험입니까?"

"좋잖아? 즐겁고 유익한 기술 향상."

"그렇긴 한데…… 아, 그런데 그게 퍼즐 두 조각 중에 하나라면 나머지 하나는 뭐죠?"

"그건 아직은 비밀. 실마리는 잡았는데 아직도 이걸 어떻게 구현해야 할지 난감하거든. 하지만 만약 구현한다면……."

라곤은 뒷말을 흐리며 마음속에 묻어버렸다.

자신이 구하고자 하는 답을 구한다면, 베이런 크로네스와도 자신있게 겨룰 수 있을 것이다.

활활 타오르는 라곤의 눈빛을 본 질리언은 숨을 삼켰다. 멈추지 않고 더 위만을 바라보며 자신을 담금질하는 그를 보고 있노라면 숨이 막힌다. 사람이 어떻게 이렇게 살 수 있을까. 어떻게 이렇게 남들은 인지조차 할 수 없는 먼 곳을 보고 자신을 채찍질할 수 있는 것일까.

문득 질리언의 뇌리에 한 사람의 얼굴이 떠올랐다.

"아, 그러고 보니 라곤 경의 제자를 만났습니다."

"내 제자? 설마 알렉스 말하는 거야?"

"네. 파리안으로 배치되어서 같이 싸우기도 했었죠."

"그래? 그 녀석이 결국 소드 마스터가 됐구나. 하긴 시간상 슬슬 오러 블레이드와 오러 디펜더를 완성했을 만하긴 하지만 그래도 좀 빠르긴 하네. 어땠어?"

"굉장히……."

질리언은 자신이 본 알렉스를 표현할 말을 찾다가 눈살을 찌푸렸다. 이걸 도대체 뭐라고 말해야 적합할지 알 수가 없었다.

라곤이 피식 웃으며 물었다.

"바보 같지만 대단하지?"

"…아, 네. 그 표현이 딱 맞는 것 같아요. 엄청 바보 같지만 대단하더군요."

"솔직히 그놈은 내가 소드 마스터로 만들어준 게 아니라,

소드 마스터가 될 놈이 소드 마스터가 된 거지. 물론 내가 가르치지 않았다면 평생 소드 마스터가 못 됐을지도 모르지만."

검을 진지하게 쥐려고 하지도 않았을 테니 아무리 특출난 재능이 있어도 소드 마스터가 될 수는 없었으리라. 하지만 운명은 알렉스에게 라곤이라는 천적을 던져 주었고 결국 그는 지옥 같은 시간을 보낸 끝에 재능을 개화할 수 있었다.

질리언이 물었다.

"라곤 경은 도대체 그 녀석을 어디까지 가르치신 거죠?"

"어디까지 가르쳤냐라……. 별로 가르쳐 준 것은 없어. 그냥 원래 익히고 있는 검술을 제대로 다듬어주고, 소드 마스터가 됐을 때 편견없이 오러를 몸이나 검보다도 더 자유자재로 움직일 수 있다고 생각하라고 가르쳐 줬을 뿐이야. 그놈 전장에서 좀 쓸 만했어?"

"쓸 만한 정도가 아니라……."

질리언은 어이없어하면서 자신이 본 알렉스의 행태에 대해서 말해주었다. 매우 흥미로워하면서 그 이야기를 들은 라곤이 웃음을 터뜨렸다.

"하하하. 정말 그 녀석답군. 뭐, 웬만한 기술은 한번 보면 따라 할 수 있는 게 당연하지. 그 녀석의 재능은 알리시아 경과 비교해도 떨어지지 않으니까. 다만 스스로 길을 개척해 나가는 힘은, 아니, 이 경우는 의지라고 해야 할까? 그런 게 없는 것은 문제지만."

라곤은 누구의 가르침도 없이 스스로를 극한까지 연마할 수 있는 재능을 가졌다. 어떻게 하면 자신을 더 강하게 만들 수 있을지, 어떻게 하면 더 효율적으로 단련할 수 있을지를 끊임없이 고심하고 답을 내놓는다. 알렉스가 이미 존재하는 기술을 터득하는 데 천재적인 재능을 가졌다면, 라곤은 원하는 지점에 도달하는 단계를 설정하고 그 방법을 설계하는 데 천재적인 재능을 가졌다.

그것은 스스로를 강하게 할 수 있을 뿐만 아니라 타인의 장단점을 파악하고 길을 제시해 줄 수 있다는 점에서 막대한 가치를 갖는 재능이었다. 당장 질리언만 하더라도 라곤의 가르침에 의해 폭발적으로 강해지지 않았던가?

질리언이 혀를 찼다.

"솔직히 너무 진지함이 결여돼서 보고 있자니 화가 날 지경이었어요. 무엇보다 이렇게까지 출발점이 틀린가 싶어서 무력감도 느껴지고……."

"무력감이라니, 그건 왜? 힘들게 터득한 기술을 알렉스가 너무 쉽게 베껴가서?"

"그렇잖아요. 스파이럴 차징만 해도 저는 터득하는데 그렇게 애를 먹었는데……."

"흠. 그렇게 자괴감에 빠질 일은 아니라고 봐. 나는 질리언 네가 장기적으로는 알렉스보다 훨씬 강해질 수 있다고 보거든?"

"진짜예요?"

"물론이지."

라곤이 고개를 끄덕였다. 라곤은 성벽이 부서진 잔해 중 작은 돌멩이들을 주워서 몇 개 쌓으며 말했다.

"굳이 말하자면 너는 여기서 여기까지를 굉장히 쉽게, 어쩌면 올 수 없었을지도 모르는 길을 왔어. 소드 마스터 속성법이라는 지름길을 이용해서."

그에 비해 알렉스는 가진 재능에 비해서는 굉장히 힘겹게 소드 마스터가 되었다. 알렉스가 소드 마스터 속성법에 전념했다면 질리언보다 훨씬 빨리 소드 마스터가 되었을 것이다.

'뭐 그놈 성격상 불가능했겠지만.'

라곤은 피식 웃으며 말을 이었다.

"그 대신 너는 여기서부터 여기까지 가는데 시간이 걸리는 거야. 첫 번째 구간을 빨리 온 대신 두 번째 구간을 힘겹게 가야 하는 거지. 그에 비해 알렉스는 두 번째 구간을 굉장히 쉽게 갈 수 있고."

알렉스의 재능은 천재적인 것이라 일정한 수준까지는 엄청난 속도로 발전할 것이다. 그의 앞에서 소드 마스터들이 새로운 기술을 선보인다면 그 즉시 그것을 파악하고 자신의 것으로 만들 수 있는 재능이 알렉스에게는 있었다. 라곤은 지옥 훈련을 통해 알렉스가 몸과 검을, 그리고 오러마저도 뜻대로 움직일 수 있게 만들어주었으니까.

하지만 그것이 알렉스의 한계다. 알렉스에게는 전인미답의 경지를 개척해 나가는 혜안과 의지력은 없었다. 사실 그런 심오한 이야기를 하기 전에 기술과는 별개로 그걸 활용하는 전술적 능력이 제대로 키워졌을지도 의문이다.

'듣자 하니 그냥 겁먹고 도망다니느라 정신없고, 기술만 훔쳐 배운 게 다인 것 같은데.'

질리언이 재능적 열등감을 느끼는 거야 이해하겠지만, 순수하게 실력으로 압도당할 거라고 여기는 것은 착각에 가까웠다. 하지만 이야기를 듣고 보니 알렉스가 싸우는 모습을 한 번쯤 직접 보고 싶어지는 것도 사실이었다.

'보러 가서 대련이나 해보자고 해야겠군. 아마 득달같이 달려들겠지?'

자신에 대한 원한이 뼈에 사무쳤을 테니 소드 마스터가 된 지금 대련 한번 하자고 하면 까불거리면서 덤벼들 것이다. 라곤은 그 시간을 고대하며 미소를 지었다.

그때였다.

—라곤 경! 혹시 근처에 계신가요?

카알로부터 마법 통신이 날아들었다. 카알은 라곤의 통신 연락 주파수를 알고 있어서 대략 100미터 안쪽에만 있으면 언제든지 실시간 통신을 사용할 수 있었다.

라곤은 잠시 질리언에게 양해를 구하고 응답했다.

─성벽 쪽에 있어. 무슨 일이야?

─아, 큰일났어요.

─무슨 일인데?

─파리안이 무너졌대요!

생각지도 못한 소식에 라곤은 깜짝 놀라서 물었다. 통신으로 묻는 것도 잊고 육성으로 직접.

"뭐? 자세히 말해봐!"

5

라곤이 파리안 함락 소식을 듣기 일곱 시간 전.

파리안의 병력들은 요 며칠간 이제 좀 살겠다는 심정으로 체력을 회복하고 있었다. 오크들은 일주일 동안이나 죽자사자 맹공을 퍼부어대더니 그 후로는 쥐죽은 듯이 조용하게 웅크리고 있었다. 그냥 기다리다가는 병력 충원을 할 것이 뻔하니 이쪽에서 나가서 치자는 의견도 있었지만 파리안의 병력들도 피로도가 너무 높아서 그럴 수가 없었다. 마법사들과 성직자들은 마법회로가 과열되어서 마력을 제대로 쓸 수 없었고, 소드 마스터들마저 온몸이 삐걱거릴 정도였으니 이 상황에서 공세를 취하는 것은 무리였다.

그렇게 며칠 동안 시간을 보내다 보니 결국 오크들이 먼저 움직이기 시작했다. 정찰대가 오크들의 움직임을 파악하자 다들 한숨을 쉬었다. 또 끝이 안 보이는 전투를 계속해야 한다고 생각하니 마음이 무거웠다.

하지만 전투는 시작부터 그들의 생각과는 전혀 다른 양상으로 전개되었다.

"뭐가 날아오고 있는데?"

멀리서 다가오는 대규모 병력보다도 먼저 뭔가 커다란 것들이 하늘을 날아오고 있었다. 날개를 펼친 그것은 새라고 하기에는 너무 컸다. 그야말로 집채만 한 덩치를 자랑했던 것이다.

"와이번인가?"

와이번은 고대에 존재했던 용의 후예라 불리는 존재로, 고산지대에 살며 입에서 독무를 뿜는 강력한 비행형 마물이라고 한다. 하지만 그 숫자가 적고, 인간의 영역까지 나오는 경우가 별로 없어서 직접 본 사람도 없었다.

하지만 다가온 그것을 본 병사들은 숨을 삼켰다.

"키메라다!"

와이번보다 훨씬 끔찍한 괴물이었다. 상반신은 인간을 닮았지만 덩치가 보통 인간의 세 배는 큰데다가 끔찍하게 뒤틀린 형상을 갖고 있었고, 하반신은 네발 달린 짐승의 그것을 닮았다. 거기에 양팔은 정상적으로 쓰기에는 너무나도 큰, 몸과 전혀 비례가 맞지 않는 거대함을 자랑했다.

키에에에에에!

커다란 날개를 펼치고 날던 키메라가 울부짖었다. 동시에 비행 속도에 가속이 붙어서 마법사들의 비행 주문보다도 훨씬 빠르게 날아 요새의 방어 결계를 통과, 성벽 위쪽을 점하고 커다란 팔을 아래로 향했다. 다음 순간 팔이 빛을 발하더니 불덩어리를 쏘아내기 시작했다. 이전부터 키메라들이 사용하던, 압축해서 고속으로 쏘아내는 개량형 파이어 볼이었다.

퍼버버버벙!

"맙소사! 고속비행이 가능한 키메라라니!"

다들 비명을 질렀다. 날개를 이용해서 마법사들보다 훨씬 빠르게 비행하며, 압도적인 화력까지 가진 키메라라니! 그것도 한두 마리가 아니었다. 적어도 50마리가 넘는 키메라가 성벽 위에서 원을 그리며 제공권을 빼앗으려 하고 있었다.

"당해줄 것 같으냐!"

물론 파리안의 마법사들도 가만있지 않았다. 그들은 즉시 공격을 퍼부어서 키메라들을 떨구려고 했다.

파지지지직!

하지만 그들의 날개가 빛을 발하더니 강력한 마법 결계가 주변에 둘러쳐져서 그 공격을 막았다. 키메라들은 마법 결계로 공격을 받아내면서 그 반동을 이용, 날개와 비행 마법을 결합하여 고속 비행했고, 그러면서 개량형 파이어 볼을 수십 발씩 쏘아대니 짧은 시간 동안 요새 곳곳이 피해를 입어서 불길에 휩싸였다.

"건방진 것들!"

뒤늦게 엘프 대마법사 포르포린이 나섰다. 그녀는 검은 머리칼을 휘날리며 바람의 정령들을 불러내어 상공의 대기를 뒤틀어놓았다. 바람이 격렬하게 몰아치며 키메라들의 비행을 방해하기 시작했다.

"간다!"

또 다른 엘프 대마법사 라가라브가 물의 정령을 이용, 빙결 마법을 증폭시켜서 그들을 끝장내려고 했다. 하지만 그때였다.

파칫!

강력한 마력 파동이 날아드는가 싶더니 라가라브의 마법이 깨졌다.

"뭐야? 내 마법을 이렇게 쉽게 깨버리다니?"

라가라브가 경악해서 마법이 날아든 곳을 바라보았다. 빠르게 진군해 오는 오크들 사이에 한 인간 마법사가 떠 있었다. 금발을 휘날리는, 요사스러운 아름다움을 가진 청년 마법사.

'저놈은 뭐지? 이 마력은… 설마 제국의 황실마법사인가?'

그를 보는 순간 라가라브는 오싹한 공포를 느꼈다. 그의 마력 패턴은 제국의 황실마법사들과 닮았고, 오크 메이지들과도 닮았다. 하지만 뭔가 근본적으로 다르다는 것을 알 수 있었다.

라가라브의 마법이 깨어진 직후, 포르포린 역시 강력한 디스펠 필드가 상공에 펼쳐지는 것을 느꼈다. 놀랍게도 광범위하게 퍼뜨리면서도 키메라들은 완벽하게 그 효과에서 제외해 버리는 섬세함을 가진 디스펠 필드였다.

"이런! 도대체 저놈은 뭐야?"

대마법사라 불리는 자신의 마법을 이렇게 쉽게 깨버리다니, 도대체 어떻게 이럴 수가 있단 말인가? 바이더스 제국의 황실마법사들과도 호각을 이루었거늘!

"사우전드 포스 볼트. 완전 개방."

그리고 허공에 무수한 섬광이 떠오르기 시작했다. 무려 1만 발에 달하는 그 섬광은 도저히 한 사람이 띄웠다고 보기 어려운 규모의 마법이었다.

"컨퓨전, 파이어."

변환 마법이 시전되면서 섬광이 모조리 불꽃으로 화했다. 그것을 본 마법사들은 모두 경악해서 할 말을 잃었다. 불가능한 일이다. 이것은 한 사람이 시전할 수 있는 마법이 아니다!

그 불꽃들은 곧바로 쏟아져 내리지 않았다. 요새를 포위한 채로 멈춘 가운데 금발의 마법사가 새로운 마법을 사용했다.

"쿼드로플 디스펠 스트라이크."

쿠구구구궁!

그 순간 마법사들은 느꼈다. 그로부터 강력한 마법 해제의 파동이 일어나 요새를 덮치는 것을! 요새의 방어 결계가 어떤 구성으로 이루어져 있는지 대략적인 얼개를 파악하고, 그다음에는 궁극마법에 필적하는 압도적인 마력을 집결시켜서 힘으로 찍어누른다. 보통 마법사가 맞았다가는 몇 시간 동안 마력을 집결시킬 수도 없을 정도의 마법 해제 공격이 네 방이나 연속으로 방어 결계를 두들겼다.

그래도 마탑을 중심으로 돌아가고 있는 방어 결계는 깨지지 않았다. 하지만 약화된 것만으로도 충분했다.

투두두두두두!

1만 발에 이르는 불의 비가 쏟아져 내리기 시작했다. 포르포린이 기가 막혀서 외쳤다.

"맙소사!"

한 인간이 이런 마법을 사용할 수 있다니, 이건 말도 안 된다. 마력을 널리 퍼뜨리는 것에 능한 엘프들조차 정령의 힘을 빌리지 않고 이렇게 초고속으로 대규모 마법을 행하는 것은 불가능하다!

하지만 상식적으로 불가능한 일이 눈앞에서 벌어지고 있었다. 불의 비가 약해진 결계를 돌파해 쏟아지고, 병사들이 비명을 지르기 시작하자 포르포린은 퍼뜩 정신을 차리고 외쳤다.

"리리디카! 저놈을 저격해!"

　아군 마법사가 저 마법사를 누르는 것은 불가능하다. 그 사실은 한눈에 알 수 있었다. 묶어놓기 승부를 벌이려고 해도 마법을 시전하는 속도가 말도 안 되게 빨라서 도저히 따라갈 자신이 없다. 그렇다면 마법사 외의 존재에게 맡길 수밖에!

　"네가 우는소리 하는 것도 간만에 듣네."

　리리디카가 코웃음을 치며 나섰다. 하지만 불의 비가 절묘하게 비행형 키메라들만 피해서 쏟아지고 있는 지금, 리리디카의 표정도 무섭도록 굳어 있었다.

　우우우우웅!

　그녀가 활을 겨누고 오러 화살을 초고속으로 진동시키기 시작했다. 그녀의 감각이 수백 미터 밖까지 뻗어나가서 표적을 포착한다. 어떤 환상으로도, 현혹마법으로도 그녀를 속일 수는 없다. 오로지 피하거나 힘으로 막는 수밖에 없는 초진동 오러 화살의 저격!

　'죽어버려, 기분 나쁜 마법사 자식!'

　뿌아아아아!

　리리디카가 전력으로 화살을 쏘아냈다. 금발의 마법사는 피할 생각조차 않고 날아오는 화살을 보고 있었다. 아무리 빠른 화살이라고 해도 200미터 이상의 거리에서 쏘아졌고, 그 자신도 갖가지 가속 마법을 사용하고 있으니 충분히 궤도를 파악할 수 있을 텐데도 전혀 피할 생각을 하지 않는다. 자신의 방어 마법에 절대적인 자신이 있는 것이리라.

'그 오만함이 너를 죽일걸!'

초진동 오러 화살은 어떤 마법 결계도 관통한다. 저런 여유가 그의 목숨을 앗아갈 것이다.

리리디카는 그렇게 착각했다.

파앙!

오러 화살이 그의 20미터 안쪽까지 다가가는 순간, 그 앞을 무시무시한 속도로 가로막는 그림자가 있었다. 허공에 새카만 선이 그어지나 싶더니 리리디카의 오러 화살이 튕겨져 날아가 버렸다.

'뭐야?'

리리디카는 경악했다. 마법사의 곁에 나타난 것은 흑은의 갑옷을 입은 거구의 기사였다. 짙은 남색 망토를 휘날리는 그 기사는 투구 안쪽에서 붉은 안광을 빛내고 있었고, 길이가 2미터에 달하는 검에서는 검은 불길 같은 힘이 피어올랐다.

"검은 오러 블레이드? 저게 베이런 크로네스인가?"

기나긴 오러 구현자의 역사 속에서 검은 오러 블레이드를 구현했다고 알려진 것은 오로지 베이런뿐. 그렇기에 리리디카는 흑은의 갑옷을 입은 기사가 베이런이리라 판단했다. 하지만 그것 역시 착각에 지나지 않았음이 밝혀지는 데는 몇 초도 걸리지 않았다.

우우우웅…….

　오크들 사이에서 새카만 어둠을 두른 흑은의 기사들이 앞으로 나서고 있었다. 그 숫자는 대략 스무 명. 그들은 덩치만 다를 뿐 하나부터 열까지 똑같은 복장에, 똑같은 검을 들고 똑같은 어둠을 피워 올리면서 전진해 왔다.

　"저건 뭐야?"

　리리디카가 신음처럼 중얼거렸다. 그리고 오크들이 좌우로 갈라지며 그 사이에서 거대한, 오우거조차 작아 보일 정도로 거대한 괴물들이 모습을 드러냈다.

　다들 할 말을 잃고 그 괴물들을 바라보았다. 온몸이 기분 나쁜 잿빛을 띠고 피부는 기괴하게 일그러진 채로 굳어졌으며, 검은 가죽 구속구에 눈을 봉인당한 얼굴에서 육식동물의 그것처럼 날카로운 이빨들이 번뜩인다. 통칭 구울이라 불리는, 흑마법으로 만들어내는 사악한 괴물이었다.

　"저렇게 큰 구울이 있다니……."

　분명 구울은 구울인데 크기가 너무 크다. 구부정하게 선 자세로 걸어오고 있는데도 키가 15미터에 가까운 것 같았다. 저런 크기의 생명체가 있을 리가 없으니 수십의 생명체를 융합시켜서 만들어낸 것이리라. 그 과정을 생각하면 몸서리가 쳐질 지경이었지만 그보다 당장 생각해야 할 문제는 구울의 거구 앞에서는 요새의 성벽조차도 높이의 이점을 갖지 못한다는 점이었다.

　그오오오오!

거대한 구울들이 소름끼치는 소리로 포효했다. 그 소리를 듣는 파리안의 병력들은 가슴속에서 암울한 절망이 자라나는 것을 느꼈다.

6

압도적인 마법으로 파리안의 마법 전력을 제압한 아이오네스는 금발을 휘날리며 웃었다.

"그래도 제법이군. 그동안 잘 버텼을 만해."

하지만 오늘은 그들에게 있어 재앙의 날이 될 것이다. 아니, 재앙은 이미 현재진행형으로 이루어지고 있다. 철벽과도 같았던 성벽은 단 30분 만에 무너져 내렸고, 마법사들의 절반이 죽어서 나자빠진 가운데 공포와 혼란이 파리안에 휘몰아치고 있었으니까.

잠시 마력을 정돈하고 있는 아이오네스의 곁에 한 사람이 와서 섰다. 리리디카가 착각했던 흑은의 기사들과는 달리 새카만 갑옷을 입고, 안감이 피처럼 새빨간 망토를 휘날리는 그는 바로 베이런이었다.

"자이언트 구울과 데스 나이트의 능력은 만족스러운 수준이군요. 프로토 오크가 의심하지 않겠습니까?"

"상관없어. 이제 전력을 아낄 시기는 지났지."

아이오네스는 지금까지 흑마법으로 만들어낸 기술들은 오

크들에게 제공하지 않았다. 키메라와 성흔으로 양산한 오크 메이지, 트롤 메이지, 그리고 베이런을 통한 오크 히어로 각성이라는 강대한 힘을 주었으면서도 예전 리할드 왕국에서 실험해 보았던 흑마법의 힘은 감춰두고 있었던 것이다.

그렇게 실험을 통해 자료를 얻고 개량해 온 결과물이 바로 자이언트 구울이었다.

소드 마스터의 오러 블레이드마저 버텨낼 수 있으며, 오우거를 손가락 하나로 짓이길 수 있는 엄청난 거력을 가진 거대한 괴물.

수십 발의 마법을 맞으면서도 거침없이 밀고 들어오는 자이언트 구울 군단 앞에서 파리안의 성벽은 어이없을 정도로 쉽게 무너졌다. 소드 마스터들이 나서서 맞서보려고 했지만 데스 나이트 군단이 그것을 막았다.

아이오네스가 싸늘하게 웃었다.

"어차피 양산품이라는 점은 마찬가지지만, 성능은 차원이 다르지."

소드 마스터 속성법으로 만들어진 소드 마스터도, 프로토 오크에 의해 각성한 오크 히어로도 본질적으로는 대량생산을 목적으로 질을 낮춘 양산품에 지나지 않는다. 가진바 힘은 '진짜'와 동일하다고 쳐도 그것을 활용하는 능력에 있어서는 천지 차이가 나고, 그것이 '진짜' 소드 마스터들이 오크 히어로들을 손쉽게 압도할 수 있는 이유다.

아이오네스는 그 점을 극복하기 위해 아주 단순 명쾌한 결론을 내놓았다.

"기술적인 면은 재능과 감각, 경험이 합치되어야만 어떻게 되는 것. 그것도 일정한 수준에 도달할 수 있을지 없을지조차 알 수 없지. 그렇다면 확실한 길을 택한다. 그것이 보다 합리적이고 이성적이니까."

아이오네스가 만들어낸 데스 나이트라는 양산품은 기존의 소드 마스터와 오크 히어로에 비해 기본 성능이 월등히 높았다.

그는 오랫동안 오러 구현자에 대해 연구해 왔다. 그리고 베이런과 만났을 때 그의 연구는 완성되어 인위적으로 오러 구현자를 만들어낼 수 있는 수준에 이르렀다. 데스 나이트 하나를 만들려면 100명 이상의 인간을 희생시켜야만 하고, 반드시 베이런의 조력이 필요하긴 하지만, 그렇게 해서 탄생한 데스 나이트는 소드 마스터를 압도하는 기본 성능을 갖추고 있었다.

그들은 육체적으로 소드 마스터보다 훨씬 더 빠르고, 강하다.

그들은 소드 마스터보다 더 성능 높은 초감각을 갖고 있으며, 체내에 보유한 오러량에 있어서도 소드 마스터의 평균치를 일곱 배 이상 웃돌았다. 게다가 인간을 베이스로 만들어졌기 때문에 소드 마스터와 같은 변화무쌍한 오러 특성을 가졌다.

또한 베이런은 데스 나이트들을 혹독하게 지도한 끝에 대다수의 소드 마스터에게 치명적으로 작용하는 기술을 터득시켰다.

"초진동 오러 블레이드, 그것참 언제 봐도 대단하단 말이지."

데스 나이트는 전원 초진동 오러 블레이드를 구사할 수 있었다.

더 빠르고, 더 강하며, 더욱 뛰어난 무기를 가진 자들을 상대로 소드 마스터들은 이길 수 없었다. 성벽 안쪽에서는 용감하게 덤벼들었던 소드 마스터들이 무더기로 죽어나가면서 오러의 폭풍이 휘몰아쳤다.

마법전에 있어서는 일인군단이라고 할 수 있는 아이오네스가 대마법사들을 농락하고, 고속 비행형 키메라들이 제공권을 장악하고 지상을 폭격하며, 자이언트 구울이 지상군을 쓸어버리고, 데스 나이트 부대가 소드 마스터들을 학살한다.

여기에 1만이 넘는 오크들의 대군이 더해지면 파리안이 버티지 못하고 무너지는 것은 당연한 결과였다.

"음?"

문득 아이오네스가 눈살을 찌푸렸다. 성벽 안쪽에서 불쾌한 신호가 전해져 왔기 때문이다. 그가 당혹감을 느끼며 중얼거렸다.

“데스 나이트가 당했어?”

그는 이 전투에 투입된 데스 나이트 전원의 상태를 실시간으로 파악하고 있었다. 그런데 그중 하나의 신호가 끊어졌다.

“또?”

게다가 하나만 당한 것이 아니라, 곧이어 또 하나의 신호가 끊어졌다.

베이런이 말했다.

“귀한 데스 나이트가 둘이나 쓰러지다니, 뼈아픈 손실이군요. 제가 나설까요?”

“그래 주게. 무슨 일이 벌어지고 있는지 모르겠군. 데스 나이트를 쓰러뜨릴 수 있을 정도의 전사가 저곳에 있었단 말인가?”

아이오네스는 불쾌해하기보다는 신기해하며 클레이보이언스를 사용, 요새를 들여다보기 시작했다. 그리고 베이런은 박살 나고 있는 요새를 향해 전진해 갔다.

7

파리안 요새의 병력들은 그동안 격렬한 전투를 겪으면서 자신들이 강하다는 자부심을 갖게 되었다. 실제로 오크들이 노도와도 같은 맹공을 퍼부어댔어도 그들은 잘 버텨내지 않았던가.

그런데 그런 자부심이 한순간에 박살 나버렸다. 이 세상에 존재한다는 것을 믿을 수 없는 괴물들에 의해서.

쿵! 쿵! 쿵!

불타는 요새 건물들을 무너뜨리면서 자이언트 구울이 전진해 온다. 전장 15미터가 넘는 그 괴물 앞에서 보통 인간들이 할 수 있는 일은 없었다. 화살을 쏘아도, 창을 던져도 흠집 조차 나지 않는 괴물인 것이다. 그저 다가와서 난동을 부리기만 해도 요새의 건물들이 무너지고 인간들이 깔려 죽는다.

콰쾅!

폭염이 작렬하며 자이언트 구울이 주춤한다. 하지만 그뿐, 아무렇지도 않게 고개를 들고 자신에게 불꽃을 쏜 마법사를 응시한다. 마법사는 이를 악물고 공격을 퍼부어댔지만 자이언트 구울은 움찔거릴 뿐 전혀 타격받는 모습이 아니었다. 공격이 통하지 않는 상대 앞에서 마법사가 할 수 있는 일이라곤 뻗어오는 손을 필사적으로 피하는 것뿐이었다.

키에에에에!

하지만 자이언트 구울에게서 도망친다고 끝이 아니었다. 제공권을 장악한 키메라가 무시무시한 속도로 날아들면서 손을 뻗었다. 그 손이 빛난다고 생각한 순간, 압축된 파이어 볼이 도저히 피할 수 없는 속도로 날아들었다.

퍼어어엉!

키메라가 스쳐 지나가는 순간 다섯 발의 파이어 볼을 얻어

맞은 마법사가 불타는 시체가 되어 추락했다.

그때였다.

"라곤포 발사!"

아직 적들이 도달하지 못한 요새 후방에서 걸걸한 외침이 울려 퍼졌다. 굉음과 함께 섬광의 파편이 날아올랐다.

쿠우우웅!

마법의 역장을 두르고 쏘아진 칼날 포탄이 아음속으로 날아들었다. 자이언트 구울은 반사적으로 손을 들어 그것을 쳐내려고 했지만, 그렇게 하고자 생각했을 때는 이미 목을 얻어맞은 후였다.

꽈아아앙!

폭음과 함께 찢겨진 자이언트 구울의 신체 파편이 사방으로 비산했다. 온갖 마법을 버텨내고, 오러 블레이드조차 막아낼 수 있는 구울의 육체도 드워프들의 라곤포를 견뎌내지 못한 것이다.

"좋았어!"

드워프들이 주먹을 불끈 쥐며 환호했다. 하지만 곧 그들의 안색이 무섭도록 굳었다.

그워어어어.

목 부분이 찢겨지면서 기우뚱하던 자이언트 구울이 옆에 있던 건물에 손을 짚고 버텼던 것이다. 살아 있는 생명체라면 필시 치명상이 되었을 파손을 입고도 다시 일어나는 모습에는 드워프들도 핏기가 가실 수밖에 없었다.

드워프들을 지휘하던 대마법사, 바바델이 혀를 찼다.

"젠장. 저거 살아 있는 물건이 아니라서 치명상을 입히든 말든 계속 움직이는군. 핵을 부수거나 관절을 모조리 박살 내거나, 아니면 도저히 움직일 수 없을 정도로 부숴 버려야 하는 건가?"

흑마법으로 만들어진 불사의 괴물들이 가진 특성을 자이언트 구울도 고스란히 갖고 있었다. 문제는 너무 크고 단단해서 쓰러뜨리기가 어렵다는 것이다. 라곤포가 먹히기는 하지만 단 한 문뿐인 데다가 연사도 안 되지 않은가?

바바델이 명령을 내렸다.

"라곤포 운용부대는 당장 후퇴! 다리 근육이 찢어질 때까지 튀어! 라이트닝 파이어 부대는 다섯 발씩 더 먹인 후에 후퇴! 마법사, 사제, 엑서 하이어는 마지막까지 싸우면서 물러난다!"

"우라질, 꼭 우리만 손해보는 역할이더라!"

엑서 하이어들이 투덜거렸다. 그러면서도 그들은 콧김을 뿜어내며 전의를 불사르고 있었다.

이미 파리안의 전열은 붕괴, 다들 공포에 질려서 달아나기에 바빴다. 그나마 이성을 유지하고 있는 자들이 적의 돌진을 저지하기 위해 공격을 퍼붓는 게 고작.

하지만 곳곳에서 치솟는 빛기둥은 절망적인 사실을 알려

주고 있었다.

'소드 마스터들이 당하고 있어. 그 시커먼 것들이 그렇게 강한 건가?'

이곳에 있는 소드 마스터들은 오크 히어로들을 상대로 계속 싸워온 역전의 용사들이다. 비록 소드 마스터 속성법으로 만들어진 존재들이라고는 하나, 실전 속에서 자신이 가진 것들을 어떻게 활용해야 하는지 터득해서 결코 호락호락하지 않다.

그런데 그런 소드 마스터들이 너무 쉽게 당하고 있었다. 고속으로 하늘을 날면서 원거리전을 펼치는 오러 테이커들은 아직 하나도 당하지 않은 것 같지만, 엑서 하이어들도 무사할 수 있으리란 보장이 없었다.

'그래도 싸우지 않을 수 없지.'

한번 우군으로 삼아 같은 전장에서 싸우는 동료들을 저버리고 잽싸게 도망치는 행위 따위, 드워프 전사에게는 전술 교범에만 실린 개소리다. 이런 상황에서는 한계까지 싸워서 강한 힘을 가진 자로서의 의무를 수행해야 했다.

"간다!"

드워프들이 결의를 굳히고 전진하고 있을 때, 전방에서 공포에 질려 도주하는 병사들 사이에는 알리시아가 붉은 망토를 휘날리고 있었다. 그녀는 오러를 최대 출력으로 끌어올리며 점점 더 가까워지는 자이언트 구울을 노려보았다.

'근거리에서 스파이럴 차징으로 하반신을 날려 버린다. 그리고 넘어지면 머리부터 베어버려서 끝장을 내주지.'

아무리 오러 블레이드를 버텨낼 수 있는 외피를 가졌다고 해도, 그것은 어디까지나 분출, 응축만으로 형성된 초보적인 운용의 오러 블레이드에나 해당하는 이야기다. 이미 알리시아는 초진동 오러 블레이드를 완성했고, 그것이 자이언트 구울의 외피조차 버터처럼 베어버릴 수 있다는 것도 확인했다. 실제로 그녀가 시험삼아 몇 방 두들겨 준 자이언트 구울은 몸 곳곳에 크게 베인 상처가 난 채 다가오고 있었다.

후우우우우우!

그녀의 오러 블레이드와 오러 디펜더가 하나로 엮어져서 회전하기 시작한다. 그런데 그때였다.

자이언트 구울의 옆으로 돌아서 엄청난 속도로 달려드는 그림자가 있었다. 거리가 좁혀졌다고 여긴 순간, 시커먼 어둠의 칼날이 목을 노리고 날아들었다.

파아아아앙!

'초진동 오러 블레이드?'

알리시아는 경악했다. 방금 전 그녀는 반사적으로 스파이럴 차징을 풀면서 초진동 오러 블레이드를 전개해 적의 공격을 받아쳤다. 하지만 그녀의 오러 블레이드와 적의 오러 블레이드가 맞부딪치는 순간, 대등한 반발력이 일어나며 서로 반대편으로 튕겨져 나갔다.

'이놈들은 대체 뭐지?

오크 히어로와는 차원이 다른 상대다. 어쩌면 하나하나가 칼카쿰과 필적할지도 모른다. 소드 마스터가 느리게 보일 정도로 빠른 속도에, 초진동 오러 블레이드를 사용하다니. 그것만으로도 대부분의 소드 마스터들은 어린애 다루듯이 쓰러뜨릴 수 있을 것이다.

'게다가 완전히 괴력이군.'

오러 블레이드의 진동수에서는 알리시아가 좀 더 앞선다. 그녀가 실전에서 초진동 오러 블레이드를 사용한다는 것은 어떤 상황에서도 완벽하게 펼쳐 낼 수 있을 정도로 숙련했다는 의미다. 그 진동수는 초당 수만 번에 달하여 리리디카는 100년 수련이 따라잡혔다며 투덜거렸을 정도였다.

그런데도 방금 격돌하고 나서 알리시아는 팔이 저릿저릿한 것을 느꼈다. 인간의 모습을 하고 있는 주제에 상대의 힘은 거의 칼카쿰이나 하르칸과 동등한 수준인 것 같았다. 그녀가 오러 디펜더를 여러 겹으로 나누어서 충격을 완화시키는 복층 구조로 운용하고 있기에 망정이지, 그렇지 않았다면 뼈에 금이 갔어도 이상하지 않았다.

'정면으로 부딪치는 것은 바보짓. 일단은 실력을 봐야겠군. 빠르고 강한 것은 인정하지만, 전투는 그것만으로 판가름 나는 것이 아니지.'

알리시아의 주변에 초고속으로 진동하는 여덟 개의 붉은 구체가 떠올랐다. 그녀가 진동의 묘리를 완벽하게 터득하면서 스타 더스트 역시 강화된 것이다.

쉭!

데스 나이트가 달려들었다. 역시 알리시아조차 감각으로 따라가기 벅찰 정도로 눈부신 속도였다. 한순간에 거리를 좁혀오면서 10미터 거리를 격하는 초진동 오러 블레이드를 휘두른다. 그 궤도에 걸리는 건물들이 푸딩처럼 잘려져 나갔다.

파앙!

하지만 그 공격은 알리시아의 주변에 떠 있던 스타 더스트에 맞고 튕겨 나갔다. 스타 더스트는 알리시아가 오러 블레이드를 나누어 운용하는 분체, 즉 진동수 면에서 데스 나이트의 초진동 오러 블레이드를 상회한다. 게다가 알리시아는 데스 나이트가 검격을 날리는 순간, 그의 동작을 보고 이미 어디로 날아들지 파악하여 스타 더스트로 비스듬히 궤도를 꺾기까지 했으니 속절없이 튕겨 나갈 수밖에.

파파파파파!

순식간에 수십 합의 공격이 교차되었다.

공격 횟수는 데스 나이트 쪽이 압도적으로 많았다. 하지만 알리시아는 초진동 오러 블레이드를 엄청난 속도로 변화시켜 가면서 그 공격을 흘려내고 있었다.

'충분히 쓰러뜨릴 수 있겠군.'

그렇게 수십 초간 데스 나이트와 검투를 벌인 알리시아의 눈이 가늘어졌다.

적의 수준은 파악했다. 신체의 성능과 오러 출력 면에서는 실로 압도적. 그녀로서는 도저히 따라갈 수 없을 정도다.

하지만 검술도, 오러의 운용도 단순하기 그지없다. 특히 오러의 운용 면에서는 초진동 오러 블레이드를 사용한다는 것을 믿을 수 없을 정도로 수준이 낮았다. 모든 움직임의 사전 조짐을 숨기지 않고 드러내는 탓에 그녀는 공격이 시작되는 순간 이미 어디로 어떻게 날아들지 읽고 대응할 수 있었다.

파학!

그리고 상대의 모든 수를 읽을 수 있다면 쓰러뜨리는 것은 손쉬운 일이다. 데스 나이트의 속도와 파워는 대단하지만 알리시아가 대응할 수 있는 범주 안에 있었다.

알리시아는 유유히 데스 나이트를 베고 지나쳤다. 잠시 동안 그 자리에 멈춰 있던 데스 나이트가 끔찍한 비명을 질렀다.

끄아아아아아아!

그것은 인간이 내지르는 비명이 아니었다. 지옥에 떨어진 망자가 내지르는 듯한 소름끼치는 소리였다. 알리시아는 흠칫하며 뒤를 돌아보았다. 그리고……

콰아아아아아!

데스 나이트의 몸을 갈가리 찢으며 폭발한 어둠이 그녀를 덮쳤다. 알리시아는 오러 디펜더를 둘러서 그것을 막아냈지만 그녀의 오러와 어둠이 접촉하는 순간, 갑자기 눈앞이 검게 물들었다.

두근.

'뭐지?'

그녀의 오러가 작렬하는 어둠과 공명하면서 의식이 내면 깊숙한 곳으로 끌려들어 간다. 그녀는 자신이 손발처럼 다루어 왔던 오러의 힘 그 원천을 보았고, 그리고 그 너머에 존재하는 거대한 무저갱 같은 어둠을 보았다.

'이건… 통로인가?'

오러 너머에 존재하는 어둠은 왠지 자신이 품고 있는 존재라는 느낌이 안 들었다. 그것은 자신과 어딘가를 잇는 통로 같은 것인지도 모른다.

하지만 자신의 내면에 존재하는 통로라니, 도대체 어디로 이어진단 말인가?

알리시아는 알 수 없었다. 어차피 그 어둠을 본 순간 직감적으로 그렇게 생각했을 뿐, 그것이 진짜 통로인지 아닌지도 알 수 없는 일이다.

곧 그녀의 의식이 다시 현실로 돌아왔다. 그녀는 오러 디펜더 일부를 분리, 초진동시켜서 어둠을 뿌리치고 그 자리에서 이탈했다.

"…뭐지, 이 느낌은?"

그녀는 소름이 끼치는 것을 느끼며 중얼거렸다. 전투 상황을 잠깐 잊었을 정도로 불길한 압박감이었다. 도대체 데스 나이트들은 어떤 존재란 말인가?

두근.

그때 또다시 그녀의 감각을 자극하는 파동이 있었다. 알리시아가 흠칫 놀라서 고개를 돌려보니 저편에서 어둠의 폭풍이 몰아치고 있었고, 그 너머에는 물결처럼 파문을 그리는 오러 디펜더를 두른 하쿠란의 모습이 보였다.

'역시.'

하쿠란의 기량은 알리시아와 필적한다. 순수하게 자신의 재능만으로 소드 마스터가 된 그녀는 토라스에 오기 전부터 이미 진동기를 완벽하게 터득하여 사용하고 있었다. 그리고 겨울 동안 알리시아와 함께 훈련하면서 두 사람은 새로운 경지에 도달했다. 그런 그녀라면 데스 나이트 따윈 적수가 아니리라.

두근.

그런데 이상했다. 오러 디펜더를 강화해서 분출하는 어둠의 파동을 차단했는데도 두근거림이 멈추지 않는다. 알리시아는 숨이 거칠어지는 것을 느끼며 비틀거렸다.

뭔가가, 터무니없을 정도로 불길한 뭔가가 다가오고 있다. 그녀의 예감이 다가올 재앙을 경고했다. 지금까지 맞닥뜨린, 이 요새를 무너뜨린 괴물들 따위는 비교도 안 되는 뭔가가 이곳으로 오고 있다고.

그리고 그 재앙은 알리시아가 아니라, 하쿠란 앞에 모습을 드러냈다.

8

"우와, 하쿠란 경 정말 대단해요!"

요새가 함락당하기 직전의 절망적인 상황인데도 알렉스의 호들갑은 여전했다. 성벽이 무너질 때부터 하쿠란을 찾아 나섰던 알렉스는 그녀가 데스 나이트를 쓰러뜨리는 것을 보고는 엄지손가락을 치켜세우면서 칭송하는 데 여념이 없었다.

"……."

하쿠란은 대답없이 눈살을 찌푸리고 있었다. 이 녀석은 대체 왜 이렇게 자신을 귀찮게 하지 못해서 안달이 났는지 모르겠다. 이런 상황에서 자신을 칭찬하고 있을 여유가 있다면 소드 마스터답게 적과 싸워서 병사들을 하나라도 더 살릴 생각을 하는 게 좋을 텐데.

하지만 그녀는 그런 속내를 말하지 않았다. 그것보다는 방금 전, 휘몰아치는 어둠이 오러 디펜더와 맞닿았을 때 닥쳐왔던 불길한 느낌이 그녀의 관심을 사로잡았기 때문이다. 그리고 그 느낌을 몇 배로 확장한 듯한 압박감이 먼 곳으로부터 그녀에게 쏘아져 오기 시작했다.

'누구지?'

하쿠란은 눈을 크게 뜨고 주변을 둘러보았다. 어딜 봐도 날뛰는 괴물들의 모습이 들어온다. 아군 소드 마스터들과 마법사들도 용감하게 응전하고 있지만 하나둘씩 당해가고 있는 안타까운 상황이었다.

그런 가운데 누군가 하쿠란을 '보고' 있었다.

그저 그것만으로도 그녀의 감각이 오싹하게 곤두선다. 그 사실을 깨달은 하쿠란은 어처구니가 없었다. 어떤 적과 맞서도 이런 적이 없었는데, 상대가 먼 곳에서 바라본다는 것만으로 이렇게 된다고?

그때 알렉스가 흠칫 몸을 떨었다.

"어?"

그의 눈이 크게 떠지며 한 곳을 바라본다. 불타며 무너지는 건물들 너머, 부서진 성벽 저편이었다.

"누군가… 오고 있어요."

"무슨 말이죠?"

영문을 알 수 없는, 하지만 왠지 자신의 의문과 맞닿아 있는 듯한 말에 하쿠란이 반응했다. 평소라면 자신의 말에 대꾸해 줬다는 것만으로도 좋아했을 알렉스지만 지금은 두려움에 몸을 떨고 있었다.

"모르겠어요. 하지만 엄청나게 무서운 놈인데… 안 느껴져요? 오러 디펜더가 여기까지 뻗어오고 있어요. 적어도 150미터 이상 떨어져 있는데……."

"오러 디펜더?"

그 말에 하쿠란이 깜짝 놀라서 정신을 집중했다. 과연, 알렉스의 말을 듣고 '오러 디펜더'라는 사실을 인식하고 봤더니 왜 자신이 압박감을 느꼈는지 알 수 있었다. 제대로 간파할 수 없을 정도로 옅게 퍼져 나간 오러 디펜더가 그녀의 감각을 자극하고 있었던 것이다.

'150미터 이상? 오러 테이커도 아니고 소드 마스터가 이렇게 멀리까지 오러 디펜더를 뻗어낸다고? 그게 가능한가?'

그보다 더 어이없는 것은 자극받고 있는 당사자인 하쿠란도 눈치채지 못한, 정체불명의 적이 전개한 오러 디펜더의 존재를 알렉스가 알아차렸다는 것이다. 하쿠란은 도대체 알렉스의 정체가 뭔지 궁금해지기 시작했다.

알렉스가 말했다.

"이쪽으로 오고 있어요! 하쿠란 경, 도망쳐요."

"우리가 가는 것은 병사들이 모두 빠져나간 후입니다."

"소드 마스터의 의무 따윌 따질 때가 아니에요! 죽는다고요!"

"어째서 죽는다고 단정하죠? 나는 누구한테도 지지 않아요."

하쿠란이 신경질적으로 대꾸하자 알렉스가 흠칫했다. 하쿠란은 알렉스가 한 번도 보지 못한, 이글이글 타오르는 눈동자로 그를 쏘아보며 말했다.

"상대가 오러 구현자라면, 그게 누구라고 해도 나는 지지 않아요."

그것은 누구나 여자는 절대 소드 마스터가 될 수 없다고 말하며 검을 쥐는 것조차 허락하지 않았던 사막에서, 오로지 스스로의 재능과 노력만으로 소드 마스터의 경지에 오른 하쿠란이 품은 절대적인 자부심. 다른 소드 마스터들을 눈 아래로 보며 오로지 알리시아만을 자신과 동등한 존재로 인정했던 그녀는 상대가 누구든 절대 물러날 생각이 없었고, 결코 패배한다고 생각하지 않았다.

알렉스는 하쿠란이 뿜어내는 무시무시한 기세에 순간적으로 압도당했다. 하지만 곧 울음을 터뜨릴 것 같은 얼굴로 애원했다.

"제발 부탁이에요. 하쿠란 경, 어차피 우리가 진 싸움이잖아요. 여기서는 물러나자고요."

"도망치고 싶으면 혼자 도망쳐요. 겁 많은 애송이."

하쿠란은 경멸을 담아 쏘아붙이고는 땅을 박차고 날아올랐다. 도망치기는커녕 오히려 상대와의 거리를 좁혀가는 그녀를 보며 알렉스가 발을 동동 굴렀다.

"아, 진짜! 왜 사람 말을 안 들어주냐고! 절대 못 이기는 상대라고!"

알렉스는 느낄 수 있었다. 지금 다가오는 상대가 하쿠란으

로서는, 아니, 그 어떤 오러 구현자도 대적할 수 없는 절망적
인 괴물이라는 것을. 그 느낌의 근거가 뭐냐고 하면 대답할
말은 없다. 그저 그렇게 느꼈을 뿐이다.

"답답한 사람 같으니."

알렉스는 울상을 짓고 하쿠란의 뒤를 따르려고 했다. 당장
에라도 도망치고 싶었지만 그녀를 혼자 내버려 둘 수는 없었
다.

하지만 상황은 알렉스의 의지를 존중해 주지 않았다. 알렉
스가 앞쪽에 있던 2층 건물 위로 뛰어오르는 순간, 측면으로
부터 데스 나이트가 무시무시한 속도로 달려들었던 것이다.

츠팡!

알렉스는 간신히 데스 나이트의 공격을 막아내고 튕겨 나
갔다. 겨우겨우 균형을 잡고 착지한 알렉스가 울상이 되어서
중얼거렸다.

"…망했다."

알렉스가 데스 나이트에게 발목을 잡혔을 때, 하쿠란은 그
로부터 50미터쯤 떨어진 곳에서 정체불명의 적이 다가오기
를 기다리고 있었다. 더 다가가지 않고 멈춘 것은 알렉스의
말에 울컥해서 날아갔던 이성이 돌아왔기 때문이다. 다들 후
퇴하느라 정신없는 판국에 오히려 앞으로 나아가다니, 생각
해 보면 미친 짓이었다.

그런데 상황이 뭔가 이상했다. 나아가는 그녀 앞으로는 어떤 적도 다가오지 않았던 것이다.

후우우우우.

그리고 시야를 가리는 불길이 흩어지며 한 사람이 다가왔다. 검은 갑옷으로 전신을 감싸고, 안감이 피처럼 붉은 망토를 펄럭이며 안개 같은 어둠을 피워 올리는 흑기사.

"재미있군. 여자였나?"

그가 흥미롭다는 듯 말했다. 하쿠란이 그를 쏘아보며 대꾸했다.

"나는 아라스하의 하쿠란 미아 바라다! 당신의 정체를 밝혀라!"

"명성이 자자한 신기루의 파괴자인가. 나는 베이런 크로네스."

고오오오오오!

그가 두르고 있는 어둠이 맹수처럼 포효하며 덩치를 불려 간다. 베이런은 투구 안쪽에서 육식동물 같은 미소를 지으며 말했다.

"명성만큼 실력이 있는지 구경해 보도록 하지."

그리고 어둠이 사나운 이빨을 드러냈다.

하쿠란은 어떤 조짐도 없이 허공에서 출현하는 어둠의 칼날을 보며 기겁했다. 베이런은 검조차 뽑지 않았는데 주변에서 무수한 어둠의 칼날들이 나타나서 그녀를 노리고 날아들었다.

파아아아앙!

그녀의 주변에서 물결 같은 빛의 파문이 일어나며 어둠의 칼날들을 막아냈다. 초진동 오러 블레이드가 그녀의 방어를 뚫지 못하고 가로막히자 베이런이 눈을 치켜떴다.

"호오? 그 오러 디펜더는 뭐지? 재미있는 기술을 쓰는군."

하쿠란의 오러 디펜더 운용법은 베이런조차도 처음 보는 방식이었다. 하쿠란이 그를 노려보며 대답했다.

"신기루."

그것이 그녀가 자신의 방어 기술을 부르는 이름이었다.

베이런의 눈이 흥미로 빛났다. 그는 좀 더 하쿠란의 기술을 구경해 보겠다는 듯 공격을 이어갔다. 또다시 무수한 어둠의 칼날들이 나타나서 하쿠란을 난도질하려고 했다.

하쿠란은 코웃음을 치며 쌍검을 휘둘렀다. 그녀의 주변에 무수한 빛의 파문이 일어나 공격을 막아냈다 싶은 순간, 그녀의 몸이 무시무시한 속도로 앞으로 쏘아져 나갔다. 일어나는 파문이 정면에서 날아드는 어둠의 칼날들을 밀어서 깨뜨리고 그녀의 쌍검이 어지럽게 춤춘다.

파파파파파파!

수십 개의 섬광이 사방을 메우며 쏟아져 내렸다. 궤도가 일정하지 않고 변화무쌍하게 흔들리는 그 검격은, 마치 수십 장의 낙엽이 쏟아져 내리는 장면을 수백 배 빠르게 가속시켜 놓은 것 같았다.

"호오!"

베이런의 입에서 감탄사가 흘러나왔다. 동시에 그의 몸이 움직였다. 몸에 두르고 있던 어둠이 수십 개의 칼날로 변해서 전방위에서 날아드는 검을 요격하며 그 너머에 있는 하쿠란의 모습을 쫓았다.

순간 하쿠란의 눈이 빛났다.

'비검(秘劍) 배니싱!'

베이런의 시야에서 하쿠란의 공격 궤도를 알려주는 궤적이 모조리 사라졌다. 오러 구현자들끼리의 전투에서 적의 감각을 교란시키는 고급 기술 배니싱 라인. 그리고 그것이 끝이 아니었다.

콰콰콰콰콰!

베이런의 공격이 하쿠란의 방어 기술 신기루 위를 연달아 강타, 결국 관통하면서 그녀의 몸까지 꿰뚫었다. 하지만 그 순간 베이런의 눈썹이 꿈틀거렸다.

'환영?'

그가 꿰뚫어 버린 하쿠란의 모습은 오러 디펜더를 응집시켜 만들어낸 환영이었던 것이다. 흩어져 가는 오러의 파편들이 바람에 떨어져 나온 꽃잎들처럼 주변에서 춤추는 가운데, 그의 시야에 사라진 하쿠란의 공격 궤도를 알려주는 빛의 선이 떠올랐다. 동시에 그 선들과는 전혀 관계없는 방향에서,

아무런 기척도 없이 날아드는 공격이 있었다.

콰콰콰콰콰!

베이런의 오러 디펜더가 급속도로 진동수를 높이면서 그 공격을 받아냈다. 충격파가 터지면서 흩날리던 빛의 파편들이 사라져 가고, 그 속에서 빛의 파문들이 일면서 하쿠란의 모습이 드러났다.

베이런이 말했다.

"…놀랍군."

방금 전의 공격은 베이런조차 읽어낼 수 없었다. 배니싱 라인에서 카오틱 라인으로 이어지는 감각교란 기술, 거기에 더해서 오러의 파편들을 이용해서 초감각의 사각지대를 만들어내고 그곳으로 몸을 감추는 방법은 생각조차 해보지 못한 것이었다.

"상처를 입어본 것도 정말 오랜만이야."

베이런이 부서진 투구를 손가락으로 툭툭 치며 말했다. 하쿠란의 공격은 베이런의 초진동 오러 디펜더조차 관통, 그의 투구를 부수고 볼에 베인 상처를 남겼다.

베이런은 투구를 벗어 던졌다. 그러자 회색 머리칼에 붉은 눈동자를 가진 남자의 얼굴이 나타났다.

"너는 내게 상처를 입힌 두 번째 여자다."

첫 번째는 철혈의 검후라 불리는 나타샤 프리바흐. 그때나 지금이나 자신의 앞을 가로막는 가장 위협적인 존재가 여자라는 사실은 베이런에게 아이러니를 느끼게 했다.

스르릉!

그의 새카만 검이 저절로 뽑혀 나와 손에 쥐어졌다.

미소 짓는 베이런을 보며 하쿠란이 말했다.

"그럼 이제 당신을 죽이는 첫 번째 사람이 되겠지."

동시에 그녀의 몸이 쏘아져 나갔다. 나아가는 것과 동시에 주변에 무수한 빛의 파문이 퍼져 나가면서 그녀의 모습을 흐려놓았다. 쌍검이 현란하게 휘둘러지자 더 이상 세상은 온전하게 보이지 않았다. 겹치고, 겹치며 끝없이 이어져 가는 빛의 파문에 묻혀 일그러지고 부서진 것처럼 보였다.

그것은 베이런조차도 경탄할 수밖에 없는, 진동의 묘리와 소드 마스터의 변화무쌍한 오러를 결합시켜 극한까지 발전시킨 운용 기술. 베이런의 붉은 눈동자가 빛났다. 하쿠란은 오러 디펜더를 여러 겹으로 나누어 미세한 거리로 떨어뜨려 놓은 뒤에 서로 다른 리듬으로 진동시키고 있었다. 서로의 거리가 아주 가깝기 때문에 초고속으로 진동하기 시작하면 어쩔 수 없이 맞닿게 되고, 맞닿을 때마다 그 지점으로부터 강한 반발력이 일어나면서 빛의 파문을 그려내게 되는데 이것이 초진동 오러 블레이드조차 막아내는 강력한 방어 효과를 발휘하는 것이다.

신기루는 베이런이 지금까지 본 그 어떤 방어 기술보다도 완벽했다.

'그렇다면 그에 어울리는 기술로 상대해 주지!'

베이런이 두른 어둠이 폭증되어 갔다. 일부러 상대와 비슷한 오러 출력만을 발휘하던 베이런이 힘을 완전 개방시키자 반경 100미터 가까운 공간이 어둠에 집어삼켜졌다.

신기루로 자신의 영역을 지켜내던 하쿠란은 그 의미를 알고 경악했다.

'절대적인 오러량! 이것이 허공에서 출현하는 오러 블레이드의 비밀이었어!'

베이런이 개방해서 뿜어낸 오러량은 하쿠란의 열 배가 넘었다. 그는 그 오러량을 바탕으로 밀도를 극도로 낮춘 오러 디펜더를 광범위하게 퍼뜨려서 공간을 지배하고 있었던 것이다.

파파파파파!

온통 어둠으로 둘러싸인 공간에서 격전이 시작되었다. 마치 어둠 자체가 살아 있는 생명체처럼 하쿠란을 포위한 채 검을 뻗어온다. 하쿠란의 신기루는 그 모든 공격을 차단했지만 위력이 압도적으로 밀려나는 것만은 어쩔 수 없었다.

'이대로 시간이 지나면 충격으로 압사당해. 어떻게든 어둠이 지배하는 영역에서 탈출해야 해.'

하쿠란은 판단을 내리고, 즉시 실천했다. 그녀를 감싼 빛의 파문이 확장되어 가면서 어둠을 물리치고 길을 연다. 그녀는 열린 길을 통해서 어둠으로부터 이탈하려고 했다.

하지만 그 순간 눈앞을 가로막는 베이런의 모습이 있었다. 베이런이 붉은 눈동자를 빛내면서 검을 휘둘렀다.

하쿠란이 좌검(左劍)을 들어 그것을 받아내고 우검(右劍)으로 허점을 찌르려는 순간, 그의 위쪽으로부터 쏘아져 오는 오러 블레이드가 있었다.

퍼엉!

공간을 통째로 박살 내버리는 듯한 일격이었다. 충격으로 주변의 지면이 터져 나가면서 부서진 포석들이 흩날렸다. 하쿠란은 섬뜩함을 느끼며 뒤로 밀려났다.

'공격이 날아드는 리듬이 이렇게까지 바뀔 수도 있나?

공격이 시작되는 것을 보고 리듬과 궤도를 파악하는 바로 그 순간, 기다렸다는 듯이 다섯 배 이상 가속되면서 공격 궤도가 미묘하게 틀어지는 공격. 하쿠란조차도 그 변화의 폭을 따라가지 못해서 방어가 완전하지 못했다. 신기루가 퍼져 나가면서 넓은 범위를 커버하는 기술이었기에 망정이지, 그렇지 않았다면 몸통을 관통당했을지도 모른다.

펑! 퍼엉! 펑!

베이런의 공격이 연속적으로 이어졌다. 하쿠란은 신기루로 그것을 막아내며 이를 악물었다. 미묘하게 예측과 어긋나는 지점을 타격하는 베이런의 공격은 알그람 레이지가 사용하던 바로 그것이었다.

하지만 공격이 다섯 번 이상 이어지자 하쿠란도 기술의 원

리를 간파했다. 그녀의 방어가 순식간에 정밀함을 되찾아가
자 베이런이 웃었다.

"이건 어떤가?"

베이런이 손목을 흔들면서 검을 휘둘렀다. 그러자 기이한
변화가 발생한다. 오러 블레이드가 죽 늘어나면서 날아드는
것과 동시에 그 궤도로부터 무수한 오러 블레이드가 솟아나
서 각기 다른 궤도, 각기 다른 타이밍으로 하쿠란을 노리는
게 아닌가?

투두두두둥!

"신기루라, 그 방어 기술은 정말로 완전에 가깝군. 하지만
완전하지는 않다."

그것조차도 모조리 막아내는 하쿠란을 보며 베이런이 땅
을 박찼다. 허공에서 그가 있는 힘을 다해 검을 내려치니 초
음속의 오러 블레이드가 반월형으로 날아들었다.

'반격한다!'

순간 하쿠란의 눈이 빛났다. 그녀가 쌍검을 안쪽으로 교차
하더니 그대로 서로 검면을 대고 마찰시키면서 바깥쪽으로
밀어냈다. 마치 검을 감싼 오러 블레이드를 벗겨서 밀어내는
듯한 그 공격은, 쌍검이 서로 떨어지는 순간에는 역시 초음속
에 도달해 있었다.

'비검(秘劍) 쪼개지는 달!'

베이런의 그것보다도 더욱 큰 반월형의 검격이 뻗어나갔

다. 검은 칼날과 청백색 섬광이 서로 충돌하면서 공간이 뒤흔
들렸다.

하쿠란의 움직임은 그것으로 끝나지 않았다. 그녀는 빛의
파문으로 몸을 감싼 채 이동하면서 곧바로 새로운 비검을 전
개하려고 했다.

쿠우우웅!

등 뒤에서 들려오는 진동음만 아니었으면 그렇게 했을 것
이다. 하쿠란은 깜짝 놀라서 뒤를 돌아보았다. 그곳에 결코
있을 리 없는 존재가 웃고 있었다.

‘두 명? 환영인가?’

정면에 있는 베이런 말고 또 한 명의 베이런이 그곳에서 검
을 휘두르고 있었다. 반월형으로 뻗어나간 두 개의 검격이 맞
물리면서 하쿠란의 검격을 분쇄, 그대로 양쪽에서 그녀를 덮
쳤다.

콰아아아아아!

폭음과 함께 피투성이가 된 하쿠란의 몸이 허공으로 치솟
았다. 서로 반대편에서 날아든 어둠의 칼날은 신기루마저 분
쇄하면서 맞물렸다. 하지만 하쿠란은 신기루가 버티는 순간
을 노리고 허공으로 솟구쳤고, 간발의 차로 충격파가 그녀를
덮치면서 위로 날려 보냈던 것이다.

‘졌어……!’

하쿠란은 자신이 패배했다는 사실을 깨달았다. 정통으로

맞지도 않았는데도 내장이 파열되고 몸 여기저기의 뼈가 부서져서 힘이 들어가지 않았다.

그 아래쪽에서 두 명으로 나뉘었던 베이런이 다시 하나로 합쳐지면서 말했다.

"대단해. 젊은 나이에 거기까지 재능을 개화하다니. 내가 만난 누구보다도 훌륭했다."

하쿠란은 그 말을 듣지 못했다. 그녀는 정신이 아득해지는 것을 느끼며 지상으로 추락해 갔다.

"음?"

베이런이 눈살을 찌푸렸다. 하쿠란이 떨어지는 순간, 누군가 엄청난 속도로 달려와서 그녀를 받아 들었던 것이다.

9

"그러게 내가 뭐랬어요!"

잔뜩 겁을 집어먹은 모습으로 하쿠란을 다그친 것은 알렉스였다. 알렉스는 베이런의 시선이 자신을 향하는 순간, 뒤도 돌아보지 않고 달아나기 시작했다.

"노력이 가상하군. 내 앞에서 도망쳐 보겠다고?"

베이런이 피식 웃었다. 동시에 알렉스의 사방에서 어둠의 칼날이 생성되어 그를 덮쳤다.

하지만 그 순간 놀라운 일이 벌어졌다. 알렉스가 눈을 부릅뜨나 싶더니 아슬아슬한 움직임으로 어둠의 칼날들을 모조리 피해서 돌파하는 것이 아닌가?

"호오?"

베이런의 눈썹이 치켜떠졌다. 그는 땅을 박차고 무시무시한 속도로 알렉스의 뒤를 쫓았다. 알렉스가 달리는 속도는 화살보다도 더 빨랐지만 베이런은 순식간에 그를 따라잡아서 앞을 가로막았다.

후우우웅!

그리고 곧바로 이어지는 검격을 알렉스는 간발의 차로 피했다. 동시에 반격을 날렸다. 하쿠란을 안은 채 한 손으로 검을 휘두르자 탄력있게 휘어지는 오러 블레이드가 베이런을 노렸다.

퍼퍼퍼퍼펑!

그것도 한 발이 아니었다. 베이런이 눈앞의 검격을 막는 순간, 지면을 아슬아슬하게 달려온 또 한 발이 숏구치면서 턱밑을 노렸다.

베이런은 그것도 쉽게 막아내면서 반격했다. 알렉스는 그 공격에 미처 반응하지 못하고 그대로 서 있었다.

쾅!

하지만 다음 순간 밀려난 쪽은 베이런이었다. 베이런이 눈을 부릅떴다.

'무슨 수를 쓴 거지?'

한순간 그조차도 알렉스가 무슨 수를 쓴 건지 이해할 수 없었다. 그 앞에서 알렉스는 창백해진 안색으로 땅을 박차고 건물을 뛰어넘어 가고 있었다.

'으아아아! 진짜 믿어지지 않을 정도로 완벽하게 들어갔는데! 그것도 안 먹히다니 완전 괴물이야, 괴물!'

방금 전의 공격은 알렉스가 그동안 보고 훔쳐낸 기술들을 종합해서 만들어낸, 솔직히 말하자면 정말 비장의 한 수로 자신있다고 생각했던 기술이었다. 그 기술을 이용해서 알렉스는 데스 나이트를 쓰러뜨리고 하쿠란을 구하러 올 수 있었다. 그런데 그 공격조차도 베이런을 주춤하게 만들었을 뿐, 상처를 입히는 데는 실패했다.

"정말 신기한 녀석이로다."

게다가 베이런은 도대체 무슨 수를 썼는지 건물 위에서 그를 기다리고 있었다. 알렉스는 흠칫 얼어붙고 말았다.

"부, 분신?"

알렉스는 아까 베이런이 어둠 속에서 두 명으로 나뉘는 것을 보고 그 원리를 파악했다. 주변에 농밀하게 깔아둔 오러 디펜더를 이용, 스스로를 투영하는 또 하나의 자신을 만들어내는 기술. 원리를 파악하긴 했지만 절대 따라 할 수 없는 기술이었다. 즉, 지금 눈앞에 나타난 베이런은 진짜가 아닌 분신이다. 문제는 분신이라도 진짜하고 똑같은 전투력을 갖고 있다는 것이다!

베이런이 재미있다는 듯 물었다.

"호오, 인카네이션을 알아보느냐? 어떻게 알아봤지?"

인카네이션. 그것이 바로 베이런이 사용하는 분신술의 이름이었다. 오러를 이용해 구현해 내는 또 하나의 자신. 가짜이지만 진짜와 의식을 공유하고 동일한 힘을 사용할 수 있는 두 번째 육체.

"그, 그야 오러가 뭉쳐 있는 게 보이니까 그렇… 죠."

알렉스는 잔뜩 겁을 집어먹고 존댓말을 써버리고 말았다. 스스로가 한심하다는 생각이 꽉꽉 들었지만 하쿠란을 살릴 틈을 발견하려면 상대의 화를 돋우지 말아야 할 것 같았다.

베이런이 고개를 갸웃했다.

"인카네이션의 오러가 뭉쳐 있는 게 보인다? 흐음. 그것도 정말 비상한 재능이군. 방금 전의 기술도 그렇고……. 하지만 오러의 운용 자체는 깊이 연마된 느낌이 아니야. 소드 마스터가 된 지 얼마나 됐지?"

"…5개월 됐는데요?"

"5개월?"

베이런의 눈이 크게 떠졌다. 그가 믿을 수 없다는 듯 중얼거렸다.

"5개월밖에 안 됐으면서 진동기를 사용해? 그것도 내 진동수에 맞춰서? 정말이냐?"

알렉스는 대답하지 않고 침을 꿀꺽 삼켰다. 앞을 가로막은 베이런의 뒤쪽에서 또 하나의 베이런이 다가오고 있었기 때문이었다. 두 사람의 몸이 조금씩 가까워지고, 마침내 겹쳐지고 나니 앞으로 한 걸음 내딛는 그의 몸은 하나로 돌아가 있었다.

"방금 전 그 기술은 정말 기겁할 정도로 대단했는데, 놀라운 재능이로군. 여기서 죽여야 한다는 게 아쉬울 정도야."

알렉스가 사용한 기술은 알리시아의 스타 더스트와 하쿠란의 신기루로부터 영감을 얻어 만들어낸 반격기였다.

하쿠란이 신기루를 사용할 때 여러 겹으로 나누어둔 오러 디펜더를 서로 다른 리듬으로 진동시키는 이유는 간단하다. 동일한 리듬으로 진동시키면 서로 달라붙어서 하나로 융합되어 버리기 때문이었다.

끈질기게 하쿠란에게 물어본 끝에 그 사실을 알아낸 알렉스는 그 점에 착안하여 제로 카운터라 불리는 기술을 만들어냈다.

원리는 간단하다. 한곳으로 응집시켜 구체형으로 빚어낸 오러를, 상대의 초진동 오러 블레이드와 동일한 리듬으로 진동시킨다. 그리고 격돌하는 순간, 동일한 진동수를 이용해서 상대방의 오러 블레이드를 붙잡은 채로 오러의 구체를 회전, 궤도를 고스란히 틀어서 상대방에게 되돌려준다.

말로 하면 간단하지만 상대방의 진동수를 보고 똑같이 맞출 수 있다는 점에서 이미 말도 안 되는 기술이고, 그 한순간

에 궤도를 한 치의 오차도 없이 반대편으로 틀어주는 것은 그
야말로 신기라고 할 만했다. 알렉스도 완벽하게 성공했다는
것을 믿을 수 없었을 정도였다.

우우우우웅!

사방에서 어둠의 칼날이 떠올랐다. 알렉스는 침을 꿀꺽 삼
켰다. 어둠의 칼날이 너무 많아서 도저히 피할 자신이 없었
다.

'막으면서 밀고 들어갈 수 있는 것은 고작해야 두 개나 세
개…… 나 여기서 죽는 거야?'

제로 카운터라는 놀라운 기술까지 만들어낸 주제에 알렉
스는 아직 진동기를 제대로 구사하지 못했다. 회전기까지는
한번 보면 고스란히 복제해 낼 수 있었지만, 진동기는 오러
블레이드를 집중해서 진동시키는 것조차도 그리 오래 지속할
수 없다. 그것만은 시간을 들여서 오러 운용 기술을 숙련해야
만 해결할 수 있는 문제였다.

파파파파파파!

그리고 어둠의 칼날이 비처럼 쏟아져 내렸다. 알렉스는 이
를 악물고 한쪽으로 몸을 날렸다. 동시에 알리시아의 스타 더
스트를 흉내내어 사용, 세 개의 오러 구체를 고속 회전시키면
서 스파이럴 차징을 전개했다.

'몇 개 정돈 막아주겠지!'

집중된 힘을 발휘하는 초진동 오러 블레이드 앞에서 고속

회전 오러 블레이드는 종잇장처럼 찢겨져 나갈 뿐. 하지만 좀 더 큰 힘을 얻는데는 회전기가 진동기보다 유리하고, 어떤 공격도 방어를 돌파하고 나면 위력이 상쇄되게 마련이다. 알렉스는 거기에 모든 것을 걸고 돌격했다.

콰아아아앙!

어둠이 폭발하며 빛을 집어삼켰다. 알렉스는 피투성이가 되어 허공으로 날아올랐다.

'돌파… 했……'

알렉스는 지독한 고통 속에서 정신이 혼미해지고 있었다. 위아래조차 구분할 수 없었지만 품에 안긴 하쿠란을 꼭 끌어안으면서 피식 웃는다.

'하쿠란 경, 미안……'

남이 자신을 건드리는 것조차 싫어하는 그녀인데 이렇게 안고 돌아다녔으니 얼마나 화를 낼지 짐작조차 못하겠다. 하지만 목숨을 구해줬으니 이 정도 실례는 저질러도 되겠지.

알렉스는 그렇게 생각하며 오러 디펜더를 펼쳤다. 당장 의식이 끊어질 것 같았지만 지상에 떨어질 때까지 유지하지 않으면 죽는다!

'매형, 아니, 이젠 라곤 경이지. 댁이 한 짓이 고맙게 느껴질 때도 있다니 세상 오래 살고 볼 일이네요, 진짜!'

알렉스는 라곤에게 받은 지옥훈련을 떠올리며 이를 악물

었다. 그에게 맞고 사경을 헤맸던 것을 생각하면 이 정도는 아무것도 아니다. 왠지 지금이 훨씬 더 심한 상태인 것 같기도 하지만 어쨌든 느낌상 그렇다!

"애송이가 제법 의지가 있구나."

베이런은 떨어져 내리는 알렉스에게 손을 뻗었다. 이것으로 끝이다. 하지만 알렉스에게 공격을 가하려던 그의 손이 급격히 다른 방향으로 이동했다.

파아아앙!

먼 곳으로부터 쏘아진 초진동 오러 화살이 그의 오러 디펜더와 충돌해서 흩어졌다. 베이런이 사납게 미소 지었다.

"오러 테이커인가? 오늘 맛있어 보이는 먹잇감을 많이 만나는군."

리리디카가 200미터 떨어진 곳에서 연달아 초진동 오러 화살을 쏘아내기 시작했다. 베이런은 코웃음을 치며 그것을 비껴내고 거리를 좁혀갔지만 그 순간 반대쪽에서 좀 더 묵직한 공격이 날아들었다.

콰아앙!

초진동 오러 블레이드를 덧씌운 창이 초음속으로 날아들어 그를 강타했다. 베이런조차도 제자리에서 받아내지 못하고 수십 미터나 밀려 나갈 수밖에 없는 공격이었다.

쾅! 쾅! 쾅!

그것도 하나로 끝나지 않고 연달아 날아든다. 상대를 포착하면 간단히 막아낼 수 있을 공격이었지만 문제는 리리디카 쪽이었다. 창을 던지는 쪽은 그녀와 서로 대화라도 나누는 것처럼 완벽하게 보조를 맞추어서 베이런이 움직이지 못하는 순간을 만들고, 그 타이밍을 노렸던 것이다.

'저것도 여자군.'

베이런은 충격파 너머에서 달리고 있는 적의 모습을 보았다. 붉은 섬광을 흩날리며 질주하는 소드 마스터는 알리시아였다.

그리고 그를 공격하는 것은 알리시아와 리리디카만이 아니었다. 그새 베이런을 포착한 엘프 대마법사 포르포린이 외쳤다.

"블레이즈 스웜!"

사방에 널려 있던 불길로부터 무수한 불의 정령들이 일어나더니 하나로 뭉쳐서 불의 해일을 이루었다. 그것이 한곳으로 집중되어서 베이런에게 달려들었다.

화아아아아악!

그것으로 끝이 아니라는 듯 드워프 대마법사 바바델이 외쳤다.

"먹어라! 포스 스톰!"

파아아아아아!

포스 볼트 계열의 최상위 마법, 한 점에 집중하는데 특화된 드워프들이 개발한 9서클 공격마법 포스 스톰이 폭염을 뚫고 베이런에게 작렬했다. 그것은 바바델과 베이런 사이를 잇는 두께 3미터짜리 광선이었다. 음속의 다섯 배로 쏘아진 섬광이 작렬하자 지면이 통째로 뜯겨져 나가고 충격파가 휘몰아쳤다.

쿠르르릉!

그리고 사방에서 난타해대는 오러의 파편과 두 발의 궁극 마법에 묶인 그를 요새 건물들이 무너지면서 덮쳤다. 그것을 본 바바델이 근처까지 다가가서 마력으로 주변 공간을 장악, 봉인 마법을 사용하기 시작했다.

"녀석을 봉인한다! 건방진 엘프! 빨리 도와!"

"건방지다니, 건방짐의 대명사인 드워프에게 그런 소릴 듣다니 모욕적이야!"

포르포린도 투덜거리면서 봉인 마법을 사용했다. 독설을 주고받으면서도 완벽하게 서로의 장점을 살려 마법을 완성하는 것이 그들의 대단함이었다.

"디멘션 임프리즌먼트!"

드워프의 공간 장악술과 엘프의 정령술이 합쳐진 다중봉인 결계. 임시 봉인이긴 하지만 이 정도면 베이런이라고 해도 한동안은 빠져나올 수 없을 터였다.

그사이 알리시아가 땅에 떨어진 알렉스와 하쿠란을 붙잡고 달리기 시작했다.

"쿨럭!"

그제야 하쿠란이 눈을 뜨고 피를 토했다. 하쿠란은 흐릿한 눈으로 알리시아를 보며 말했다.

"좋으… 세요. 갈 수 있습니다."

"그럴 상태가 아니에요."

"괜찮아요. 짐이 되고 싶진 않아요."

하쿠란은 오러 디펜더를 운용, 파괴된 신체 부위에 채워 넣고는 몸을 움직이기 시작했다. 어그레시브 오러 모드와는 반대로 오러 디펜더에 할애하는 힘의 비율을 높여서 움직일 수 없는 몸을 움직이게 하는 기술. 이전에 엑서 하이어 자서스도 최후의 순간에 사용했던 디펜시브 오러 모드였다.

하쿠란이 자신의 손에서 벗어나 달리기 시작하자 알리시아가 눈을 크게 떴다.

"놀랍군요. 진짜 움직일 수 없는 상처였는데."

"……."

하쿠란은 대답하지 않았다. 그때였다.

콰앙!

주변 건물이 버터처럼 썰어지면서 어둠의 칼날이 날아들었다. 알리시아가 반사적으로 오러 디펜더를 세워 그것을 막아냈다.

'아까 그놈들… 이 아니야!'

썰려서 무너지는 건물들 사이에서 모습을 드러낸 것은 베이런이었다. 베이런이 웃었다.

“유감스럽게도 진짜 몸으로 그대와 겨뤄보진 못하겠군. 시간제한이 있지만…… 여흥 정돈 되겠지.”

‘분신!’

알리시아는 한눈에 눈앞의 베이런이 분신임을 알아보았다. 본체가 다중결계에 갇힌 상태로 수백 미터 밖에 구현된 분신이라 오래 가진 못하지만 그 강력함만은 여전하리라.

파파파파파!

베이런은 알리시아의 이름조차 묻지 않고 공격을 가했다. 변화무쌍하게 날아드는 공격을 알리시아는 쉽게 막아내면서 거리를 좁혔지만, 그 순간 그녀의 감각을 피해서 옆으로 빠지는 공격이 있었다.

‘아차! 하쿠란 경!’

그 공격은 하쿠란을 노리고 있었다. 몸을 움직이기 위해 오러 디펜더를 모조리 부어넣은 하쿠란은 신기루를 사용하기는커녕 오러 디펜더를 세우는 것조차 불가능했다.

콰아앙!

안색이 굳어진 그녀의 앞을 알렉스가 가로막았다. 피투성이가 된 알렉스는 그 공격을 받아내고는 울컥, 피를 토했다.

“주, 죽겠다…….”

마지막 힘을 쥐어짜 내서 방어하긴 했지만 완전하진 못했다. 충격이 오러 디펜더를 관통해서 몸을 뒤흔드니 정말 죽을 것만 같았다.

비틀거리며 쓰러지는 그를 하쿠란이 받아 안았다. 그녀가
물었다.

"왜……?"

그녀는 어째서 알렉스가 자신을 위해 몸을 던졌는지 이해
할 수 없었다. 이 경박한 애송이 소드 마스터는 어째서 자신
을 귀찮게 졸졸 따라다니고, 이렇게 목숨을 아끼지 않고 지키
려고 든단 말인가?

그녀의 표정을 본 알렉스의 얼굴이 확 달아올랐다. 피투성
이가 되어서 표시가 나진 않았지만 알렉스는 덜덜 떨리는 목
소리로 대답했다.

"그, 그야……."

당신을 좋아하니까 그렇죠.

…라는 말은 하쿠란에게 닿지 못했다. 알렉스가 말을 끝까
지 잇기 전에 충격파가 그들을 덮쳤고, 하쿠란은 가까스로 그
것을 막아낸 뒤에 달리기 시작했기 때문이다.

알리시아가 외쳤다.

"가요! 하쿠란 경! 빨리!"

고작 몇 합 겨루었을 뿐이지만 알리시아는 전율하고 있었
다. 살면서 이런 강적을 만날 것이라고는 상상도 하지 못했
다. 꺼져 가는 불꽃같은 분신인데도 불구하고 그녀는 베이런
에게 압도당하고 있었다.

'라곤 경은 이런 남자에게 복수하려고 하는 건가?

눈앞의 남자야말로 라곤이 일생을 걸고 넘어서려고 하는 산.

라곤을 떠올리자 가슴 한구석이 시큰거린다. 알리시아는 입술을 깨물면서 베이런의 공격을 막아냈다.

'여기서 모든 것을 보여줘서는 안 돼.'

지금 상대하고 있는 베이런을 쓰러뜨린다 한들 그의 본체는 건재할 것이다. 다음 번에 다시 싸울 수밖에 없는 상대라는 점을 감안하면, 여기서는 자신의 기량을 최대한 숨겨야만 했다. 하쿠란처럼 기술을 낱낱이 간파당한다면 다음 번에는 승산이 없을 테니까.

파파파팡!

다행히 리리디카가 원거리에서 지원을 해주고 있었기에 알리시아는 초진동 스타 더스트만으로도 베이런을 막아낼 수 있었다. 그렇게 5분 정도 흘렀을까? 문득 베이런이 공격을 멈추고 피식 웃었다.

"이런, 아쉽군. 아가씨의 진짜 실력 정도는 보고 싶었는데. 이런 상태론 무린가."

그의 몸이 검은 연기처럼 흩어져 가고 있었다. 알리시아가 말했다.

"그때가 당신이 진짜 쓰러지는 순간이 될 거야."

"기대하지. 나는 베이런 크로네스."

“알리시아 미세룬.”

알리시아는 베이런의 붉은 눈동자를 똑바로 노려보며 이름을 밝혔다. 곧 베이런의 분신이 산산이 흩어지고 나자 알리시아 역시 자이언트 구울과 데스 나이트들을 막아내면서 요새 바깥으로 후퇴했고, 마법사들이 요새에 설치해 둔 마법을 폭파시켜 적들의 추격을 막았다.

CHAPTER 29
공허 너머에

마검전생

1

쿠르릉…… 쿠궁…….

높은 하늘 위에서 굉음이 들려오고 있었다. 그것은 300미터에 이르는, 대륙에 현존하는 그 어떤 건축물보다도 높이 지어진 거대한 탑의 꼭대기로부터 들려오는 소리였다.

오크들의 수도 오키디아, 그곳에 프로토 오크를 위해 수만의 노동력을 동원하여 지어진 원시의 탑.

이 탑을 설계하고 건축을 추진한 아이오네스는 지상에서 위쪽을 올려다보며 미소 지었다.

"완성도는 생각 이상이군."

"시작된 겁니까?"

그의 옆에 서 있던 베이런이 물었다.

토라스 왕국으로 출진하여 국경요새 파리안을 함락시킨 두 사람은 곧바로 다른 병력들과 떨어져서 오키디아로 돌아와 있었다. 토라스 왕국을 무너뜨리는 것보다 훨씬 더 중요한 일을 위해서였다.

까마득하게 높은 탑 정상 부분에서 푸른 섬광이 일어나 사방으로 파문을 퍼뜨리고 있었다. 이곳에서는 희미한 빛이 일렁이며 퍼져 가는 것으로 보일 뿐이지만, 실제로 저 높이에서는 굉장히 격렬한 에너지가 끓어오르는 중이다.

아이오네스가 뒤를 돌아보며 물었다.

"어떠십니까?"

"훌륭하군."

그곳에는 붉은 용의 가죽으로 만든 망토를 걸친 오크의 신, 프로토 오크가 서 있었다. 그는 잠시 동안 탑을 올려다보더니 손을 들어 올렸다.

그 순간 공간이 뒤흔들렸다. 거대한 탑을 둘러싸고 아지랑이 같은 힘의 파동이 일어나더니 세상이 일그러져 간다. 그러더니 점차 탑의 형상이 사라져 가기 시작했다.

믿을 수 없는 일이었다. 밑동의 지름만 해도 100미터에 이르고, 높이가 300미터에 이르는 거대한 구조물이 눈앞에서 공간 속으로 녹아들듯 사라져 가다니! 아무리 강력한 마법의 환상으로도 만들어낼 수 없는 현상이었다.

아이오네스가 감탄을 숨기지 않고 말했다.

"대단하군요. 탑을 통째로 차원의 틈 속에 감추시다니."

탑이 사라진 것은 환상이 아니었다. 프로토 오크는 그 거대한 탑을 차원의 틈새로 보내어 누구도 파괴할 수 없게 한 것이다.

프로토 오크가 웃었다.

"내 자식들의 신앙이 나를 완전하게 한다. 지금 내 힘은 천 년 전보다 더욱 강성해져 있다."

인간들의 수는 천 년 전에 비하면 열 배 이상 늘어났다. 그리고 오크들의 수도 인간들만큼 늘어나진 않았지만 예전에 비해 두 배 이상 많아졌다. 그들이 한마음 한뜻으로 프로토 오크를 섬기는 지금 프로토 오크가 신으로서 발휘할 수 있는 권능 역시 강대해져 있었다.

천 년 동안 이루어진 세계의 변질이 그의 권능을 제약시켰지만, 원시의 탑은 그런 제약을 파괴하고 프로토 오크에게 오크들의, 아니, 이제는 그가 신들을 죽이고 복속시킨 모든 종족들의 신앙을 모아주고 있었다. 지금까지 프로토 오크가 보인 이적 역시 경이로운 것이었지만, 이제 그는 진정한 재앙으로 군림할 수 있으리라.

프로토 오크는 크게 만족하며 아이오네스를 칭찬했다.

"훌륭하다. 아이오네스."

"감사합니다."

"이제 오크의 승리는 시간문제일 뿐. 그러니 저 가증스러운 엘프들을 지상에서 지우기 전에 네 소원부터 이루어주도록 하마."

프로토 오크가 궁극적으로 이루고자 하는 목표 중 하나는 엘프들을 말살하고, 그들의 신 마라야가 지상에 머무르기 위해 차지하고 있는 세계수를 빼앗는 것. 엘프라는 종족을 창조하는 재료가 되었던 그 세계수를 빼앗는다면 오크라는 종족을 좀 더 높은 수준으로 개선할 수 있을 것이라고 프로토 오크는 생각하고 있었다.

하지만 그전에 여기까지 오는 데 큰 도움을 준 아이오네스에게 포상을 내리지 않을 수 없다. 프로토 오크는 기꺼이 아이오네스의 소원을 들어주기로 마음먹었다.

프로토 오크가 말했다.

"지상에 남은 신도 되다 만 것들 따윈 어차피 청소해야 할 것. 바이밀란이라니, 그런 것들이 아직까지 남아 있었다는 사실에 놀랍고도 불쾌하구나. 네가 바라는 대로 이 세상에서 지워 버리도록 하마."

그 말에 아이오네스는 기대감에 젖은 눈으로 먼 곳을 바라보았다. 제국의 황도 바이제라가 있는 방향을.

동시에 그는 바이제라 한복판을 걷고 있었다. 프로토 오크의 곁에 있는 것과는 또 다른, 자신의 본체와는 완전히 다른 얼굴을 한 마법사가 되어 황도의 마탑으로 향한다. 특유의 마법회로조차 없는 그저 마력이 좀 뛰어난 마법사에 불과한 그를 의심하는 이는 아무도 없었다. 이미 몇 년 전부터 제국 마탑에 몸담아왔기 때문이다.

바이제라 안에 있는 그의 몸은 그것 하나만이 아니었다. 황도 곳곳에, 각기 다른 신분을 가진 무수한 마법사의 몸으로 활동하고 있었다. 제국에서는 까맣게 모르고 있지만 아이오네스의 이빨은 이미 그들의 심장부를 겨누고 있는 것이다.

그의 존재를 오랫동안 찾아 헤맨 바이밀란조차도 그 사실을 알아차리지 못했다. 바이밀란은 아이오네스의 마법회로를 기준으로 그를 찾고 있다. 그렇기에 아이오네스의 정신만을 이어놓은 몸이 자신의 코앞에서 활동하고 있으리라고는 상상조차 할 수 없었다. 간악한 인간의 지혜는 신이라 불리는 존재마저도 예측하지 못한 곳에 도달해 있었다.

그러나 아이오네스가 아무리 기적 같은 힘을 가졌다고 해도 제국과 홀로 맞서는 것은 불가능하다. 제국의 힘은 강대하고, 그들의 이면에는 사악한 지혜를 속삭이는 바이밀란의 존재가 있었으니까.

아이오네스는 그러한 현실을 타파하기 위해 오랜 시간 동안 수많은 기적을 준비해 왔다. 그리고 그것은 프로토 오크가 황도에 도달하는 순간, 치명적인 독니가 되어 바이밀란의 뒤통수를 치리라.

'이제 곧이다.'

아이오네스는 싸늘하게 미소 지으며 프로토 오크의 뒤를
따라 걸었다.

2

리할드 왕국력 358년 4월.

듀리스의 병력들은 크게 술렁이고 있었다. 철벽의 요새로
군림했던 파리안이 돌파당했다는 사실이 알려지니 그럴 수밖
에.

라곤은 소식을 듣자마자 곧장 사령부로 쳐들어갔다. 불쑥
쳐들어온 무례에도 불구하고 라반데스 대공은 미소 지으며
그를 맞이했다.

"상황이 어떻게 된 겁니까?"

"아직 자세한 소식은 전해지지 않았소. 다만 꽤 많은 병력
이 죽었다고 하는군. 간신히 퇴각하는데 성공한 병력들은 일
단 디엘다로 가고 있는 모양이오."

"디엘다……. 결국 또 거긴가."

라곤이 혀를 찼다. 지난번에도 파리안이 돌파당하고 디엘
다에 병력이 집결하더니 이번에도 같은 패턴이 반복되려는
모양이다.

라곤은 한숨을 쉬며 말했다.

“대공 전하, 저는 이 시간부로 듀리스를 떠나서 디엘다로 가겠습니다. 이곳에는 바이더스 제국의 전력이 있고, 또 얼마 후면 그들의 본대가 도착할 테니 저 하나 빠진들 문제없겠지요.”

“디엘다도 중요하지만 이곳도 왕도를 코앞에서 막아야 하는 중요한 거점이오. 라곤 경 혼자 간들 달라질 것은 없지 않겠소?”

“이기적인 이야기입니다만 반드시 만나야 하는 사람이 있어서, 죄송하지만 가봐야 할 것 같습니다.”

라곤은 쓴웃음을 지었다.

파리안이 무너졌다는 소리를 들었을 때 제일 먼저 떠올린 것은 알리시아의 얼굴이었다. 다음에 만나면 할 이야기가 있다면서 자신을 떠나보냈던 여자.

그녀의 얼굴을 떠올렸을 때, 라곤은 자신이 예전과는 달라졌다는 사실을 실감했다. 예전 같았으면 전장에서 함께 싸우던 이가 죽었다는 소리를 들어도 금방 털어버리고 잊었을 텐데, 이제는 조금씩 미련을 갖는 사람들이 늘어나고 있었다.

‘살아 있겠지.’

무슨 일이 있어도 악착같이 살아남을 여자다. 라곤은 그녀가 죽지 않았을 것이라 믿었다.

라곤의 표정을 본 라반데스 대공이 쓴웃음을 지었다.

“아무래도 그 사람은 여자인 것 같군. 그렇다면 한 사람의 기사로서 막을 수 없지. 무운을 빌겠소. 살아서 다시 만나기를."

"감사합니다."

라곤은 고개를 숙여 보이고는 사령관실을 나왔다. 뒤늦게 라곤을 따라왔다가 밖에서 기다리던 크산델이 물었다.

"디엘다로 갈 생각인가?"

"그래야지. 지금부터 가면, 나라면 자정쯤엔 도착할 수 있을 거야."

라곤은 이전에 비해 마력이 큰 폭으로 증가했을 뿐만 아니라 마법의 신으로부터 장거리 이동을 위한 고속비행 마법을 배웠다. 겨울 전에 파리안을 떠나 두두베르다로 향할 때하고 비교하면 세 배 이상 빠르게 이동할 자신이 있었다.

크산델이 물었다.

"적어도 상황이 어떻게 된 건지 자세한 정보가 도착한 후에 떠나는 게 좋지 않겠냐?"

"그런 것은 가서 들으면 돼. 늦어서 디엘다까지 돌파당하기 전에 간다."

"못 말리겠군. 나는 못 간다. 그건 알고 있지?"

"드워프들 책임져야 하니까 당연하잖아. 카알 경도 당신이 데리고 있어."

"바바델 녀석이 살아 있었으면 좋겠군. 젠장. 왜 매번 상황이 이렇게 꼬이는지."

크산델이 투덜거렸다. 라곤이 말했다.

"살아 있으면 연락 보내라고 할게."

"멍청하긴. 네놈이 도착하기 전에는 상황 보고가 올 거야."

"뭐 그럼 됐고. 어쨌든 카알 경을 잘 부탁해. 살아서 다시 만나지."

"무운을 비마, 건방진 애송이."

라곤은 씩 웃고는 그를 지나치려고 했다. 그때 크산델이 말을 이었다.

"마지막이 될 수도 있을 테니 하나 더 묻고 싶은 게 있는데, 대답해 줄 수 있겠나?"

"뭐지?"

라곤은 움찔해서 그를 돌아보았다. 크산델이 수염을 쓰다듬으며 물었다.

"너는 분명 나와 카알에게 숨기는 게 있어. 그렇지?"

"……"

"두두베르다에서는 긴가민가했는데, 이번에 전장에서 싸우는 모습을 보며 확신했다. 자네는 마치 나 말고도 다른, 훨씬 적극적인 스승을 둔 것처럼 많은 마법을 터득하고 그걸 어떻게 운용해야 하는지까지 지도를 받은 것 같아. 자네가 스스로를 발전시키는 능력은 정말 놀랍지만 그것만으로는 납득할 수 없는, 누군가 정보를 줘서 학습하지 않으면 올라설 수 없는 계단을 올라섰지."

"역시 눈치가 귀신인데."

라곤이 쓴웃음을 지었다.

마법의 신에게 지도받은 사실은 크산델과 카알에게 숨기고 있었다. 말해봐야 믿어줄 것 같지 않았기 때문이다. 하지만 그들이 뭔가 있긴 있었다고 눈치채는 것은 당연한 일이다. 라곤이 이룬 발전은 그만큼 비상식적이었으니까.

라곤이 말했다.

"믿어줄지 모르겠지만……."

조금 망설이긴 했지만 라곤은 사실대로 털어놓기로 마음먹었다. 크산델은 정말 자신에게 많은 것을 준 은인이다. 크산델은 말하지 않았지만 라곤은 두두베르다에 머무르는 동안 그가 자신을 위해 많이 무리했음을 알아차리고 있었다. 엘더 크리스탈 소드를 쥐어준 것만 해도 그랬으니까.

"마법의 신에게 개인교습을 받았어."

"…남은 진지하게 물었는데 개소리로 대답하다니."

"나, 나도 진지하게 말한 거라고. 그런 반응 보일 것 같아서 여태까지 말을 못한 거라니까!"

크산델이 으르렁거리자 라곤이 당황해서 설명했다. 마법 회로가 2차 변이를 일으키기 시작한 것, 그리고 꿈을 기반으로 한 공상세계 속에서 성흔의 주인 아이오네스가 마법의 신이라 부르던, 마법을 창조한 존재와 만나 그에게 마법을 배운 일들을.

이야기를 다 들은 크산델이 어처구니없어하며 말했다.

"…마법의 신이라니, 그런 게 진짜로 있었단 말인가?"

"들은 적은 있는 거야?"

"어느 정도는. 우리 사이에서도 일종의 마법사 괴담처럼 떠도는 이야기였지. 하지만 진짜로 있다니 황당하기 그지없군. 마법의 새로운 가능성이 출현 조건이라……."

크산델은 못마땅한 기색이었다. 자신도 대마법사로서 마법을 탐구해 오면서 새로운 마법들을 많이 만들어냈지만 한 번도 마법의 신을 만난 적이 없었다. 그렇다는 것은 자신의 업적은 마법의 새로운 가능성으로 인정받지 못했다는 소리 아닌가?

'이런 애송이 녀석이, 그것도 마법에 대해서는 절대적인 가치 기준을 세울 수 있는 존재에게 나보다 더 인정받다니.'

너무 아니꼬워서 사흘 밤낮을 투덜거려도 불만이 가라앉지 않을 것 같았다.

하지만 내심으론 마법의 신이 실존하고, 그런 출현 조건이 있다면 라곤 앞에 나타날 수밖에 없다는 것을 인정하고 있었다. 라곤은 그야말로 마법의 역사에 새로운 장을 더하고 있는 중이었으니까.

잠시 생각에 잠겼던 크산델은 고개를 절레절레 저었다.

"그런 걸 숨기다니, 이 배은망덕한 놈. 쓸 만한 주문 있으

면 당장 토해내라. 갑자기 무진장 손해본 기분이 팍팍 드는
군.”

“살아서 다시 만나면 밑천 좀 털어줄게. 그럼 무운을.”

라곤은 씩 웃으며 그 자리를 떠났다. 크산델은 담배를 꺼내
불을 붙이며 투덜거렸다.

“그냥은 안 넘어간다. 라곤포는 만들었으니까 그럼 다음은
라곤 소드? 라곤 실드? 뭐 대충 하나 붙여봐야겠군. 자주 이
름 외치면서 쓸 걸로.”

라곤이 들었으면 펄펄 뛰었을 것이 틀림없는 무서운 이야
기였다.

3

크산델과 헤어진 라곤은 곧바로 성문 쪽으로 향하면서 카
알에게 통신을 날렸다.

—카알 경, 미안한데 나 지금 디엘다로 갈 거야.

—네?

느닷없는 소리에 카알이 놀라서 답신을 보냈다. 라곤이 말
했다.

—디엘다로 잔존 병력이 집결 중이라는데, 일단 가봐야겠
어. 크산델한테 말해놨으니까 잘 챙겨줄 거야. 살아 있으면
나중에 다시 보자고.

─아, 아니! 라곤 경! 잠깐만! 지금 제정신으로 하시는 말씀……!

카알이 놀라서 뭐라고 따져 물으려고 했지만 라곤은 일방적으로 통신을 끊어버렸다. 그러고는 흥 하고 코웃음을 친 뒤에 날아올랐다.

딱히 챙겨야 할 짐은 없었다. 두두베르다에 날아든 토라스 왕실의 지원 요청을 듣고 최대한 빨리 달려왔기 때문에 몸과 무기 외에는 아무것도 안 가져왔으니까.

"그럼 가볼까."

라곤은 훌쩍 뛰어서 성벽 위에 섰다. 그런데 그때였다.

"어딜 그렇게 바쁘게 가시는지?"

먼저 성벽 위에 올라서 있다가 그렇게 묻는 이가 있었다. 바이더스 제국의 황실마법사 벨크란이었다.

우우우웅.

가까이 마주 선 두 사람은 서로의 마법회로가 풍기는 마력의 잔향을 느낄 수 있었다. 라곤은 눈을 가늘게 뜨며 벨크란을 관찰했다.

'확실히 닮았어. 포르포린이 그런 생각을 할 만도 하군.'

라곤의 마법회로와 벨크란의 마법회로, 그리고 적들이 성흔을 이용해서 마구 만들어대는 오크 메이지나 트롤 메이지의 마법회로는 놀랍도록 닮아 있었다. 지금도 라곤은 자신의 마법회로가 벨크란의 마법회로와 미미하게 공명하고 있는 것을 느꼈다.

문득 벨크란이 고개를 갸웃했다.

"이상하군. 당신의 마법회로…… 뭔가 변질되어 있네요. 딱히 보안 조치를 걸고 있는 것도 아닌데 패턴을 읽을 수 없다니."

"본인 앞에서 당당하게 마력 패턴을 읽으려고 했습니다, 라고 말해도 되는 겁니까?"

"이런, 실례했군요. 사과하지요. 그리고 한 가지 물어봐도 되겠습니까?"

"뭐가 궁금하십니까? 제가 바쁜 몸이라 길지 않았으면 합니다만."

"당신, 아이오네스와 무슨 상관입니까?"

"아이오네스?"

라곤의 눈이 크게 떠졌다. 그 반응을 본 벨크란이 의미심장하게 미소 지었다.

"역시. 아이오네스를 알고 있군요. 그 마법회로… 그의 작품이겠죠?"

"그 작자가 당신네 나라하고 관련있는 사람이었습니까? 어디 있는지 알려주시면 좋겠습니다만."

그렇게 되묻는 라곤의 목소리는 스산해져 있었다. 날카롭게 치켜뜬 눈에서 살기가 느껴진다. 그것은 예상과는 전혀 다른 반응이라 벨크란은 의아함을 느꼈다.

"그건 제가 묻고 싶은 이야기였습니다만…… 정말 아이오네스의 행방을 모르는 겁니까?"

"행방을 말하기 이전에 그와 직접 만나본 적도 없습니다. 다만 그 때문에 이 꼴이 됐을 뿐."

심지어 라곤은 아이오네스의 이름을 다른 사람으로부터 들은 적도 없었다. 어디까지나 마법회로가 이따금씩 꿈의 형태로 보여주는 기억 파편 때문에 그의 이름을 알게 되었을 뿐이다.

벨크란이 눈살을 찌푸렸다. 라곤의 태도를 보아하니 거짓을 말하는 것 같지는 않았다. 하지만 이대로 그냥 넘어가기에는 그가 가진 실마리가 너무 커 보인다.

'오리지널 시리즈의 영향으로 태어난 샘플이라면 이대로 보내줄 수는 없지.'

애당초 바이더스 제국이 일찌감치 출진하게 된 것은 오리지널 시리즈라 불리는 아이오네스의 신병을 확보하기 위해서다. 그는 벨크란과 드리온, 팔카드의 '원형'이라고 할 수 있는 이전 세대의 인공 마법사. 그중에서도 유일한 성공 사례로 그들을 이곳으로 보낸 '속삭이는 자' 바이밀란은 반드시 그를 산 채로 손에 넣고 싶어했다.

벨크란의 기세가 변하는 것을 본 라곤의 표정이 굳어졌다. 아주 미묘한 마력의 동요만으로도 그가 자신에게 적대적인 마음을 먹었다는 것을 알아본 것이다.

그때였다.

"그만두시지."

싸늘한 목소리가 들려왔다.

라곤도, 벨크란도 흠칫하며 목소리의 주인을 바라보았다. 회색에 가까운 은발에, 검은 안대로 왼쪽 눈을 가리고 하나밖에 없는 보랏빛 눈동자를 드러낸 나타샤 프리바흐가 다가오고 있었다.

"벨크란, 자신의 힘을 과시하지 마. 뭐든 힘으로 해결하고 싶어하는 것도 싫어하는 태도는 아니지만 적어도 그 거리에서는 당신이 죽어. 당신 따윈 뒈지는 편이 인류 평화를 위해 도움이 되겠지만 그래도 입장상 모른 체할 수 없다는 것이 아쉽군."

"말이 너무 심하군요. 제가 뭘 하려고 했다고?"

벨크란은 능청스럽게 어깨를 으쓱했다. 벨크란의 기량을 잘 알고 있는 나타샤가 말린 것에는 분명 합당한 이유가 있다. 벨크란은 순간적으로 그 사실을 받아들인 것이다.

'그 정도의 실력자란 말인가?

일단 물러날 마음을 먹기는 했지만 그래도 의아한 것은 어쩔 수 없다. 이전에 싸우는 모습을 보니 빼어난 실력자인 것 같긴 했지만 그렇다고 해서 자신이 당할 수 없을 정도인가?

나타샤는 고민하는 벨크란에게 코웃음을 치고는 라곤에게 물었다.

“그나저나 라곤 경? 어딜 가는 거지?”

“그걸 당신들한테 보고해야 하는 겁니까?”

“물론 그럴 의무는 없지. 그냥 궁금해서 물어보는 거야. 난 여기 있는 똑똑한 척하는 바보 마법사와는 달리 당신한테 호의를 품고 있다는 것을 알아줬으면 좋겠어. 난 당신하고 친해지고 싶거든.”

“…친해지고 싶다니, 어째서?”

씩 웃는 나타샤의 말에 라곤은 당혹감을 느끼며 물었다. 나타샤가 말했다.

“당신한테서는 내가 아는 누군가의 그림자가 보이기 때문이지. 베이런 크로네스라는 이름을 알고 있나?”

순간 오싹한 살기가 그 자리를 덮쳤다.

너무나도 압도적인 살기에 벨크란이 움찔하는 가운데, 라곤은 무시무시한 표정으로 나타샤를 노려보았다. 나타샤는 예상대로라는 듯 흥미로운 표정으로 그의 시선을 마주하고 있었다.

“역시. 당신한테서는… 그가 심은 절망의 냄새가 나. 그가 흩뿌리는 어둠에 닿은 자는 자신도 모르는 새 속박당하게 되지. 그것은 마나를 인지한 자라면 어쩔 수 없이 빠지게 되는 공허.”

“당신도 그런 겁니까?”

“경우가 좀 다른 것 같기는 하지만, 그렇지. 혹시 당신은 원래는 소드 마스터 아니었나? 그 검술을 보면 아무리 봐도 마법사였다고는 생각할 수 없는데……."

"그렇긴 하지만 자세히 말해줄 의무는 없는 것 같군요."

"하긴 만나자마자 흉금을 털어놓으라고 하는 것도 무리가 있겠지. 그런데 어디로 가는 것인지 정도는 말해줘도 되지 않을까?"

"디엘다. 전황은 그쪽도 보고받았을 테니 왜 가는지는 물을 필요 없겠죠? 그럼 바쁜 관계로 이만 실례하겠습니다."

라곤은 나타샤나 벨크란이 뭐라고 할 새도 없이 성벽 아래로 뛰어내렸다. 그러더니 고속비행 마법을 사용, 무시무시한 속도로 쏘아져 나가기 시작했다.

순식간에 멀어져 가는 라곤의 모습을 본 벨크란이 휘파람을 불었다.

"대단한데? 대략 7초 만에 적어도 시속 200킬로미터까지는 가속했어. 장거리 이동마법치곤 굉장한걸?"

"시속 200킬로미터면 디엘다까지는…… 음. 어디 보자, 아까 본 지도대로라면, 직선거리로 나는 거니까 반나절도 안 되어서 가겠군."

"그럴 리가. 저 속도를 계속 유지할 수 있을 리가 없잖소? 마력이 받쳐 줘도 기력이 떨어져서 못해먹을걸? 한 10분 날고 나면 속도가 반절로 떨어질 거야."

"그런가. 하긴 보통 마법사들은 저거보다 훨씬 느리게 날

왔지. 벨크란 당신도 저 정도로 날 수 있나?"

"나라면 저렇게 비효율적으로 장거리 비행을 하진 않소. 다른 방법도 얼마든지 있으니까."

고위 마법사들에게는 장거리 이동을 수월하게 하기 위한, 보통은 천공의 궤적을 좀 사람이 날아도 괜찮은 수준으로 변형시킨 마법들이 있었다. 벨크란도 원한다면 통신 마법을 응용해서 먼 곳에 목표지점을 잡고 라곤이 날아간 것보다 더 빠르게 초장거리 이동을 하는 게 가능했다.

하지만 역시, 다른 마법사라면 시속 100킬로를 내는 것도 불가능할 고속비행 마법으로 저 정도 속도를 내는 라곤의 마력은 터무니없을 정도다. 벨크란은 흥미롭다는 듯 턱을 쓸었다.

"저쪽은 마력은 말도 안 되는 수준으로 넘치는 주제에 아직 미숙한 것 같은데, 그런데도 마력 패턴을 읽을 수 없다니 불가사의해."

"그런가. 아, 그나저나 심심해서 어쩔 줄 모르는 것 같은데 천공의 궤적이나 좀 준비해 줄 수 있겠나?"

"뭐?"

"바쁘면 다른 녀석들한테 부탁하지."

"천공의 궤적을 준비하라니, 어딜 가려고?"

벨크란이 기가 막혀하며 물었다. 얼마 후면 3만에 이르는 본대가 합류한다. 그런데 그와 드리온과 더불어 병력을 이끄는 최고사령관 중 하나가 어딜 가려고 한단 말인가?

나타샤가 씩 웃으며 대답했다.

"그걸 굳이 물어봐서 대답을 들으려고 하다니, 역시 당신은 똑똑하지만 바보야. 디엘다인 게 당연하잖아?"

"프리바흐 공, 댁이 우리 군의 최고사령관인 것은 알고 있소? 아무리 봐도 필요한 기억 중 일부를 모종의 이유로 상실한 것이 아닌가 하는 의심을 지울 수 없군."

"나 없어도 잘 돌아갈 텐데 뭐가 문제지? 어차피 나야 구색 맞추기로 사령관 맡은 거잖아?"

실제로 이번에 파병된 병력 중 원래부터 나타샤의 휘하에 있던 이들은 아무도 없었다. 심지어 부관조차도 그녀와 면식이 없는 인물이었다. 소드 마스터들도 그녀의 입김이 닿는 이들은 전부 배제시킨 것을 보면 애당초 벨크란과 드리온이 그녀가 영향력을 행사하는 것을 꺼림칙하게 생각했다는 것을 알 수 있었다.

나타샤가 말했다.

"필요하면 다시 달려올 테니 아무런 문제 없어. 소드 마스터 지원 시스템 그거 꽤 쓸 만하던데, 내가 없어도 궤멸하기 전까진 버티겠지."

"……"

"엘프들과의 협상 재료도 결정됐으니 문제없잖아? 그럼 뒷일은 맡기겠어. 당신은 싫어하는 것 같으니 그냥 다른 마법사들한테 부탁하지."

　나타샤는 그렇게 말하곤 훌쩍 뛰어서 그 자리를 떠났다. 한 번 발을 딛을 때마다 수십 미터를 날아서 건물들 위를 뛰어다니는 그녀를 기가 막혀하며 보고 있던 벨크란이 입술을 깨물었다.

　"아, 진짜. 저 여자는 성격이 저래 먹으니까 나이 마흔 넘어서까지 노처녀지."

　나타샤가 들었으면 분명 살벌하게 웃으면서 한 방 날리고 나서 '당신도 노총각이잖아'라고 받아쳐 줬을 것이다.

4

　벨크란의 예측과는 달리 한번 가속하기 시작한 라곤은 한 번도 쉬지 않고 디엘다를 향해 질풍처럼 날아갔다. 즉, 날아가는 동안 내내 시속 200킬로미터 이상의 속도를 유지한 것이다.

　그것은 라곤의 마력이 벨크란의 예상보다도 훨씬 넘쳐나는 데다가, 체력적으로도 다른 마법사들과는 비교도 할 수 없을 정도로 강인하기 때문에 가능한 일이었다. 바람을 막기 위해 방어막을 삼각뿔 형태로 두른 채 지형에 구애받지 않고 날아가니 그 이동속도는 기사들이 말을 타고 달리는 것에 비할 바가 아니었다.

"…내가 생각해도 좀 어처구니없을 정도로 빨리 왔군."

휘영청한 달빛 아래 멀리 디엘다의 성벽이 보이기 시작하자 라곤이 혀를 찼다. 자정이 되기 전에는 도착하리라 생각했지만 아직 9시도 안 된 상황이고 보니 스스로도 좀 어이가 없었다. 여기까지 오는데 걸린 시간은 고작 두 시간 30분 정도에 불과했다.

'지형 무시하고 날아오는 게 진짜 이동에는 엄청 효율적이긴 하구나.'

새삼 그 사실을 실감하며 라곤은 요새 앞 1킬로미터 앞쯤에 멈춰서 통신 마법을 이용, 미리 요새에 기별을 넣었다. 이런 오밤중에 느닷없이 쳐들어가면 저쪽도 당황하리라 생각했기 때문에 한 배려였다.

그런 다음 느긋하게 속도를 줄이고 다가가니 방금 전에 명령을 하달받은 경비병들이 라곤을 맞이했다. 라곤이 당황하고 있는 그들에게 농을 건넸다.

"마법사는 성문 따로 열어줄 필요가 없어서 편하죠?"

"아, 네. 그렇군요."

마검이라 불리는 라곤의 명성은 디엘다에서도 자자했기에 경비병들은 다들 긴장하고 있었다. 그때 라곤이 전혀 예상치 못한 목소리가 들려왔다.

"생각보다 빨리 왔군."

라곤이 불과 몇 시간 전에, 듀리스를 떠나기 전에 들었던 여성의 목소리였다. 라곤은 깜짝 놀라서 그녀를 바라보았다.
나타샤 프리바흐가 성벽에 걸터앉아 있었다.

라곤이 당황해서 물었다.

"당신이 어떻게 여기에 와 있는 거지?"

너무 놀란 나머지 경어를 쓰는 것도 잊었다. 하지만 나타샤
는 전혀 개의치 않고 대답했다.

"어떻게 오긴. 천공의 궤적으로 왔지. 설마 자기가 천공의
궤적보다 빠르다고 생각한 것은 아니겠지?"

"아니, 그, 그야 그렇지는 않겠지만……."

라곤이 아무리 빨리 날아왔어도 현존하는 장거리 이동마
법 중에 최고 속도를 자랑하는 천공의 궤적보다는 느릴 수밖
에 없었다. 듀리스에서 디엘다까지는 한 번만 도약해도 충분
한 거리니까 라곤보다 빠를 수밖에.

라곤이 따져 물었다.

"하지만 문제는 그게 아니잖아. 당신이 왜 여기에 온 건데?
설마 당신네 다른 소드 마스터들도 온 건가?"

"그럴 리가. 나만 온 거야."

"왜?"

"당신이 여기에 오기에 뭔가 재미있는 일이 있나 싶어서.
난 이번 원정에서 당신이나 계속 지켜볼까 하는데."

"……."

뭐 이런 여자가 다 있지?

라곤은 어처구니가 없어서 할 말을 잃었다. 나타샤 프리바흐라고 하면 대륙에서 가장 유명한 소드 마스터 중 하나이고, 바이더스 제국 최강의 3기사 중 한 명이며, 황제조차도 존중해 준다는 신분의 소유자인데 이런 여자일 줄이야.

나타샤가 웃었다.

"너무 거부감 갖지 않았으면 좋겠군. 당신은, 음, 나도 자세한 것은 모르는데 벨크란이나 드리온이 굉장히 흥미를……아니, 이 정도의 표현으론 부족해. 습격해서 쓰러뜨려서라도 끌고 가고 싶어하는 것 같으니까. 그에 비하면 나는 순수한 호의로 당신을 지켜보고자 하는 거니까 고마워하는 게 좋아."

"어처구니가 없군. 당신들 도대체 무슨 생각이지?"

"나도 확실히는 모르겠어. 나는 군인이니까 위에서 까라면 까야 하는 처지고, 황제 폐하께서 가서 오크들 좀 두들겨 패서 찌그러뜨리고 오라고 하셔서 온 거거든?"

"……."

라곤은 이 여자가 정말 제국의 공작이고 만인의 우러름을 받는 소드 마스터가 맞는 건지 의심스러워졌다. 어쩌면 이렇게 말투가 시정잡배처럼 주옥 같은 건지, 전쟁터에서 굴러먹으면서 큰 라곤은 너무 익숙한 나머지 도저히 경어가 안 나올 지경이다.

'좋게 생각하자.'

라곤은 한숨을 쉬며 고개를 저었다.

어쨌거나 나타샤는 강력한 소드 마스터니까 그녀가 디엘다에 머물러 준다면 오크들과 싸우는 데 도움이 될 것이다. 그리고 그녀가 위험에 처하게 된다면 제국군도 좌시하진 않겠지.

나타샤가 물었다.

"어딜 가는 거지?"

"일단 사령부에 인사 좀 하고, 만나봐야 할 사람이 있어. 내 개인적인 볼일이니 따라오지 말아줬으면 좋겠는데."

"그러지. 나중에 찾아가겠어."

찾아오지 마. 라곤은 그렇게 말하고 싶은 것을 참으며 그 자리를 떠났다.

디엘다는 익숙한 곳이라서 병사들의 안내를 받을 필요 없이 쉽게 사령부에 찾아갈 수 있었다.

"오랜만이군. 또 함께 싸우게 되어서 영광이오."

이전에도 함께 싸운 적이 있는 디엘다의 사령관 팔머 후작은 반갑게 라곤을 맞이했다. 파리안이 어처구니없게 무너진 상황이라 그가 지고 있는 부담은 상당하리라.

그와 악수를 나눈 라곤이 물었다.

"아, 뵙자마자 죄송하지만 몇 가지 궁금한 것을 여쭤봐도 되겠습니까?"

"물론이오. 무엇이 궁금하시오?"

"파리안 쪽에서 이쪽으로 온 잔존 병력 중에… 혹시 알리시아 미세룬 경이 있는가 해서요.”

“알리시아 경이라면 이번에 요새에서 물러날 때도 꽤 활약
이 굉장했다고 들었소. 지금은 서쪽의 거처에 있지요. 전하실
말씀이 있다면 미리 기별을 넣어드릴까?”

“아뇨. 그냥 제가 찾아보겠습니다.”

“즉시 라곤 경의 거처를 마련하도록 지시해 두겠소. 이따
가 사령부로 찾아오시면 바로 안내 해드릴 거요.”

“감사합니다.”

“그리고 나도 좀 물어보고 싶은 게 있소만…….”

팔머 후작이 좀 난처해하는 기색으로 물었다.

“바이더스 제국의 프리바흐 공작과는 어떻게 아는 사이요?
듀리스에서 갑자기 수행원 하나 없이 날아와서 무슨 일로 왔
나 했더니, 라곤 경을 따라왔다고 하던데…….”

“…실은 저도 저 사람이 왜 절 따라왔는지 모르겠습니다.
소드 마스터로서 저한테 흥미를 갖게 된 것 같긴 한데, 도무
지 종잡을 수 없는 사람이라.”

“흠. 좀 난감하군. 그래도 이름난 소드 마스터니 전력에 도
움은 되겠지. 그 점은 기대해도 될 것 같소?”

“아마도… 아니, 확신은 못하겠습니다. 죄송합니다.”

바이더스 제국군은 토라스 왕실과 협약을 맺고 동맹 체제
로 들어가고 있었다. 하지만 그들로부터 따로 떨어져 나온 나
타샤가 어떻게 행동할지는 도무지 감이 안 잡힌다. 만난 지도

얼마 안 된 인간이 종잡을 수 없게 행동하는데 어떻게 그 품성을 알고 행동을 예측하겠는가?

팔머 후작이 쓴웃음을 지었다.

"그렇군. 어쨌든 와주셔서 다시 한 번 감사드리오."

"감사합니다."

라곤은 팔머 후작과 좀 더 환담을 나누다가 물러 나왔다. 사령관실에서 나오자 밖에 대기하고 있던 기사가 거처로 안내해 주었다. 그새 거처를 마련해 주다니, 라곤의 명성이 높아져서 일 처리를 정말 눈썹을 휘날려 가며 한 모양이다.

"일단 저희 병사 중에 똘똘한 녀석들을 당번병으로 붙여 드릴 테니 필요한 것이 있으면 얼마든지 말씀하시면 될 겁니다."

"아, 감사합니다. 그러고 보니 하나 묻고 싶은 게 있는데…… 혹시 파리안의 잔존 병력 중에 알렉스 블랑크스 경은 어떻게 됐죠?"

라곤은 뒤늦게 알렉스를 떠올리며 물었다. 알렉스는 워낙 겁 많고 뺀질거리는 녀석이라서 죽었으리라고는 생각하지 않지만, 어쨌든 걱정이 되는 것은 사실이었다. 기사의 표정이 조심스러워졌다.

"아, 그분이라면…… 지금은 후방의 의료원에 입원해 계십니다."

"입원? 부상이라도 입었습니까?"

라곤이 놀라서 물었다. 기사가 대답했다.

"네. 파리안에서 꽤 크게 다치셔서 지금은 치료받으면서 정양 중이십니다."

"크게 다쳤다면 어느 정도로? 설마 팔다리가 잘렸다거나? 회복이 불가능한 상처를 입었다거나?"

"그런 건 아니고 지금은 거의 다 나으셨다고 알고 있습니다. 아마 내일쯤엔 의료원에서 나오실 겁니다."

"아, 그렇군요."

라곤은 다시금 안도의 한숨을 쉬었다. 그래도 작년까지는 자신의 처남이었는데 불구가 되었다고 하면 섬뜩하지 않겠는가.

자신의 거처를 안내받은 라곤은 딱히 풀어둘 짐도 없었기에 곧바로 밖으로 나왔다. 어디로 갈까 고민하던 라곤은 피식 웃고 말았다.

"내가 사람 만나는 일로 겁을 먹는 적도 다 있군."

살다 보니 별일을 다 겪는 것 같다. 라곤은 그렇게 생각하며 일단 의료원 쪽으로 향했다. 알렉스 얼굴을 보고 실없는 소리를 들으면서 긴장이나 풀어야겠다는 생각이었다.

의료원에는 많은 부상자들이 입원해 있었다. 파리안이 돌파당할 때, 4천 명이나 되는 전사자가 나왔고 가까스로 여기까지 온 패잔병들 중에 중상자의 숫자만 해도 1천 명을 넘었다. 원래의 의료원 건물로는 감당이 안 되어서 주변 건물들에 환자들을 수용하고, 그것으로도 모자라서 임시로 거리에 큰 천막 수십 개까지 치고 있는 상황이었다.

그런 상황이었지만 소드 마스터인 알렉스는 특별대우를 받고 있었다. 의료원 건물의 3층에 있는 커다란 병실을 혼자 점령하고 있었던 것이다.

똑똑.

"누구세요?"

노크를 하자 안에서 의아해하는 목소리가 들려왔다. 그것은 보통 사람이 방문자를 궁금해하는 것과는 좀 뉘앙스가 달랐다. 소드 마스터인 알렉스는 자신이 모르는 기척의 소유자, 그것도 강대한 마력의 소유자가 찾아왔다는 사실을 의아하게 여기는 것이리라.

'확실히 소드 마스터가 되긴 했군.'

라곤은 복도까지 엷게 퍼져 있는 오러 디펜더의 움직임을 느꼈다. 알렉스는 정말로 소드 마스터가 된 것이다.

"오랜만이다."

"매, 매형? 아니, 라곤 경?"

라곤이 문을 열고 들어서자 알렉스가 깜짝 놀라서 상반신을 일으켰다. 라곤이 시큰둥한 표정으로 알렉스를 한 번 훑어 본 다음 말했다.

"많이 다쳤다더니 쌩쌩하군. 당장 나가도 문제없겠는데?

병실 모자라서 난리인 것 같은데, 민폐 끼치지 말고 나가지그
래?"

"그, 그럴까요? 아니, 이게 아니지. 매형, 아니, 라곤 경이
여기 웬일이에요?"

알렉스는 아직 라곤에 대한 호칭을 매형에서 라곤 경으로
바꾸는 게 익숙하지 않은 모양이었다. 하긴 계속 매형으로만
부르다가 헤어졌으니 당연한 일이긴 했다.

라곤이 의자를 끌어다가 침대 앞에 앉으면서 말했다.

"파리안이 무너졌다는 소식을 듣고 달려왔지. 듀리스 쪽은
무사히 막았고."

"그거야 들었지만 그게 매, 아니, 라곤 경이 여기로 달려올
이유가 되진 않는 것 같은데요? 그쪽도 아직 전투가 언제든지
벌어질 수 있는 상황 아니에요?"

"뭐 그렇긴 한데 내가 있으나 없으나 상관없을 것 같아서
좀 더 필요할 것 같은 쪽에 온 거지."

"아, 혹시 질리언 경은 어떻게 됐어요?"

"질리언은 너보단 더 다친 것 같지만 어쨌든 무사하긴 해."

"저도 많이 다쳤거든요? 내장도 파열되고 뼈도 부러지고
그래서 사경을 헤맸거든요?"

알렉스가 볼멘소리로 항의했다. 파리안에서 물러날 때 알
렉스가 입은 부상은 꽤 심각했다. 어디까지나 고위 성직자들
이 소드 마스터라는 이유로 집중 치료를 해줘서 나은 거지,

일반 병사처럼 치료받았으면 아직 운신조차 제대로 할 수 없는 상태일 것이다.

라곤이 피식 웃었다.

"다 나았으면 됐지. 그래도 너도 좋은 경험 했네. 전장에서 사경을 헤매보기도 하고. 이제 한 명의 어엿한 기사가 되었다고 할 수 있겠어. 축하한다."

"그런 일로 축하받기 싫어요."

알렉스가 한숨을 쉬었다.

솔직히 할 수만 있으면 당장에라도 요새를 박차고 어딘가 먼 곳으로 달아나 버리고 싶었다. 전쟁터에서 싸우는 것도, 죽느냐 사느냐 하는 부상을 입는 것도 다 싫었다. 소드 마스터가 된 것을 후회하고, 자신을 여기까지 몰아붙인 시에나와 라곤이 미워서 견딜 수 없을 지경이었다.

'알아. 어린애 투정이지. 젠장.'

생과 사를 넘나드는 경험을 하고 난 지금은 그게 얼마나 유치한 투정인지 안다. 전쟁터에서 주변 사람들이 우수수 죽어나가면서도 목숨 걸고 싸우는 것을 보면서 어떻게 그런 투정을 할 수 있을까? 자신이 살던 리할드 왕국은 이미 오크들에게 짓밟혀 망했고 이 나라도 그렇게 될지 모르는데, 자신이 소드 마스터로서 싸우지 않으면 안 되는데…….

'하지만 왜 하필이면 나야?'

가문을 책임지는 게 왜 자신이어야 하는 것일까? 장남이라서? 소드 마스터가 될 재능을 타고났기 때문에?

자신에게 매달려서 전장으로 등을 떠미는 모든 사람들이 미웠다. 오로지 하쿠란만이 알렉스가 이 전장에서 도망치지 않는 이유였다. 사경을 헤맸던 아픔도 그녀를 구한 대가라고 생각하면 위안을 얻을 수 있을 것 같았다.

라곤이 말했다.

"그나저나 몸이 멀쩡하면 잘됐네. 어때? 대련이라도 한판 해보지 않을래? 나한테 유감도 많았을 텐데, 소드 마스터가 된 지금이라면 복수하는 것도 가능할걸?"

"…너무 얕보는 거 아니에요? 저도 이래 봬도 많이 강해졌거든요?"

"알아. 그래서 해보자는 거지."

"좋아요. 지금 당장에라도 해보죠. 솔직히 당신 얼굴을 보니까 막 속에서 열불이 나는 것 같거든요?"

"오호, 많이 컸구나. 나를 스트레스 해소 대상으로 보기까지 하고. 그럼 당장 나와. 사령관께 적당한 공간을 사용하겠다고 허락을 구해두지."

라곤은 이전에 디엘다에 있을 때 질리언, 알리시아와 함께 훈련할 때 사용했던 장소를 알렉스에게 알려주었다. 그곳은 원래는 기사들이 사용하는 실내 훈련장이라 지금은 비어 있을 것이다.

라곤이 필요한 말만 하고 휙 나가 버리자 잠시 멍청하니 있던 알렉스는 아차 했다.

"어, 왠지 당한 기분인데?"

알렉스는 라곤이 내민 떡밥을 덥석 문 물고기 같은 심정이 되어서 침대에서 일어났다. 어차피 이렇게 된 것, 피할 생각은 없다. 라곤한테 한 번쯤 복수하고 싶었던 것도 사실이고 그를 직접 보니 정말 이제까지 쌓였던 스트레스가 폭발할 지경이었으니까.

누군가하고 싸우고 싶다고 생각한 것은 처음이다. 알렉스는 그렇게 생각하며 병실을 나섰다.

5

"무슨 생각이지? 저 꼬맹이하고 대련이라니…… 그럴 가치가 있는 소드 마스터인가? 그냥 애송이로 보이는데."

길을 따라서 걷고 있던 라곤은 등 뒤에서 들려오는 목소리에 한숨을 쉬었다. 나타샤가 아무런 기척도 없이 나타나서 그의 옆으로 걸어오고 있었다.

"당신, 능력 좋은 것은 알겠는데 기척 좀 흘리고 다니지그래?"

"별로 놀라는 기색도 아닌 걸 보니 알아차리고 있었던 것 같은데, 굳이 문제 삼을 것 없지 않나?"

"기분이 나빠서 그래. 제국의 공작에게 스토킹당하는 신세가 될 줄은 상상도 못했는데."

"어렸을 적 장래희망보다는 거창한 신세 아닌가? 영광으로 생각해도 좋아. 악수해 줄까?"

"…내가 말을 말아야지."

라곤은 투덜거리면서 훌쩍 날아올랐다. 나타샤도 한 치의 오차도 없이 그 뒤를 따라서 도약, 건물을 딛고 다시 날아올랐는데 그 움직임은 흡사 중력을 무시하는 것처럼 가볍기 이를 데 없었다.

나타샤가 말했다.

"독특한 기척을 가진 소드 마스터들이 많군, 이 요새에는."

허공에 발을 딛을 때마다 작은 빛의 파문을 남기면서 수십 미터씩 몸을 날리는 그녀는 즐거워 보였다. 라곤을 기다리는 동안 디엘다를 한 바퀴 둘러본 나타샤는 이곳에 있는 소드 마스터의 기척을 낱낱이 파악했고, 그중에 기억해 둘 가치가 있는 독특한 힘의 소유자들이 있다는 것을 알아보았다. 언제나 경직된 시스템 속에서 양산된 무가치한 자들을 보며 권태를 느껴온 그녀 입장에서는 재능있는 자들과 만나는 것이 무척 즐거운 일이었다.

문득 나타샤가 말했다.

"당신 말에 따르기로 하지."

"뭐?"

라곤이 의아해하며 물었다. 그 순간 나타샤가 감추고 있던 기척을 개방했다.

찌이이이잉!

'으윽!'

라곤의 신형이 일순간 뒤흔들렸다. 눈앞에 무수한 빛의 궤적이 떠올랐다가 스러져 간다. 극도로 억눌려 있던 나타샤의 오러 디펜더가 밀도 높게 구현되면서 강렬한 오러 파동이 사방으로 퍼져 나갔다.

라곤이 어처구니없어하며 물었다.

"무슨 짓이야?"

"당신이 말한 대로 기척을 숨기지 않기로 했을 뿐인데, 뭔가 문제라도 있나?"

"내 말은 그런 뜻이… 아우, 말을 말아야지."

기척을 숨기지 말랬다고 아예 대놓고 자신의 존재를 과시하듯이 오러 파동을 흩뿌리다니, 뭐 이런 여자가 다 있지? 라곤은 진저리를 치며 가속해서 목적지를 향해 날아갔다. 나타샤의 행동을 하나하나 신경 쓰다가는 정신건강이 피폐해질 것 같았다.

"흠. 대련하기에는 괜찮은 장소로군. 이 정도 넓이면 소드 마스터하고 치고받아도 쉽게 무너지진 않겠어. 나하고도 한 번 해보지 않겠나?"

"싫어, 라고 단호하게 거절하고 싶지만 솔직히 해보고 싶긴 한데. 하지만 당신 순서는 좀 나중이야."

　나타샤는 종잡을 수 없는, 매우 골치 아픈 성격의 소유자지만 동시에 호기심을 가질 수밖에 없는 능력을 가진 강자이기도 하다. 라곤 입장에서는 그녀가 대련하자고 말을 해주면 몸이 근질거려서 거절할 수 없는, 그런 상대다.

　나타샤가 물었다.

　"그 애송이 말고도 예약이 밀려 있는 건가?"

　"많이는 아니고, 한 명만."

　라곤은 그렇게 대답하면서 검을 뽑아 들었다. 검신이 유리처럼 투명한 엘더 크리스탈 소드를 본 나타샤가 눈을 크게 떴다.

　"그 검은 뭐지? 특이한 무기를 쓰는군."

　"드워프들이 만들어준 명품이지."

　우우우웅!

　라곤이 마력을 주입하자 엘더 크리스탈 소드가 투명한 역장을 형성했다. 소드 마스터의 오러 블레이드와 부딪쳐도 무사할 수 있는, 절대 부러지지 않는 라곤만의 검.

　'뭐 그래 봐야 내 몸이 버티지 못하지만.'

　검은 버티는데 검을 든 라곤은 버티지 못한다는 게 참으로 열불 나는 점이라고 하겠다. 라곤은 작게 한숨을 쉬면서 검을 두어 번 허공에다 대고 휘둘러 보았다.

　쉬쉬쉬쉭!

　단단하게 응집된 역장이 아지랑이 같은 궤적을 남기면서

공기가 베어져 나간다. 가속 마법을 사용하지 않아도 라곤의 검격은 일반인은 제대로 볼 수도 없을 정도로 빠르고 예리했다.

그렇게 몸을 풀어주고 있다 보니 알렉스가 도착했다. 갑옷을 차려입고 온 알렉스는 벽에 기대어 서 있는 나타샤를 발견하곤 흠칫했다.

"저기… 이분은 누구시죠?"

"참관인이라고 생각하고, 신경 쓰지 마."

"신경 쓰이는데요."

"그럼 계속 신경 쓰면서 나한테 맞던가."

"흥. 예전의 저랑 똑같다고 생각하신다면 맞고 쓰러지는 쪽은 그쪽이 될걸요."

"소드 마스터되더니 아주 기고만장해졌구나."

라곤은 씩 웃으면서 검을 들어 올렸다. 그리고 엘더 크리스탈 소드에 시선을 빼앗긴 알렉스에게 물었다.

"그럼 대련은 어떤 조건으로 할까? 네가 원하는 대로 해. 오러 블레이드까지 쓰고 싶으면 나도 좀 더 실전적으로 할 거고, 아니면 적당히 할 거고."

"그 말은 제가 오러 블레이드를 쓰더라도 자신있다는 뜻이에요?"

"물론."

라곤은 노골적으로 깔보는 시선으로 알렉스를 도발했다.

알렉스가 발끈했다.

"좋아요. 후회하지 마시죠. 오러 블레이드까지 쓰겠어요."

"그 결정, 곧 후회하게 될걸."

라곤은 흐흥, 하고 웃으면서 자세를 잡았다. 그때 나타샤가 물었다.

"오러 블레이드와 오러 디펜더까지 써가면서 싸우면 여기가 무사할 것 같지 않은데? 괜찮을까?"

"음, 그건 그렇네. 그냥 외부의 연무장에서 해야겠군."

"원한다면 내가 도와주지. 무너지지 않게 하는 정도는 할 수 있으니까."

"그런 것도 가능한가? 그럼 부탁하지."

나타샤는 천장을 올려다보며 오러 디펜더를 전개했다. 그러자 그녀가 등을 붙이고 있는 지점부터 시작해서, 기사 50명 이상이 모여서 검을 휘둘러 가면서 훈련할 수 있는 훈련장 전체가 오러 디펜더로 코팅되었다. 범위가 넓은 만큼 오러 디펜더는 얇아졌지만 문제는 그 모든 범위가 초고속으로 진동하고 있다는 점이다.

그 광경을 본 알렉스가 입을 쩍 벌렸다.

"뭐야? 어떻게 이런 일을 할 수 있는 거예요?"

"그러게. 어처구니가 없는데?"

설마 이런 방법을 쓸 줄 몰랐던 라곤도 놀라서 입을 벌렸다. 세상에 이런 일을 할 수 있는 소드 마스터가 있었을 줄이야.

나타샤가 별거 아니라는 듯이 말했다.

"애송이, 너도 20년 정도 고련하면 할 수 있을지도 모르지."

"20년……."

소드 마스터가 된 지 반년도 안 된 알렉스에게는 까마득하게 느껴지는 시간이었다. 나타샤는 겉으로는 20대 후반 정도로밖에 안 보이지만 사실은 40살이 넘은 중년의 여장군인 것이다. 물론 알렉스는 그 사실을 모르고 있었지만.

잠시 동안 주변을 감싼 오러 디펜더를 관찰하던 라곤은 이내 어깨를 으쓱하고는 말했다.

"그럼 시작해 볼까?"

"그러죠. 갑니다!"

알렉스가 오러 블레이드를 전개하자 검에서 백록색 섬광이 치솟았다. 라곤이 중얼거렸다.

"녹색 계통인가. 색이 별로 안 어울리는군."

"품평해 달라고 한 적 없거든요?"

알렉스는 투덜거리면서 땅을 박찼다. 라곤이 마검사인 것은 알고 있다. 그렇다면 대련이라는 점을 감안해서 그가 마법을 걸 때까지 기다려 줘야겠지만, 여기서는 일단 그를 제압해놓고 실수라고 변명할 생각이었다.

'어디 한번 혼쭐나 보시죠!'

알렉스는 잠시 후의 상황을 기대하며 검을 휘둘렀다.

하지만 라곤은 알렉스가 땅을 박차기 전에 이미 마법 시전에 들어가고 있었다.

'하여튼 여전히 생각이 부족한 녀석이야.'

라곤은 혀를 차고 싶은 것을 참았다. 알렉스가 땅을 박찼을 때는 필요한 마법 중 절반이 발동했고, 그리고 알렉스가 검을 뻗어왔을 때는 이미 모든 마법이 발동해서 어긋난 시간축 속에서 알렉스의 움직임을 보고 있었다.

투학!

섬광이 폭발하며 두 사람의 위치가 바뀌었다.

알렉스는 모골이 송연해지는 것을 느끼며 라곤을 바라보았다. 방금 전, 라곤은 너무나도 쉽게 그의 공격을 비껴내면서 목에다가 검을 들이댔었다. 깜짝 놀라서 오러 디펜더로 받아내면서 위치를 바꾸긴 했지만 심장이 내려앉는 기분이었다.

'뭐야? 어떻게 그럴 수가 있지?'

분명히 라곤은 알렉스가 공격을 시작하는 시점에서는 마법을 걸고 있지 않았다. 그런데 그 짧은, 일반인이라면 제대로 인식조차 할 수 없는 찰나에 필요한 마법을 다 걸고 소드 마스터 수준으로 가속했다고?

라곤이 씩 웃으며 말했다.

"뭐야, 생각보다 느린데?"

그의 주변에는 백색의 불길이 이글거리며 타오르고 있었다. 사용자의 의지에 따라 자유자재로 형질을 변화시키는 마법의 백염, 이그나이트 포스. 오러 블레이드나 오러 디펜더에 비하면 다소 밀도가 떨어지지만 그래도 이것만 있으면 라곤은 충분히 소드 마스터와 동등하게 싸울 수 있었다.

알렉스가 이를 악물었다.

"이익, 이제부터가 진짜예요."

알렉스가 질풍처럼 라곤에게 달려들었다. 동시에 어깨의 움직임을 보고 추측할 수 있는 것과는 전혀 다른 지점으로 검을 찌른다. 예측을 벗어나는 찌르기에 더해서 좌우, 그리고 위쪽으로부터 비스듬하게 두 개의 오러 블레이드가 내리꽂혔다.

파바바바밧!

"으헉!"

다음 순간 알렉스는 기겁해서 뒤로 물러나야 했다. 라곤이 백염을 이용, 변화무쌍하게 쏟아진 오러 블레이드를 모조리 비껴내면서 반격을 가해왔기 때문이다. 방어하려는 타이밍을 미묘하게 흐트러뜨리면서 허점을 찌르는 공격에 알렉스는 죽음의 공포마저 느껴야 했다.

'어떻게 이럴 수가 있지?'

후우우우우!

위기감을 느낀 알렉스가 오러 블레이드를 고속 회전시키

기 시작했다. 그것을 본 라곤이 재미있다는 듯 말했다.

"오호, 벌써 회전기는 터득했구나. 진동기는 못 써? 쓸 수 있으면 쓰는 게 좋을 텐데."

"이걸로도 충분하거든요? 마법 따위로 막을 수 없을걸요!"

"그럴까?"

라곤이 코웃음을 쳤다.

물론 라곤은 뇌격계 마법을 이그나이트 포스와 융합, 뇌신 상태가 되지 않으면 고속회전 오러 블레이드조차 꺾을 수 없다. 하지만 받아서 흘려내는 것뿐이라면 초진동 오러 블레이드가 상대라도 문제없이 해낼 수 있었다.

파파파파파!

알렉스의 공격이 남김없이 비껴 나갔다. 알렉스는 보고 있던 나타샤가 좀 놀랐을 정도로 현란한 공격을 퍼부었지만 라곤은 그 모든 것을 사전에 예측하고 방어해 내고 있었다.

펑!

"하나!"

그리고 라곤이 사방에서 쏟아지는 오러 블레이드를 돌파, 알렉스의 어깨를 가볍게 치고 지나갔다.

투학!

"둘!"

이번에는 팔이었다. 역시 벨 의도로 사용한 것이 아니라서 묵직한 통증이 느껴질 뿐이었다.

"셋!"

라곤의 외침이 울려 퍼졌을 때, 알렉스는 자신이 뻗어낸 열네 줄기의 오러 블레이드가 모조리 비껴 나가는 것을 느끼며 경악해야 했다. 그리고 알렉스의 초감각보다도 한 템포 빠르게 가속한 라곤은 복부에다가 강렬한 발차기를 날리고 있었다.

뻐억!

"크헉!"

알렉스가 비명을 토하며 나가떨어졌다. 땅에 충돌하기 직전, 가까스로 균형을 바로잡고 서긴 했지만 내장이 관통당한 듯한 충격이 남아 있었다.

"말도 안 돼! 어떻게 오러 디펜더를 뚫고 타격을 주는 거예요?"

차라리 라곤이 마법이 잔뜩 걸린 검으로 공격해서 때렸으면 이해할 수 있었다. 하지만 라곤은 오로지 백염만을 휘감은 발차기로 알렉스의 오러 디펜더를 관통, 내장이 뒤흔들리는 타격을 선사한 것이 아닌가?

라곤이 어깨를 으쓱했다.

"내 이그나이트 포스는 네가 아는 다른 마법들하곤 좀 수준이 다르거든? 거의 오러 블레이드만큼 자유자재로 형질을 변화시킬 수 있지."

아니, 정확히는 속성력까지 더할 수 있다는 점에서 더욱 변화무쌍하다. 다만 예리함과 밀도, 두 가지가 오러 블레이드보다 현저히 떨어질 뿐.

어처구니없어하는 알렉스에게 라곤이 말했다.

"그래도 정말 많이 늘었는데. 대련에서 이 정도면 실전에서는 꽤나 활약했겠어. 근데 진짜 진동기는 못 써? 반년 만에 이 정도 수준까지 올라왔다면 진동기까지 쓴다고 해도 납득할 수 있을 것 같은데……."

"그게 중요한 게 아니잖아요?"

"아직 못 쓰는구만."

"쓰긴 쓰거든요?"

알렉스가 짜증을 냈다. 그러면서도 발끈해서 달려들지 못하는 것은 라곤이 자신의 예상과는 전혀 다른 차원의 실력을 가졌음을 깨달았기 때문이었다. 이전, 소드 마스터가 되기 전에 그에게 훈련받던 시절이 떠오르고 있었다.

'으윽, 말도 안 돼. 어떻게 이렇게 쉽게 당하지?

문득 라곤이 알렉스를 보며 눈을 가늘게 떴다.

그가 알렉스를 만나고자 한 이유는 두 가지였다.

하나는 알렉스가 소드 마스터가 된 모습을 직접 눈으로 확인하기 위해.

그리고 또 하나는 그를 상대로 그동안 준비해 왔던 '비장의 무기'를 시험해 보기 위해.

'역시 첫 번째 실험상대는 너밖에 없지, 알렉스.'

라곤은 알렉스가 소드 마스터의 문에 도달했던 순간을 떠올렸다. 인간의 의식과 마나가 서로 만나는 접점을 포착했던 그 순간.

그때 얻은 자료를 바탕으로 라곤은 오랫동안 하나의 기술을 연구해 왔다. 엘프들의 정령 마법을 이해하고, 크산델과 카알의 도움까지 받아가며 연구한 그 기술은 아직 한 번도 성공한 적이 없었다.

하지만 그 상대가 알렉스라면 이야기가 달라진다. 라곤이 가진 자료는 바로 알렉스가 소드 마스터에 도달하는 순간의 것. 지금도 눈을 감으면 생생하게 다시 떠올릴 수 있는 그 감각의 주인이 알렉스이기에 라곤은 성공을 기대할 수 있었다.

우우우우웅…….

특정한 마법식에 따라 마력을 운용하면서 알렉스를 바라본다.

하지만 바라보는 것은 알렉스의 외견이 아니다. 그가 두르고 있는 오러의 움직임, 그리고 그것을 발하는 내면의 핵에 이르기까지 모든 것을 낱낱이 꿰뚫어본다.

'뭐야?

알렉스는 소름이 끼치는 것을 느끼며 흠칫했다. 가만히 자신을 바라보는 라곤의 시선에 가슴속에 있는 모든 것이 낱낱이 까발려지는 듯한 느낌이 들었기 때문이다.

그때 이미 라곤은 알렉스의 내면에 존재하는 오러의 원천과 그 아래쪽에 존재하는 장대한 심연을 보고 있었다. 감각이 거기에 닿는 순간, 라곤이 씩 웃으며 마법의 시동어를 읊조렸다.

"…레저넌스 오브 오리진."

상대의 기세를 읽고, 오러를 읽고, 그 원천인 마나를 읽고, 마침내 그 정신의 흐름마저 읽어내어 그것과 하나가 된다.

라곤이 주문을 발현하는 순간, 지금껏 한 번도 느껴본 적이 없는 기이한 파동이 알렉스의 감각을 엄습했다. 알렉스는 반사적으로 오러 디펜더의 밀도를 높여 방어하려고 했지만 소용없었다. 그 파동은 알렉스의 오러 파동과 섞여서 자연스럽게 안쪽으로 스며들었다. 마치 처음부터 하나였던 것처럼.

'뭐, 뭐야?'

알렉스는 순간 절망적인 예감을 느꼈다. 절대 막아낼 수 없는, 그리고 절대 일어나서는 안 되는 뭔가가 일어날 것 같은 불길함.

그것은 알렉스가 라곤이 하는 것과 비슷한 일을 행한 적이 있었기 때문에 찾아든 예감이었다. 상대의 오러가 어떻게 움직이는지 완벽하게 파악하고 그것과 동일한 움직임을 구현하는 궁극의 반격기 제로 카운터. 베이런조차 놀라게 했던 그 기술은 라곤이 행한 것과 같은, 상대방이 지닌 에너지의 흐름을 낱낱이 읽어내고 동일한 감각을 재현하는 것을 기반으로 하고 있었던 것이다.

“뭘 하려는지 모르겠지만 계속 기다려 주진 않겠어요!”

알렉스는 불안을 참지 못하고 땅을 박찼다. 가만히 서 있는 라곤에게 쏜살같이 달려들어서 검격을 날린다.

그러다가 흠칫했다. 검이 가속하기 시작했는데도 라곤은 완전히 무방비 상태로 서 있었다. 이대로라면 한 방 후려치는 것만으로도 그를 죽여 버리게 될지도 모른다. 알렉스는 그 사실을 깨닫고 검격의 기세를 늦추었다. 그리고…….

파밧!

파공음이 울려 퍼지며 두 사람이 서로를 지나쳤다. 검을 휘두른 자세 그대로 라곤을 지나친 알렉스는 잠시 동안 굳어 있었다. 그러다가 덜덜 떨면서 라곤을 돌아보았다.

“무슨 짓을…….”

털썩.

알렉스는 경악한 표정 그대로 쓰러져 버렸다.

뒤늦게 라곤이 그를 돌아보았다. 살짝 비틀거리고 있는 라곤의 안색은 위험하리만치 창백해 보였다. 당장에라도 쓰러질 것 같은, 충격과 공포에 시달린 자의 얼굴이었다.

“…생각처럼은 안 되는데, 이거. 그래도 그럭저럭 잘 먹혔어.”

“그건 대체 뭐였지?”

그렇게 물은 것은 나타샤였다. 그녀는 하나밖에 안 남은 보라색 눈동자 가득히 경악을 담은 채 라곤을 바라보고 있었다.

"뭘 어떻게 한 거야? 어떻게 소드 마스터의 오러가……."

"그건……."

스르릉…… 철컥!

라곤은 엘더 크리스탈 소드를 검집에 집어넣으며 대답했다.

"비밀."

그리고 라곤의 뇌리에서 시간이 되돌아가며 방금 전의 경험을 되새긴다.

6

알렉스의 기세를 본다. 그가 어떻게 호흡하는지, 어떤 리듬 위에서 움직이는지, 어떤 식으로 근육을 쓰는지 낱낱이 꿰뚫어본다.

알렉스의 오러를 본다. 그가 어떻게 오러 블레이드를 구현하는지, 어떤 식으로 오러 디펜더를 움직이는지, 오러의 흐름을 어떤 식으로 가속시키고 구성하는지를 낱낱이 파악한다.

알렉스의 마나를 본다. 그가 어떻게 마나감각을 이용, 주변의 마나와 공명을 일으키는지, 그 결과 오러가 일어날 때 주변의 마나가 어떻게 움직이는지를 낱낱이 읽어낸다.

알렉스의 마음을 본다. 그의 마음이 어떤 상태인지, 어떤 자극으로 어떤 상태를 유발할 수 있을지를 낱낱이 간파한다.

그 모든 것을 해체하고 나면, 그 너머에 숨겨진 좀 더 중요한 것이 보인다. 알렉스의 내면에 존재하고 있는 거대한 빛의 군집과 그 뿌리로 존재하고 있는 핵(核).

그리고 그 아래쪽에서 일렁거리고 있는, 무한한 어둠이 모여 이루어진 공허의 심연.

알렉스의 오러를 구성하는 모든 것을 파악한 라곤은 긴 시간 동안 노력하여 만들어낸 마법을 발현시킨다.

'레저넌스 오브 오리진.'

오로지 오러 구현자를 상대하기 위해 만들어낸 마법.

라곤의 발상을 듣고 이 마법을 만들어낸 것은 크산델이지만 그는 이 마법을 사용할 엄두조차 내지 못한다. 오러와 마나의 움직임을 낱낱이 꿰뚫어보고 그 의미를 파악할 수 있는 것도, 그리고 인간의 의식과 마나가 만나는 접점을 파악한 것도 오로지 라곤뿐이다. 그렇기에 이것은 지상에서 오로지 라곤만이 사용할 수 있는 마법이었다.

그것은 그야말로 찰나였다.

마법이 발동되는 순간, 라곤은 자신이 낱낱이 파악한 힘의 흐름과 그것을 움직이는 알렉스의 감각과 동조하여 일체화했다. 한순간 알렉스의 감각은 라곤의 감각이 되고, 라곤의 감각은 알렉스의 감각이 된다. 자신의 내면을 침범당한 알렉스는 그 감각을 이기지 못하고 라곤에게 달려들었다.

하지만 그 순간 이미 라곤은 알렉스의 내면으로 파고들었다. 마나감각이 일으키는 오러 파동을 넘어, 그 너머에서 넘실대는 오러의 군집을 넘어, 그리고 마침내 모든 힘의 원천인 핵까지 넘어 공허의 심연으로 향한다. 들여다보는 것만으로도 자신의 모든 것이 사라져 버리는 듯한 공포감이 몰려오는 그 심연 속으로 감각을 처박는다.

순간 모든 것이 사라진다.

무저갱 같은 어둠 속에서 라곤을 이루고 있던 모든 것이 스러져 간다.

'……!'

라곤은 소리없는 비명을 질렀다. 소리가 사라져 버려서 아무리 비명을 질러도 들리지 않는다.

그 공허를 들여다보는 순간부터 예감했지만 실제로 닥쳐온 상실의 공포는 상상을 초월했다. 자신의 모든 것이 낱낱이 해체되어 어둠에 삼켜지는 듯한 감각.

아무것도 보이지 않는다.

아무것도 느껴지지 않는다.

그저 다시는 빠져나올 수 없고, 누구의 온기도 느낄 수 없는 무한의 어둠 속을 헤맬지도 모른다는 공포가 밀려들었다. 인간이라면 응당 갖고 있어야 할 오감이, 그리고 마나를 인지하는 자들이 가진 육감마저도 실종되고 그저 암흑만이 존재할 뿐이다. 아무것도 느낄 수 없는 존재는 더 이상 살아 있지 않은 것과 같다. 그러니 이 나락 속에 빠진 존재는 모든 감각을 잃고, 마침내 사고하는 힘마저 잃고 공허로 화할 뿐이다.

'이렇게 사라질 것 같냐!'

공포가 숨을 막히게 한다. 당장에라도 온 길을 되돌아가서 이 어둠 속에서 탈출해야 한다는 생각이 다른 모든 의지를 꺾어버리려 한다.

하지만 라곤은 영혼이 발하는 생존의 외침을 뿌리친다. 알렉스를 통해 인간의 의식과 마나가 만나는 접점을 발견한 순간부터, 수만 번도 더 뇌리에 그려왔던 이미지가 이 공허 속에서도 자아를 유지할 수 있게 했다.

꺼지기 전의 촛불처럼 위태위태한 감각은 단 하나만을 좇고 있었다.

그것은 알렉스의 오러, 그 핵으로부터 심연으로 이어진 가늘고 희미한 파동의 실.

라곤은 그것을 좇아 계속해서 어둠 속으로 가라앉아 간다. 필사적으로 자신이 사라지는 것을 억제하면서 절망의 나락으로 파고들기를 멈추지 않는다.

'분명히…… 이 끝에 있어!'

모든 힘의 흐름을 파악하는 라곤의 감각은 파동의 실 끝에 그토록 찾아 헤맸던 것이 존재한다고 말해주고 있었다. 스스로가 너덜너덜해지는 것을 느끼면서도 라곤은 멈추지 않았다. 그리고……

화아아악!

마침내 공허 저편에 도달했다.

언뜻 누군가의 얼굴이 보인 것 같았다. 푸르게 물든 어둠 속에서 창백한 머리카락을 휘날리는 누군가. 있을 수 없는 일을 목도했다는 듯 믿을 수 없다는 표정을 짓는 그 앞에서, 라곤은 하나의 검을 발견하고 쥐었다.

너무나도 아름다운 검이었다.

이 세상의 존재가 벼려냈다고 믿을 수 없는, 예술을 넘어 그저 보는 것만으로도 모든 만족을 얻고 목숨까지 바칠 수 있을 것 같은 검.

라곤은 그 검을 쥐는 순간 넋을 잃고 말았다. 하지만 다음 순간, 자신이 필사적으로 더듬으며 쫓아온 파동의 실이 바로 그 검으로 이어져 있음을 알고 미소 짓는다. 검을 굳건히 쥐고, 새끼손가락을 들어 살짝 파동의 실이 이어진 곳을 짚어주는 순간…….

'라곤 클란드.'

누군가의 목소리가 들린다. 그것을 끝으로 시간이 고속으로 되감긴다.

파밧!

의식이 빛살처럼 현실로 되돌아오고, 눈앞에서 달려드는 알렉스를 보며 전광석화처럼 반응한다. 섬전처럼 빠르게 날아들던 알렉스의 검이 급격하게 느려지면서 허공을 가르고, 가볍게 그것을 피해낸 라곤은 무방비 상태의 알렉스의 뒷목을 후려갈기며 지나쳤다.

잠시 동안 정적이 흐른다. 곧 알렉스가 덜덜 떨면서 라곤을 돌아보았다. 부릅뜬 두 눈에 믿을 수 없다는 기색이 가득했다.

"무슨 짓을……."

털썩.

알렉스가 그 표정 그대로 쓰러졌다. 의식은 남아 있겠지만 뒷목을 통해 라곤이 때려 넣은 마력은 알렉스의 몸을 간단하게 제압해 버렸다.

소드 마스터의 몸에 마력을 때려 넣어서 제압한다니, 있을 수 없는 일이다. 오러 디펜더는 강력한 저주의 힘조차 물리치는 철벽의 갑옷이며 방패이거늘.

라곤은 현기증이 덮쳐 오는 것을 느끼며 비틀거렸다. 얼굴에 핏기가 가시고 체온이 급격하게 떨어지는 것 같은 기분이었다. 이 정도로 공포에 압도당해 탈진했던 경험이 이전에도 있었나 싶었을 정도였다.

"…생각처럼은 안 되는데, 이거. 그래도 그럭저럭 잘 먹혔어."

"그건 대체 뭐였지?"

그렇게 물은 것은 나타샤였다. 그녀는 하나밖에 안 남은 보라색 눈동자 가득히 경악을 담은 채 라곤을 바라보고 있었다.

"뭘 어떻게 한 거야? 어떻게 소드 마스터의 오러가……."

“그건……”

스르룽…… 철컥!

라곤은 엘더 크리스탈 소드를 검집에다 집어넣으며 대답
했다.

“비밀.”

라곤은 길게 한숨을 쉬었다. 덜덜 떨리는 손을 들어서 쥐었
다 폈다 해본다. 다행히 감각이 조금씩 돌아오면서 몸이 안정
되고 있었다.

곧 쓰러진 알렉스에게 다가가서 어깨를 짚으며 물어본다.

“괜찮냐?”

“으윽, 으으으으으……. 도, 도대체 무슨 짓을 한 거예요?”

알렉스가 믿을 수 없다는 듯 물었다.

방금 전, 라곤의 의식이 자신의 감각을 침범한 순간에 알렉
스는 믿을 수 없는 일을 겪었다. 라곤을 공격해 들어가는 도
중에 갑자기 오러의 흐름이 끊겨 버렸던 것이다. 언제나 마나
감각을 통해 마나와 공명하고, 그로써 오러를 생성해 내던 과
정이 단절되면서 오러 블레이드와 오러 디펜더가 와해되고
말았다.

단절은 잠시였을 뿐이고, 알렉스에게는 충분한 오러가 남
아 있었으니 정신만 차렸다면 다시 오러 블레이드와 오러 디
펜더를 구축할 수 있었을 것이다. 그러나 숨쉬는 것처럼 자연
스럽게 이어지던 흐름이 끊어졌을 때, 알렉스는 경악으로 수

습할 생각조차 할 수 없었다. 그렇게 신의 힘을 휘두르던 초인이 평범한 인간으로 되돌아간 순간, 라곤은 가차없이 그 틈을 파고들어 알렉스를 제압해 버렸다.

라곤이 피로한 기색으로 웃으며 대답했다.

"그건 말하자면…… 음, 그래. 죽음을 부르는 데스그립이라고나 할까? 오로지 자신만의 검이라고 여겼던 검을 타인이 올바르지 못한 방법으로 쥐었을 때 그런 현상이 일어나는 거지. 내가 기대했던 것은 이런 것이 아니었지만 어쨌든 비슷한 결과가 나왔군."

"…무슨 뜻인지 하나도 모르겠거든요?"

알렉스가 어처구니없어하며 몸을 일으켰다. 그새 단절되었던 오러의 흐름이 회복되면서 오러 블레이드와 오러 디펜더를 재구축하자 몸속에 스며들었던 라곤의 마력을 간단하게 와해시킬 수 있었다.

하지만 한순간이나마 오러의 흐름이 끊어졌다는 것은 그야말로 충격과 공포였다. 그것은 마치 오감 중 하나가 사라져 버린 듯한 상실감을 제공했기 때문에 두 번 다시 같은 체험을 하고 싶지 않았다.

'이 사람은 도대체……'

예전부터 생각했던 거지만 라곤은 터무니없는 괴물이다. 사람의 형상을 하고 있지만 그 알맹이는 사람이 아닌 무언가가 아닐까 의심될 때가 많았다. 소드 마스터가 되어서 이제야 비로소 그를 인간으로 바라볼 수 있을까 싶었더니 이번에는 이런 경험을 하게 만들다니.

한 번 각인된 공포가 사라지지 않고 몸을 떨리게 하고 있었다. 라곤은 굳어 있는 알렉스의 몸을 두들겨 주며 말했다.

"고맙다. 너를 통해서라면 완성할 수 있을 거라고 생각했어."

"고마우면 도대체 무슨 짓을 한 건지 설명해 주시지 그래요?"

강한 척 물었지만 알렉스의 목소리는 확연히 떨리고 있었다. 쓴웃음을 짓는 라곤에게 나타샤가 싸늘하게 물었다.

"그래. 나도 꼭 대답을 듣고 싶은데."

"당신이 있어서 말할 수 없어. 당신에게 들려줄 수 있는 사실이 아니기 때문이지."

"만약 내가 힘으로라도 듣겠다면 어떻게 할 거지?"

나타샤의 분위기가 급격하게 냉각되어 간다. 알렉스는 그녀를 보고 있는 것만으로도 감각이 얼어붙는 듯한 착각을 느낄 정도였다. 그녀가 라곤에게 주고 있던 흥미가 적의로 변해 가고 있었다.

"할 수 있을까?"

라곤이 그녀의 차가운 시선을 맞받았다. 칼날 같은 시선이 오가는 가운데 두 사람 사이에 팽팽한 긴장감이 늘어갔다. 나타샤가 히죽 웃으며 말했다.

"요 15년간, 나한테 반항할 만큼 간이 큰 녀석을 만나본 적이 없어서 그런지 신선하군."

"그건 당신네 나라 이야기겠지?"

라곤이 지지 않고 이죽거렸다.

그야말로 일촉즉발의 상태였다. 라곤은 방금 전, 소울 레저넌스를 사용한 후유증으로 심신이 피폐해져 있었다. 하지만 그렇다고 해서 순순히 나타샤에게 기죽어줄 생각은 없었다. 필요한 마법은 모두 걸려 있는 상태이니 얼마든지 맞서 싸우는 게 가능하다.

스르릉!

나타샤의 검이 뽑혀 나왔다. 손도 대지 않았는데 저절로 검이 뽑혀 나와 그녀의 손에 쥐어지는 광경은 라곤에게 묘한 기시감을 불러일으켰다. 그녀의 모습에 베이런이 겹쳐지는 것 같았다.

그때였다.

"라곤 경에게 살기를 흘리다니, 무슨 짓이죠?"

싸늘한 목소리가 두 사람 사이에 끼어들었다.

나타샤는 놀라지 않고 목소리의 주인을 바라보았다. 그곳에 붉은 금발을 늘어뜨린 알리시아가 서 있었다.

라곤이 숨을 삼켰다.

"알리시아 경……."

"무슨 일이 있었는지는 모르겠지만……."

알리시아가 싸늘하게 말하면서 검을 뽑아 들었다. 천천히 걸어와서 라곤 앞을 가로막는다.

"당신이 라곤 경을 해코지할 생각이라면, 내가 싸우겠습니다. 라곤 경은 아무리 봐도 정상적인 상태가 아닌 것 같으니까."

"싸운다고? 나하고 말인가?"

나타샤가 재미있다는 듯 미소 지었다. 육식동물을 앞에 두고 있는 것 같은 오싹함을 느끼게 만드는 미소였다.

알리시아가 뭐라고 대답하기 전에, 그녀가 말을 이었다.

"그것도 재미있겠군. 타국의 여자들은 어떤 재능의 소유자인지 이전부터 궁금했었으니."

동시에 공격이 빛살처럼 날아들었다.

7

그야말로 섬전같은 공격이었다. 두 사람 사이에 존재하는 10미터의 거리를 완전히 무시하고, 그녀의 손이 움직임을 시작한다고 여긴 순간 일직선으로 날아드는 검격!

파창!

눈부신 속도였지만 알리시아는 눈썹 하나 까딱하지 않고 그것을 받아냈다. 동시에 한 걸음 좁혀 들어가면서 반격을 가했다.

파앙!

이번에는 나타샤가 그것을 흘려내면서 한 걸음 내딛는다. 동시에 반격!

파파파파파!

두 사람은 계속 한 걸음씩 거리를 좁히면서 어지러운 공방을 날렸다. 직선으로 뻗어나가고, 곡선으로 휘어지고, 머리 위에서 내리꽂히고, 밑에서 솟구치는 다양한 공격이 서로를 노리고 그 모든 것이 가로막힌다. 초당 수만 번이나 진동하는 진홍의 오러 블레이드와 청백색 오러 블레이드가 격돌할 때마다 격렬한 충격파가 터졌다.

하지만 두 사람은 전면에 오러 디펜더를 전개, 그 충격파를 받아 흘리면서 거침없이 거리를 좁혀갔다. 주춤거리는 기색조차 없이 계속 앞으로 걸어가는데 그동안 사방에 섬광의 궤적이 그려지면서 그 안에 걸려든 모든 것이 박살 나서 흩어져 갔다.

마침내 두 사람의 거리가 한 걸음 앞까지 줄어들었다. 그리고 처음으로 오러 블레이드가 아닌 실검이 서로 충돌했다.

콰창!

폭음이 터지며 두 사람이 한 걸음씩 밀려났다. 알리시아의 붉은 금발이 미친 듯이 휘날리고, 나타샤의 잿빛에 가까운 은발도 위로 휘날렸다.

먼저 자세를 바로잡은 것은 나타샤였다. 그녀는 몸을 슬쩍 낮추면서 중단베기를 날렸다. 몸을 낮추어서 취하는 준비 동작과 검을 탄력있게 휘두르기 시작하는 순간과 팔을 죽 뻗으며 휘둘러 나가는 순간의 리듬이 모두 다른 섬뜩한 일격이었다. 그중 하나만을 보고 공격 포인트와 타이밍을 예측한다면 절대 막아낼 수 없었다.

하지만 알리시아는 나타샤가 보여주는 허와 실을 모조리 간파, 완벽하게 방어하면서 반격을 가했다. 그녀의 주변에서 솟아난 수십 개의 오러 블레이드가 탄력있게 나타샤를 노린다.

투두두두둥!

나타샤는 그것을 막아내면서 후퇴했다. 하지만 수세로 돌아선 것이 아니라 크게 몸을 돌리며 아래쪽으로부터 올려베기를 날렸다. 그러자 검으로부터 수십 줄기의 오러 블레이드가 뻗어나가면서 각기 다른 변화를 일으켰다.

콰콰콰콰쾅!

폭음과 함께 훈련장이 파괴되기 시작했다. 두 사람이 뿜어내는 초진동 오러 블레이드는 세상 그 어떤 것도 버텨낼 수 없는 무적의 검. 그것을 주변 생각하지 않고 뿌려대니 넓은 훈련장이라도 버텨낼 수 없는 게 당연했다.

라곤이 천장이 무너지기 시작하는 것을 보며 말했다.

"으윽, 엄청나군. 알렉스, 일단 나가자!"

하지만 옆을 본 라곤은 기가 막혀서 말을 잊을 수밖에 없었다. 알렉스는 라곤이 말하기 전에 이미 전력으로 입구를 빠져나가고 있었던 것이다.

'…아, 저놈 원래 저랬지 참.'

쿠르르릉!

어처구니없어하는 동안에도 훈련장은 무너져 가고 있었고, 알리시아와 나타샤는 격전을 벌이면서 밖으로 이동하고 있었다. 라곤은 훈련장이 망가진 것을 아까워하면서 둘의 뒤를 쫓았다.

밖으로 나간 두 사람은 거리를 두고 서로 반대편 건물 위에 서서 상대를 노려보고 있었다. 오러 블레이드가 격돌하면서 폭발한 파동과 소음, 그리고 무너지는 훈련장의 굉음 때문에 주변이 소란스러워지고 있지만 아랑곳하지 않는다. 주의가 흐트러지는 순간 상대에게 당한다는 것을 인지하고 있었기 때문이었다.

'강해.'

알리시아는 전율을 느끼고 있었다. 진동의 묘리를 완전히 터득한 이후, 지난번 전투에서 베이런을 만나기 전까지는 자신이 누구보다 떨어진다고 느낀 적이 없었다. 하지만 지금 눈앞에 있는 여자는 그런 자신을 압도했다. 겉으로는 팽팽한 격전으로 보이지만 나타샤 쪽이 모든 국면에서 그녀보다 여유 있었고, 어딘가 봐주는 듯한 느낌이 들었던 것이다.

문득 나타샤가 말했다.

"뭐, 대충 누군지는 알겠지만… 이름을 물을 수 있을까?"

"알리시아 미세룬."

"할라드 왕국의 여기사였군. 나는 나타샤 프리바흐."

"철혈의 검후……."

알리시아는 나타샤와 맞서는 순간, 그녀의 정체를 파악하고 있었다. 대륙이 넓다 하나 여자 소드 마스터는 세 명뿐. 자신과 하쿠란이 한곳에 모여 있는데 새로운 인물이 나타났다면 그것은 나타샤 프리바흐일 수밖에 없다. 게다가 왼쪽 눈에 안대를 감고 있다는 강렬한 특징까지 있지 않은가.

우우우우웅……!

알리시아의 주변에 여덟 개의 빛의 구체가 떠오른다. 그녀만의 방어 기술 스타 더스트. 그것을 본 나타샤가 휘파람을 불었다.

"멋진데."

동시에 그녀가 오러 디펜더를 전개했다. 알리시아가 있는 방향이 아닌, 뒤쪽에.

파아아앙!

질풍처럼 등 뒤로 날아든 오러 블레이드가 초진동 오러 디펜더에 맞고 튕겨 나갔다. 그리고 허공에 무수한 빛의 파문이 일어나면서 그 너머에 검은 머리칼을 휘날리는 하쿠란이 나타났다.

나타샤가 웃었다.

"할라드의 여기사에 이어 아라스하의 여기사까지. 오늘은 기념할 만한 날이군. 대륙에 세 명밖에 없다는 여자 소드 마스터들이 한자리에 모였으니."

"철혈의 검후?"

그 말에 하쿠란도 놀란 표정을 지었다. 그녀는 알리시아와 눈짓을 주고받고는 한 걸음 뒤로 물러났다. 그 움직임을 본 나타샤가 말했다.

"난 둘이 함께 덤비는 편이 더 좋은데?"

"오만함이 지나치시군. 나이가 많다고 실력도 좋은 것은 아닐 텐데?"

알리시아가 발끈해서 쏘아붙였다. 나타샤가 스산하게 웃었다.

"나이가 많다는 말, 별로 좋아하지 않아. 젊은 아가씨."

동시에 그녀로부터 섬광이 쏘아져 나갔다. 알리시아와 나타샤 사이의 거리는 15미터 이상. 하지만 나타샤가 튕기듯이 쏘아내는 공격은 그 정도 거리는 아무 상관도 없다는 듯이 날아들고 있었다.

파앗! 파바바밧!

하지만 그 공격은 모조리 스타 더스트에 가로막혔다. 알리시아는 공격이 날아들든 말든 상관없이 훌쩍 뛰어서 거리를 좁혀갔다.

'한쪽은 탄성을 극한까지 늘리고, 한쪽은 단단하게 응축시

킨, 서로 다른 형질을 가진 오러 블레이드를 이용, 한쪽으로
다른 한쪽을 붙잡고 튕기듯이 쏘아내는 거군. 그래서 별다른
증폭 과정을 거치지 않고도 이 정도 거리를 공격할 수 있는
거야.'

알리시아는 몇 번 그 공격을 받아보고는 원리를 간파했다.
거리가 멀면 나타샤가 유리하다. 자신도 최선의 공격을 가할
수 있는 거리에서 싸움을 벌여야 했다.

"난 근접전도 좋아하는 편이지."

나타샤가 그렇게 말하며 마주 도약했다. 두 사람이 허공에
서 격돌, 서로 반대방향으로 튕겨 나가더니 다시 날면서 검격
을 어지럽게 교차하기 시작했다.

파파파파파파!

알리시아는 무수한 오러 블레이드를 형성, 수십 명의 창병
이 찌르기를 가하듯이 쏘아댔고 나타샤는 그것을 오러 디펜
더를 쉬지 않고 변형해 비껴내면서 섬전 같은 검격을 날려대
고 있었다. 그녀가 한번 검을 튕기듯이 휘두를 때마다 대여섯
개의 오러 블레이드가 뻗어 나오는데, 그 속도가 음속을 초월
했고 날아드는 타이밍이 시시각각 변해서 알리시아는 아슬아
슬하게 방어해 내고 있었다.

피핏!

"큭!"

알리시아의 볼에서 핏방울이 튀었다.

계속되는 공중전을 압도하는 것은 나타샤였다. 나타샤는 어디까지 받아내나 보겠다는 듯 점점 더 속도를 높여가고 있었다. 한번 떨어졌다가 다시 격돌할 때마다 조금씩 속도가 빨라져 간다.

'어디까지 빨라지는 거야?'

오러의 고속 변형에는 자신있다고 생각한 알리시아였지만 나타샤의 속도는 점입가경으로 빨라지고 있었다. 겨우 받아냈다 싶으면 좀 더, 그것도 받아냈다 싶으면 좀 더. 알리시아가 적응할 수 없을 정도로 급격하게 빨라지지는 않으면서도, 점차 받아내기 버거울 정도로 가속한다. 볼에, 어깨, 허벅지에 조금씩 베인 상처가 늘어가면서 알리시아가 후퇴하기 시작했다.

그 공격 형태는 흡사 빛을 나누는 것 같았다. 휘두르는 순간, 하나였던 오러 블레이드가 갈라지면서 존재하는 모든 허점을 동시에 친다. 그 속도는 그야말로 섬전 같고, 그 위력은 뇌격을 능가하니 그것은 기본이면서 동시에 궁극의 비검이었다.

'샤이닝 디바이드.'

베이런에 의해 공허를 들여다본 나타샤가 20년간 고련한 끝에 도달한 경지.

소드 마스터의 감각조차 따라갈 수 없는 가공할 스피드와 바늘구멍조차 통과할 수 있는 정확성이 더해진 그 일격이 소나기처럼 쏟아지니 알리시아는 버텨낼 수가 없었다. 그녀의 방어가 무너지는 것을 본 나타샤가 말했다.

"이 정도로군."

나타샤의 검이 다시금 번뜩인다. 이번의 검격은 갈라져 뻗어 나오지 않았다. 굵직한 섬광이 알리시아의 방어를 잡아 찢듯이 작렬했다.

쾅!

"꺄악!"

결국 알리시아가 충격을 버티지 못하고 추락해 갔다. 겨우 자세를 바로잡고 착지한 그녀를 추적해 온 나타샤가 추가타를 날렸다.

위이이잉!

알리시아는 도저히 방어할 수 없는 일격. 그러나 그 공격이 작렬하기 직전 무시무시한 속도로 그 앞을 가로막는 이가 있었다. 새하얗게 타오르는 불꽃같은 기운을 두른 라곤이 검을 휘둘러 나타샤의 공격을 비껴냈다.

콰앙!

비껴 나간 나타샤의 공격이 옆에 있던 벽을 무너뜨렸다. 땅에 내려선 나타샤가 라곤에게 말했다.

"이제 나랑 해볼 마음이 들었나?"

그러나 동시에 그 앞을 무수한 빛의 파문이 가로막는다. 나타샤가 피식 웃으며 뒤를 돌아보았다.

"그러게 처음부터 둘이서 덤볐으면 좋았을 것을."

"그럴 생각은 지금도 없어요."

하쿠란은 싸늘하게 대답하고는 나타샤를 노려보았다.

그동안 알리시아가 굴욕감에 가득한 얼굴로 말했다.

"미안해요, 라곤 경. 도움이 못 되어서……."

"아닙니다. 알리시아 경은 충분히 잘 싸웠어요."

라곤은 알리시아를 위로하며 물러났다. 솔직히 지금 몸 상태로는 나타샤와 대적할 자신이 없었다. 그리고 나타샤 역시 라곤보다는 하쿠란에게 관심을 두고 있는 상황이었다.

하쿠란이 물었다.

"계속할 생각인가요?"

주변은 이미 시끌시끌해져 있었다. 소드 마스터들과 병력들은 비상이 걸려서 뛰어나오고, 마법사들도 하나둘씩 날아오른다.

알리시아와 하쿠란이 먼저 훈련장에 도착했던 것은 어디까지나 알렉스 때문이었다. 알렉스도 파리안에 있는 동안 알리시아가 라곤과 인연이 있음을 들었기에 그녀에게 기별을 넣었던 것이다. 마침 하쿠란과 함께 차를 마시고 있던 알리시아는 그 기별을 듣고 자리를 떴고, 하쿠란도 호기심에 뒤를 따라왔다가 끼어들게 되었다.

나타샤가 주변을 둘러보더니 어깨를 으쓱했다.

"문제없잖아?"

"그렇군요. 상대해 드리죠."

하쿠란이 눈을 부릅뜨면서 주변에 무수한 빛의 파문이 그려지기 시작했다. 하지만 그때였다.

파아아아앙!

두 사람 사이에 굵직한 섬광이 내리꽂혔다. 둘 다 놀라서 하늘을 올려다보았다. 그곳에는 진녹색 오러의 파편 위에 올라타서 검은 머리칼을 휘날리는 리리디카 보르드누스와 그녀를 따라온 대마법사 포르포린이 있었다.

"거기까지만 하시지. 제국의 암캐."

"고상한 척하는 엘프치고는 꽤 재미있는 표현이군. 내가 당신들이 바라는 것을 주기 위해 노력하는 사람이라는 것을 알고 있나? 내가 이번에 해방해 주기로 약속한 엘프 노예가 70명을 넘는데."

"그래서 쏴버리지 않은 거야. 감사하게 여기도록 해."

살기를 담고 서로를 노려보는 나타샤와 리리디카 사이에서 불꽃이 튀는 것 같았다. 잠시 동안 그녀를 노려보던 나타샤는 어깨를 으쓱하고는 검을 집어넣었다.

"흥이 깨졌어. 그만두도록 하지. 하지만 라곤 클란드……."

그녀의 시선이 라곤에게로 향했다. 라곤도 지지 않고 그녀를 노려보았다.

나타샤가 말했다.

"언젠가는 그 일에 대해 내게 말해줘야 할 거야."

“글쎄, 그 언젠가가 오긴 올까?”

“한마디도 안 지는군, 애송이.”

나타샤는 씩 웃으며 몸을 돌렸다. 그녀가 훌쩍 뛰어서 멀어져 가자 라곤은 한숨을 쉬었다.

“젠장. 완전 미친 여자로군. 저런 걸 아군이랍시고 같이 행동해도 될지 모르겠어.”

“하지만 대단해요.”

알리시아가 분한 듯 입술을 깨물었다. 이번 대결은 솔직히 알리시아의 완패였다. 둘의 재능이 동등하다면 쌓아온 시간에 의한 격차가 있음을 인정하지 않을 수 없었다.

‘다음 번에는 다를 거야.’

알리시아는 방금 전에 당한 나타샤의 기술에 대한 대응책을 머릿속으로 구상하며 각오를 다졌다. 그러다가 문득 라곤하고 시선이 마주쳤다.

“……”

둘 사이에 대단히 어색한 침묵이 흘러갔다.

8

상황이 대충 수습되고 나자 두 사람은 라곤의 거처에서 마주 앉아 차를 홀짝거렸다. 인사를 나누고, 간단하게 안부를 묻고, 그러고 나니까 할 말이 없어서 머뭇거리고 있었다.

'내가 이렇게 소심한 성격이었나?'

라곤은 여자 앞에서 뭔 말을 해야 할지 몰라서 고민한 것이 소년 시절 이후 처음이었다. 그런 만큼 자신 앞에서 얼굴을 붉히고 있는 알리시아와 마주하고 있는 게 당황스러웠다.

잠시 후, 답답함을 이기지 못한 라곤은 심호흡을 한 번 하고는 입을 열었다.

"정말 고마웠습니다. 절 위해 싸우겠다고 나서주어서……."

"다, 당연히 해야 할 일이었어요. 라곤 경은 저의……."

알리시아가 당황하면서 대답했다. 그녀가 용기를 내어 라곤의 눈을 보면서, 떨리는 목소리로 말을 잇는다.

"…소중한 동료니까요."

그 순간 그녀의 마음속에 '이 바보 같은 여자가 무슨 소리를 하는 거야!' 라는 자책의 목소리가 울려 퍼졌지만 라곤은 알 수 없었다. 기껏 용기를 낸 주제에 실수를 저지른 알리시아는 얼굴만 붉히고 있었고, 그녀를 가만히 보던 라곤은 결국 한숨을 쉬며 물었다.

"음. 아, 실은… 계속 신경이 쓰였어요."

"뭐, 뭐가요?"

"알리시아 경이 지난번에 헤어질 때 했던 말이 머릿속에서 사라지질 않더군요."

지난 겨울, 파리안에서 헤어질 때 알리시아는 말했었다, 라곤 경이 돌아온다면 하고 싶은 말이 있다고.

그 말이 무엇인지 짐작하기는 어렵지 않았다. 하지만 라곤은 그것을 현실에서 확인하는 것이 두려웠다. 두려우면서도 도저히 확인하지 않고는 견딜 수 없었기에 알리시아 앞에 섰다.

알리시아는 잠시 동안 말을 꺼내지 못하고 머뭇거렸다. 라곤은 서두르지 않고 차분하게 그녀가 대답하기를 기다리고 있었다.

마침내 알리시아가 결심을 굳힌 듯 고개를 들었다. 그녀가 푸른 눈동자 가득히 결의의 빛을 담고 라곤을 바라보며 입을 열었다.

"라곤 경."

"네, 알리시아 경."

"결혼해 주세요."

"……."

라곤은 순간 굳어져 버리고 말았다.

그녀가 하고 싶은 말이라는 것이 마음을 고백해 오는 것이라는 것쯤은 예상하고 있었다. 그걸 모르면 정말로 둔탱이란 소리를 들어도 할 말이 없지 않겠는가? 그래서 그동안 그녀가 마음을 고백했을 때 어떻게 해야 할지를 생각하고 있었다.

그런데 정작 그녀의 입에서 튀어나온 말은 라곤의 상상을 슬쩍 넘어버리는 것이었다. 좋아한다거나, 교제한다거나, 그런 말이 아니고 느닷없이 결혼하자고 말해 버리다니!

“…….”

두 사람 사이에 다시금 침묵이 내려앉았다. 두 사람은 서로를 바라본 채 잠시 동안 굳어 있었고, 그리고 나서는 상대방의 표정을 보며 뭔가 잘못됐다는 사실을 느끼기 시작했다. 특히 알리시아는 방금 자신이 무슨 일을 했는가 다시 떠올려 보고는 절망적인 실수를 저질렀다는 사실을 깨달았다.

‘이게 아니잖아!’

결혼이라니, 다시 만나서 대뜸 하는 소리가 결혼해달라는 프로포즈라니!

이게 아니다. 원래 하려던 말은 어디까지나 좋아한다는 말이었다. 조금 더 진도를 나아가서 사랑한다고 말할까 고민하고 있었을 뿐이다. 그런데 정작 결심을 굳히고 입을 연 순간, 그녀의 입에서는 생각했던 것과는 전혀 다른 말이 튀어나오고 말았던 것이다.

돌처럼 굳어진 채로 쩌적, 금이 가는 것 같은 알리시아의 표정을 본 라곤은 그녀가 말을 실수했다는 사실을 알아차렸다. 하지만 아무리 실수라도 스스로 주워담지 않으면 도저히 수습할 수 없는, 아니, 그러려고 해도 그게 될지 알 수 없는 치명적인 실수였다.

‘…어쩌지?’

그녀가 만약 자신에게 마음을 고백할 각오를 한다면 교제할 생각까지는 하고 있었던 라곤도 갑자기 심하게 진도를 앞

서 나가는 한 방 앞에서는 당황할 수밖에 없었다. 결혼이라
니, 지금 같은 상황에서는 진짜 쉽게 대답할 수 있는 문제가
아니다. 설령 국토를 오크들에게 빼앗겼다고 하더라도 라곤
은 리할드 왕국의 기사이고 백작이었다. 그리고 알리시아는
할라드 왕국의 귀중한 소드 마스터다. 덜컥 결혼해서 한쪽이
다른 한쪽으로 국적을 바꾼다는 것은 국제적으로 문제가 될
소지마저 있었다.

　'주, 중요한 것은 그게 아니잖아.'

　라곤은 자신이 혼란에 빠졌다는 사실을 깨달았다. 그렇지
않고서야 이렇게 줄줄이 어떻게든 합리적으로 상황을 수습해
보기 위한 변명거리를 떠올릴 리가 없지 않은가.

　"그……."

　생각이 넘쳐나다 못해 폭발할 지경이 되었을 때, 라곤은 무
의식중에 입을 열고 말았다. 하지만 그 순간 알리시아가 황급
히 말을 이었다.

　"그게 아니고! 미안해요! 실수였어요! 못 들은 걸로 해주세
요! 제발 부탁이에요! 아아아아, 결혼, 결혼이 아니라고! 그런
말을 하려던 게 아니었다고요! 다시! 처음부터 다시! 제발 부
탁이니까 다시 한 번만 기회를!"

　"……."

　폭풍처럼 쏟아지는 알리시아의 말 앞에 라곤은 압도당해
서 가만히 고개를 끄덕일 수밖에 없었다. 알리시아는 새빨개

진 얼굴로 헛기침을 하더니, 짐짓 아무렇지도 않은 척하려고
필사적으로 발악하면서 다시금 입을 열었다.

하지만 그때 라곤이 기습적으로 말했다.

"알리시아 경, 나 당신 좋아해요."

"그러니까 저는 라곤 경…… 으으으으을?!"

전혀 생각지 못한 타이밍에 기습을 당한 알리시아가 화들
짝 놀라서 몸을 일으켰다. 당황하는 그녀의 모습을 본 라곤은
왠지 가슴이 간질거리는 감각을 느꼈다. 이 여자, 왜 이렇게
귀여울까? 늠름하고 멋진 여기사인 주제에 연애감정이 개입
되니 이렇게 귀여워지다니, 당장에라도 그녀를 끌어안고 싶
은 충동이 마구 솟구쳤다.

돌처럼 굳어버린 그녀에게 라곤이 말을 이었다.

"음. 겨울 동안 곰곰이 생각해 봤는데… 내가 알리시아 경
을 좋아하는 걸 알았어요. 난 솔직히 대등한 입장에서, 같은
관심사를 갖고 이야기할 수 있는 여성은 알리시아 경이 처음
이었어요. 앞으로도 그럴 수 있다면, 그것참 좋은 일이겠구나
싶더라고요."

"……."

"결혼은, 솔직히 우리 입장을 생각하면 지금 결정할 수 있
는 문제는 아니라고 생각해요. 일단은 연인 관계부터 시작해
보지 않겠어요? 데이트 대신 전장에서 검을 들고 검리를 논하
는 연인 관계도 나름 매력적일 것 같은데……."

“…정말로 사악하군요.”

알리시아는 힘이 죽 빠지는 것을 느끼며 주저앉듯 의자에 앉았다. 고개를 푹 숙이는 그녀를 보며 라곤이 즐겁게 물었다.

“대답해 주지 않을래요?”

“…하아.”

알리시아는 한숨을 쉬었다. 그녀는 손으로 얼굴을 가리고 알아들을 수 없는 말을 몇 번 중얼거리더니, 용기를 내어 다시금 라곤과 시선을 마주했다.

“좋아요, 라곤 경.”

“경은 빼고 부르죠. 알리시아.”

“그, 그래요. …라곤.”

알리시아는 부끄러워하면서 조심스럽게 라곤의 이름을 불러보았다. 그저 ‘경’이라는 호칭이 빠졌을 뿐인데도 왠지 그와의 관계가 엄청나게 가까워진 듯한 느낌이 가슴을 두근거리게 했다.

그렇게 서로의 재능과 강함을 인정한 두 사람은 전쟁 속에서 연인 사이가 되었다.

CHAPTER 30
요람에서 무덤까지

마검전생

마검전생

나타샤와 알리시아가 맞선 폭풍 같은 밤이 지나가고, 다음
날 아침이 되자 하쿠란은 알렉스를 찾아가고 있었다. 이전에
는 그를 보는 것조차 껄끄러워했지만 파리안에서 그에게 목
숨을 구함받은 후로는 달라졌다. 나이 어리고 경망스러워 보
이는 청년이지만, 자신을 위해 목숨까지 바칠 각오가 된 이라
면 함부로 대할 수 없다고 생각해서 그와 만남의 시간을 갖고
있었다.

디엘다의 병상에서 눈을 뜬 알렉스는 하쿠란에게 마음을
고백했다.

"하쿠란 경, 저 당신이 좋아요. 그래서 그냥 내버려 둘 수
가 없었어요."

　알렉스는 자기가 말해놓고 당황해하며 얼굴을 붉혔다.
　설마 타국의 연하 청년에게 이런 고백을 받을 줄 몰랐던 하
쿠란은 당황하고 말았다. 그리고 며칠이 지난 지금까지도 확
실한 대답을 해주지 못하고 시간을 끌고 있었다. 하지만 언젠
가, 가까운 시일 내로는 그의 마음에 대답을 해줘야 하리라.
　소드 마스터다운 초인적인 운동능력을 이용, 길을 걷는 대
신 건물들 위를 뛰어서 목표한 곳까지 일직선으로 가던 그녀
는 문득 한곳에 멈춰 서서 동쪽을 바라보았다. 오아시스가 아
니더라도 푸른 신록을 찾아보기 어렵지 않은 이 땅은 저 태양
조차도 다른 색을 띠고 있는 것처럼 보였다.
　"사랑이라……."
　하쿠란은 오래전, 자신의 마음이 한 번 죽어버렸던 순간을
떠올리며 중얼거렸다.

　하쿠란 미아 바라다는 동쪽 사막의 나라 아라스하의 작은
오아시스 마을에서 자라났다. 그곳은 오래전에 영주 일족이
죽고 도적들이 지배하는, 발쿰 도적단의 마을이었다. 그들은
사막을 지나다니는 여행자나 상단을 습격해서 재물을 빼앗아
가며 먹고살았다. 당연히 왕실에서 토벌해야 할 대상이었지

만 문제는 그들의 오아시스 주변에는 모래 속을 헤엄치며 먹 잇감을 찾아다니는 거대한 샌드웜의 서식지가 있었고, 모래 폭풍이 자주 몰아친다는 점이었다. 그렇기에 왕실은 물론이고 부근의 부족들 역시 그들을 어쩌지 못했다.

그곳에서는 남자가 장성하면 발쿰 도적단에 들어가는 것이 당연한 일이었다. 멸망한 암살조직의 일원들이 스며들어오면서 형성된 발쿰 도적단은 평범하게 칼을 쓰는 전사들 외에도 기이한 사술(邪術)들을 사용하는, 흑검사라 명명한 인재들도 함께 육성했다.

하쿠란은 아주 어릴 때, 도적단에 의해 몰살당한 상단에서 데려온 아이였다. 발쿰 도적단들은 목표한 일행에 아무것도 모르는 아이들이 있을 경우 데려와서 마을의 일원으로 기르거나, 아니면 음성적인 루트를 통해 노예로 팔아넘겼다. 하쿠란은 마침 여자가 부족한 시절에 잡혀왔기 때문에 노예로 팔리지 않을 수 있었다.

하쿠란을 기른 것은 발쿰 도적단의 흑검사 중 한 명이었다. 이름은 나달이라고 했었다. 과거형으로 말하는 것은 그가 오래전에 죽었기 때문이다.

그에게는 샤라드라는 아들이 있었다. 하쿠란보다 여섯 살 연상이었고, 아주 어릴 적부터 나달에게 흑검사로서 영재교육을 받으며 자라났다. 나달은 집에 붙어 있는 일이 별로 없었기에 실질적으로 하쿠란을 돌봐준 것은 샤라드였다. 흑검사가 되기 위해 혹독한 특훈을 받으면서도 피가 섞이지 않은 여동생을 챙기길 잊지 않았던 그를 하쿠란은 어린 시절부터 좋아했었다. 그리고 나이가 들었을 때 그러한 감정은 남매 간의 정이 아닌 사랑으로 변해가고 있었다.

시간이 흐르고, 소녀로 자라난 하쿠란은 많은 이들의 시선을 받았다. 마을에 그녀처럼 고운 외모를 가진 여성이 없었기 때문이었다. 틈만 나면 치근덕대는 녀석들 투성이였고, 어른들 역시 침을 흘리며 그녀를 보았다.

도적단이 지배하는 마을답게 남자들은 다들 망나니들뿐이었다. 든든한 보호자가 없는 여자는 나이가 차면 남자들에게 덮쳐져서 그들의 것이 되는 경우가 비일비재했고, 여자의 소유권을 둘러싸고 남자들끼리 힘 싸움을 하는 경우도 쉽게 볼 수 있었다.

이때쯤 나달은 이미 죽었지만, 그럼에도 불구하고 남자들이 하쿠란을 쉽게 건드리지 못한 것은 샤라드 때문이었다. 스무 살이 넘어 바쿰 도적단에서 정식 흑검사로 활동하는 샤라드가 무서워서 다들 침을 흘릴 뿐, 하쿠란을 덮치진 못했던 것이다.

하지만 도적단의 일은 언제나 목숨 걸고 싸우는 것이라 언제 죽게 될지 모른다. 샤라드가 죽기라도 한다면 다들 벌떼처럼 하쿠란을 차지하고자 덤빌 것이다.

그 사실을 알고 있는 샤라드는 언제나 무서운 태도로 남들을 대했다. 그가 다정한 얼굴을 보여주는 것은 오로지 하쿠란 뿐이었고, 그 사실이 하쿠란을 기쁘게 했다. 조금만 더 자란 다면, 그런다면 그에게 마음을 고백하고 싶었다. 그러면서도 자칫 그가 자신을 거절하면 어쩌나 무서워서 오빠 동생 사이 로 있는 것에 안주하고 있었다.

그렇게 시간이 흐르면서, 샤라드는 하쿠란을 탐하는 이들 에게 원한을 쌓고 있었다. 마음을 꺾어버리기 위해 칼질을 하 고 팔을 꺾어버리는 등 잔인한 일을 서슴지 않았으니 당연한 일이었다.

그렇게 쌓인 원한은 지독한 독이 되어 돌아왔고, 약탈을 성 공적으로 끝낸 축하연 자리에서 샤라드는 흑마법사가 만든 마법의 독약을 먹고 말았다.

그것은 인간의 신체균형을 뒤틀어 광중에 지배당하는 괴 물로 만들어 버리는 무서운 독이었다. 그에게 원한을 품은 이 들은 그를 없애고 하쿠란을 차지하기 위해 기꺼이 암시장에 서 비싼 돈을 주고 그 독을 샀던 것이다.

그는 축하연에서 덤벼드는 이들을 베어버리며 도망쳤다. 도적단 모두가 적은 아니겠지만 그 순간에는 누구도 믿을 수 없었다.

실제로 음모에 가담한 자는 스무 명 정도였다. 샤라드는 그 들의 추적을 피해 도망쳤지만 점점 말을 듣지 않는 몸 때문에 몇 번이나 칼을 맞고 쓰러져 버렸다. 샤라드를 제압한 그들은 제일 먼저 팔을 부러뜨리고, 그다음에는 다리를 부러뜨리고, 손가락을 자른 다음 눈을 뽑으려고 했다. 킬킬거리며 잔혹한 복수를 계속하던 그들은, 어느 순간 등 뒤에서 날아든 검에 목이 잘려서 쓰러졌다.

그때 하쿠란은 처음으로 검을 들고 누군가를 죽였다.

어려서부터 영재교육을 받은 샤라드보다도 훨씬 천재적인 재능을 가졌던 하쿠란은, 그가 호신술 삼아서 가르쳐 준 검술의 기초만으로도 무서운 달인이 되어 있었다. 그녀는 춤을 추듯이 그 자리에 있던 모두를 베어 넘기고 샤라드를 안아 들었다. 동생이 자신에게 실력을 숨기고 있었다는 사실을 깨달은 샤라드는 쓴웃음을 지으며 부탁했다.

"하쿠란, 내 사랑스러운 동생. 나를 죽여줘."

그 말에 하쿠란의 눈동자가 크게 흔들렸다. 샤라드는 손가락이 모두 잘려 나간 손으로 그녀의 볼을 쓰다듬으며 말했다.

"나는 틀렸어. 하지만 괴물이 되기 전에 네 검에 죽고 싶구나. 그러면 인간으로서, 네 오빠로서 죽을 수 있겠지."

하쿠란은 눈물을 흘리며 그를 바라보았다. 어렸을 적에는 자신을 보살펴 주는 부모 같은 오빠였고 자란 후에는 연심을 숨기고 애태울 수밖에 없었던 남자였던 그. 그의 마지막 소원은 그녀의 손에 죽는 것이었다.

"제발."

몸을 떨며 오열하는 동생에게 샤라드가 애원했다. 독이 퍼

져 가며 이성이 흐릿해져 가고, 점차 사신의 발소리가 가까워
져 오고 있었다. 인간인 채로 죽으려면 하쿠란의 검에 몸을
맡길 수밖에 없었다.

하쿠란은 그의 소원을 외면하지 못했다.

그것은 평생 잊을 수 없는 순간이었다.

그를 놓아두고 일어난 하쿠란은 달빛을 받아 빛나는 검을
들어 그의 목을 쳤다. 조금의 고통도 없이, 일순간에 목숨을
끊어주기 위해 휘두른 그 일격은 그녀가 지금껏 휘둘러 왔던
검격 중에 가장 완전한 것이었다.

그 순간, 그녀는 샤라드를 잃었고 대신에 자신 안에서 빛나
는 찬란한 검을 얻었다.

자신을 붙잡고자 하는 남자 모두를 베어 넘겼을 때, 두목은
샤라드의 장례를 잘 치러주겠다는 조건으로 그녀를 자신의
양녀로 삼았다. 그렇게 그녀는 발쿰 도적단의 수호신이 되었
고, 몇 년 후 더 이상 도적단을 좌시할 수 없게 된 왕실에서
대규모 토벌군을 보냈을 때 그들에게 무위를 과시함으로써
대륙에 이름을 알렸다.

“…샤라드.”

하쿠란은 눈부신 태양을 보면서, 결국 마음을 고백하지 못
했던 오빠의 이름을 중얼거렸다. 그녀는 한숨을 쉬면서 알렉
스를 만나기로 한 곳으로 향했다. 그곳은 어제 알리시아와 나

타샤의 일전 때문에 무너진 곳과 비슷한 실내 훈련장이었다.

그곳에는 라곤과 알렉스, 그리고 알리시아가 모여 있었다. 그리고 라곤과 알렉스가 대련을 벌이는 중이었다. 하쿠란은 잠시 기척을 감춘 채 대련을 관전했다.

"우걱!"

날아드는 공격에 맞은 알렉스가 비명을 질렀다.

어제와는 달리 오러 블레이드와 오러 디펜더를 사용하지 않는 조건의 대련이었다. 이런 조건으로 대련을 벌이자 알렉스는 아예 일방적으로 얻어 터졌다. 천재적인 감각을 가진 알렉스의 검술은 상당한 수준으로 발전했지만 라곤 앞에서는 전혀 통용되지 않았다.

퍽! 퍼버벅! 빠각!

타격음이 연달아 울려 퍼지며 알렉스의 비명이 메아리쳤다. 라곤이 혀를 챘다.

"쯧쯧. 너무 크게 피하지 말라니까. 너무 크게 피하니까 되돌릴 때의 허점이 뻔히 보여. 위험부담이 크니까 너무 아슬아슬하게 피하라고는 안 하겠는데, 너처럼 과장되게 피하다가는 자세를 되돌리기 전에 추격타 맞고 죽기 딱 좋다?"

"으윽, 정말 그렇군요……."

알렉스는 쓰러진 채 신음하고 있었다. 라곤이 자신의 가르침을 몸으로 깨닫게 만들어주었기 때문이다.

그 후에도 알렉스는 몇 번이나 달려들었지만 번번이 라곤에게 맞고 거꾸러지곤 했다. 라곤은 마치 알렉스의 모든 공격을 사전에 읽어내는 것처럼 여유있게 반응하고 있었다.

문득 라곤이 알렉스를 빤히 바라보았다.

본다.

알렉스의 모든 것을, 하나하나씩 보고 파악한다.

그를 이루는 모든 것을 낱낱이 해체하여 살펴보는 것 같은 감각.

알렉스가 흠칫 몸을 떨었다. 하쿠란도 이질적인 감각에 눈살을 찌푸렸다.

"으윽, 라곤 경, 또 그거 하려는 거죠!"

일변한 라곤의 분위기에 압도당해 있던 알렉스가 버럭 소리를 지르며 달려들었다. 라곤이 어제 했던 그 짓을 또 하려고 한다는 것을 알아차린 것이다. 숨쉬듯이 자연스럽게 다룰 수 있었던 오러가 사라지는 박탈감은 두 번 다시 느끼기 싫은 것이었기에 알렉스는 발악적으로 달려들었다. 그리고…….

뻐억!

뻗은 손을 라곤이 쳐내고 날린 주먹에 얼굴을 맞고 나가떨어졌다.

"아악!"

알렉스가 비명을 지르며 나뒹굴었다. 하쿠란이 깜짝 놀라서 훈련장 안으로 뛰어들었다. 그녀는 쓰러진 알렉스를 붙잡고 물었다.

“괜찮아요?”

“아, 괜찮…… 헉, 하쿠란 경! 와주셨군요!”

하쿠란은 빙긋 웃어주고는 라곤을 쏘아보았다. 아무리 대련을 통해 서로의 실력을 향상시키고자 한다 해도 방금 전의 공격은 지나쳤다. 하지만 매섭게 한마디 해주려던 그녀는 라곤을 보고는 움찔했다.

“……”

라곤은 안색이 곧 죽을 것처럼 창백해진 채 비틀거리고 있었다. 방금 전까지는 펄펄 날면서 알렉스를 두들겨 패던 이라고는 생각할 수 없을 정도였다.

“후우우. 실패인가.”

곧 그가 한숨을 쉬며 중얼거렸다. 그리고는 알렉스를 보며 말했다.

“알렉스, 미안하다. 잠깐 정신이 나가서 그만. 다친 데는 없어?”

“코피가 나는 거 빼곤 괜찮아요.”

“다행이군. 오늘 대련은 여기까지만 하자.”

그렇게 말하던 라곤은 현기증을 느끼며 휘청거렸다. 알리시아가 당황해서 그를 붙잡았다.

“왜 그래요? 괜찮은 거예요?”

“아, 괜찮다고 말하고 싶은데…… 상태가 좀 나쁘긴 하군요. 이거 진짜 사람이 할 짓이 아닌데.”

라곤은 벽에 기대어 앉은 채 길게 한숨을 내쉬었다.

2

알렉스가 기가 막혀하며 물었다.

"도대체 그건 뭘 어떻게 하는 거기에 사용할 때마다 그렇게 되는 거예요?"

이중에 라곤의 레저넌스 오브 오리진을 보고, 당해보기까지 한 것은 알렉스뿐이었다. 그렇기에 그 외에는 라곤이 뭘 하려고 한 것인지조차 알 수 없었다.

라곤은 파김치가 된 기색으로 말했다.

"소드 마스터가 발휘하는, 정확하게는 소드 마스터에게 오러의 힘을 부여해 주는 원천을 이해하는 거야. 그리고 그 계약의 실을 더듬어 올라가서 공허의 심연 너머에 있는 진정한 검에 도달하는 거지."

"…저기, 무슨 뜻인지 하나도 못 알아듣겠거든요?"

라곤의 말은 알렉스에게는 그야말로 뜬구름 잡는 소리였다. 하지만 알리시아와 하쿠란은 뭔가 느껴지는 바가 있었다.

알리시아가 물었다.

"공허라면, 혹시 내면에 존재하는 그 무저갱 같은 '통로' 말인가요?"

"그걸 '통로' 라고 이야기하다니… 알리시아는 상당히 본

질에 가깝게 보고 있군요."

들여다보는 것만으로도 두려움이 밀려오는 거대한 공허.

다른 소드 마스터들은 본능적으로 두려워하며 멀리하기만 했던 그것을 보고 알리시아는 '통로'라고 생각했다. 어디로 통하는 것인지는 모르겠지만 자신의 힘과 연관이 있는…….

그것은 정확히 본질을 짚은 시각이었다. 라곤은 마법의 신 덕분에 소드 마스터가 검의 신과 나눈 계약을 통해 오러의 힘을 얻는다는 사실을 알았다. 그리고 그 계약은 라곤이 알렉스를 통해 파악한, 인간의 의식이 마나와 만나는 접점에서 이루어졌다.

"소드 마스터의 내면을 들여다보면 힘의 핵이 공허 너머와 이어져 있다는 것을 알 수 있습니다."

그것은 내면을 인식하고 들여다본 오러 구현자들조차 알아차리지 못한 사실이었다. 오러 구현자들조차 비교가 안 될 정도로 탁월한 마나 인식력을 가진 라곤이, 과거 알렉스를 통해 얻은 경험과 거기에 레저넌스 오브 오리진을 통해 모든 것을 파악하고 동화한 끝에야 잡아낼 수 있는 가느다란 실.

"원래 나는 인간의 의식과 마나가 만나는 접점을 파악하고, 마법을 통해 소드 마스터의 감각에 동조하고 간섭하는 방식으로 그것을 일시적으로나마 흩어놓을 수 있지 않을까 생각했었죠."

라곤은 누구보다 뛰어난 마나 인식력을 가졌지만 마법회

로를 가진 오염된 존재이기에 오러를 일으키지 못한다. 그렇다면 소드 마스터들 역시 비슷한 상태에 빠뜨릴 수 있지 않을까? 레저넌스 오브 오리진은 그런 발상에서 시작된 악마 같은 마법이었다.

"하지만 소드 마스터가 오러의 힘을 발현시키는 과정은 의념으로 통제된 마나감각과 마나가 공명하는 것으로 끝나지 않았어요. 검의 신 윈시넬의 존재를 알게 되고, 그리고 내면에 존재하는 공허의 존재를 알게 되었죠."

라곤은 마법의 신에게 받은 가르침을 통해 스스로의 내면을 들여다볼 수 있었다. 마법회로라 불리는 혈관의 움직임을 넘는 영혼의 그릇. 마력이라는, 세계에 이상현상을 일으키는 오염된 힘을 담고 움직이는 거대한 힘의 군집.

그 너머에는 공허가 존재하고 있었다. 하지만 마력을 품은 라곤은 스스로의 내면을 넘어가는 것이 불가능했다.

그렇기에 레저넌스 오브 오리진을 통해 타인과 동조하고, 타인의 내면으로 들어가서 공허의 심연을 넘어가고자 했다. 그것으로 자신이 세웠던 가설이 사실로 밝혀진다면 그 어떤 오러 구현자라고 해도 무찌를 수 있다고 여겼기에.

하지만 공허의 심연을 넘어간다는 것은 그리 만만한 일이 아니었다. 첫 번째 시도에서는 운 좋게 성공했지만 두 번째 시도에서는 실패하고 말았다.

이야기를 다 들은 알리시아와 하쿠란이 혀를 내둘렀다.

"소드 마스터의 힘이 검의 신과 맺은 계약에 의한 것이라니……."

"그보다는 그 계약을 일시적으로 끊어놓다니, 실현 가능한 것도 경악스럽지만 애당초 그런 발상을 했다는 것 자체가 무섭군요."

소드 마스터의 힘을 잃고 마검사가 된 라곤이기에 할 수 있는 악마적인 발상이다. 발상만으로 끝났으면 모르되 실현에 성공한 이상, 성공률을 높이기만 한다면 라곤은 정말 오러 구현자 상대로 무적의 존재가 될 수도 있었다.

라곤이 쓴웃음을 지었다.

"근데 그게 쉽지 않은 것 같단 말이죠."

"물론 레저넌스 오브 오리진이라는 마법이 상대방의 모든 것을 꿰뚫어보고 동조해야 한다는 점에서 지극히 성공하기 어렵고, 설령 그 단계까지 간다 해도 공허의 심연이라는 것을 넘어가는 게 쉽지 않다는 것은 알겠지만 반복해서 연습한다면……."

"그게 아니에요."

알리시아의 말에 라곤이 고개를 저었다. 알리시아가 물었다.

"그럼?"

"데스그립을 유발하는 게 생각만큼 쉬운 일이 아닌 것 같거든요. 첫 번째 때는 그냥 계약의 실이 이어진 부분을 살짝 짚어서 일시적으로 연결을 끊어주기만 해도 되니까 심신이 황폐해지는 리스크만 감수하면 진짜 무적의 기술이 될 수 있다고 생각했죠. 그리고 사실 방금 전에도 알렉스의 검에 도달하는 것까지는 성공했는데…….”

공허의 심연이 두렵긴 하지만 한번 해본 일을 두 번 하고자 하니 이전보다 더 쉬웠다. 이번에는 어떤 고통이 밀려올지 알고 대비할 수 있었고, 또 얼마나 버티면 그 너머에 도달할 수 있는지도 알고 있으니 그럴 수밖에.

라곤은 결국 공허의 심연을 돌파해 알렉스의 검에 도달했다. 그리고 그것을 쥐려는 순간…….

“안 돼.”

거절당했다.

알리시아가 깜짝 놀라서 물었다.

“거절당했다고요?”

“네.”

라곤이 고개를 끄덕였다.

결국 라곤은 알렉스의 검을 쥐지 못하고 튕겨 나오고 말았다. 강력한 반발력이 라곤이 그 검을 쥐는 것을 막았기 때문이었다.

알렉스가 물었다.

“설마 그게 검의 신이었어요?”

“모르겠어. 어쨌든 그곳에 누군가, 혹은 무언가가 존재하고 있었고 네 검에 손을 대는 것을 막은 것만은 분명해. 그건 마치⋯⋯.”

처음 들어갔을 때는 설마 그런 짓을 하는 존재가 있으리라고는 상상도 못해서 라곤이 하는 짓을 멍청하니 보고만 있었지만, 두 번째 들어갔을 때는 라곤을 알아보고 똑같은 짓을 하는 것을 허락하지 않았다는 느낌이었다.

처음 들어갔을 때 라곤의 이름을 부른 목소리는 분명 당혹감으로 가득했었지만 이번에는 그러지 말라고 타이르는 듯한 느낌이 들었다.

‘진짜로 검의 신인가?

자신의 이름을 부르고, 제지한 목소리는 유약한 소년의 그것이었다. 신이라고 하기에는 좀 품격이 없는 느낌이랄까? 검의 신이라고 하면 왠지 보기만 해도 근엄하고 압도적인 위엄이 느껴지는 풍채의 남자여야 할 것 같지 않은가?

하지만 마법의 신이 별로 실속없어 보이는 중년 홀아비인 상황에 검의 신이 군이 라곤의 기대를 충족시켜 줄 것 같지는 않다. 라곤은 좀 상태가 회복되면 한 번 더 도전해 보고 싶었지만⋯⋯.

“이젠 절대 안 돼요. 절대! 절대!”

알렉스가 기겁해서 거부하는 바람에 포기할 수밖에 없었

다. 알렉스의 거부 따원 무시하고 강행하는 방법도 있지만, 소드 마스터가 오러를 잃어버리는 상실감이 얼마나 무서운 것인지는 누구보다도 라곤 자신이 잘 안다. 타인에게 그런 끔찍한 경험을 강요하는 것도 확실히 못할 짓이었다.

"칫. 포기해야 하나?"

"제가 협력할까요?"

알리시아가 조심스럽게 물었다. 하지만 라곤은 고개를 저었다.

"음. 아니, 됐어요. 이젠 별로 의미가 없습니다"

"우와, 사람 차별한다! 나는 막 굴려도 되고 알리시아 경한테는 그런 경험 못하게 할 거라 이거죠? 사귀기 시작했다고 막 티내는 것 좀 봐."

"사귀어요?"

하쿠란이 눈을 휘둥그레 뜨고 물었다. 어젯밤에 막 연인이 된 터라 아직 알리시아도 하쿠란에게 그 사실을 말하지 못했던 것이다.

알렉스가 투덜거렸다.

"글쎄, 둘이 아침부터 딱 붙어서는 알리시아~ 어머, 왜 그래요, 라곤~? 하면서 앞에서 막 염장을 지르지 뭐예요? 난 여자친구 사귀어보기도 전에 전쟁터로 끌려왔는데!"

"흠흠. 아니, 근데 그런 이유는 아냐. 진짜야."

"그럼 뭔데요? 어디 이유를 한번 대보시죠?"

알렉스가 못마땅한 듯 추궁하자 라곤이 이유를 설명해 주었다.

"어차피 써먹을 수 없는 기술이라면 심신이 황폐해져 가면서까지 도전할 의미는 없어. 이거 한번 시도할 때마다 부담이 장난 아니게 커. 자칫 집중력이 흐트러지기라도 했다가는 내가 공허 속에서 부서져 버릴 것 같은 기분이야. 차라리 그냥 적들 앞에서 목숨을 거는 게 마음이 편할 지경이라고."

언제 전투가 벌어질지 모르는데 시도할 때마다 목숨이 오락가락하고, 성과는 별로 없는 기술을 완성하겠다고 발버둥 치는 것은 그야말로 허공에다 대고 삽질하는 격이다. 라곤은 아쉽지만 레저넌스 오브 오리진의 용도를 제약하기로 했다.

알렉스가 물었다.

"제약이라뇨?"

"상대방을 파악하고, 동조하는데서 멈추겠다는 거지. 그것만으로도 굉장한 효과를 얻을 수 있거든? 상대방이 뭘 하려는지 낱낱이 읽고 대응할 수 있으니까."

모든 힘의 흐름은 물론이고 마음의 흐름까지 파악한다면 상대방이 무슨 짓을 하든 당황하지 않고 대응할 수 있었다. 레저넌스 오브 오리진의 본질은 어디까지나 상대와 하나가 되는 것. 그것은 무예를 수련하는 모든 이들이 도달하고자 하는 궁극의 경지 중 하나였다.

"실전에서 무리없이 사용할 정도가 되면 그건 굉장한 무기가 될 거야.”

설령 베이런이라고 하더라도 모든 것이 낱낱이 읽히는 상황이라면 라곤 앞에서 쓰러질 수밖에 없으리라.

‘이번에 너를 만난다면.’

라곤은 지난번 전투 상황을 들었기에 하쿠란과 알리시아가 베이런과 맞섰던 것도 알고 있었다. 그렇다면 다음 전투에서는 라곤이 베이런과 맞서게 될 것이다.

‘나를 살려둔 것을 후회하게 해주지.’

자신이 할 수 있는 일은 다 했다. 이제는 적과 마주 서서 목숨을 걸고 싸우는 일만 남았다.

하지만 왜일까?

‘라곤 클란드.’

공허 너머에서 놀란 듯 자신의 이름을 부르던 목소리가 사라지지 않고 귓가를 맴돌았다.

마치 다시 한 번 와달라고 유혹하는 것 같은 목소리였다.

포기하지 말라고, 목숨을 걸고 자신에게 오라고.

‘왜 그래야 하지?’

라곤은 대답이 돌아올 리 없는 의문을 스스로에게 던졌다.

그곳에 다시 들어간들 얻을 수 있는 것은 없다. 그런데 왜 하나밖에 없는 목숨을 걸고 시도해야 한단 말인가?

하지만… 그때 보았던 검이 지금도 눈에 아른거린다.

세상에 오직 하나뿐인, 알렉스를 위해 존재하는 알렉스만의 검.

넋을 잃을 정도로 아름답고, 저것을 가질 수 있다면 목숨을
버릴 수 있을 것 같았던 그 검.

누구라도 그 검을 한번 보면 극치의 아름다움에 매료되지
않을 수 없으리라. 라곤은 번민을 억누르며 눈을 감았다.

“…라곤 클란드.”

하지만 그 목소리는 여전히 사라지지 않고 라곤의 귓가를
맴돌고 있었다.

3

“시간이 되었군.”

하늘을 올려다보며 그렇게 중얼거린 것은 거대한 덩치의
오크였다. 터질 듯한 근육질의 몸에 수십, 수백 개의 흉터를
가진 오크 히어로 칼카쿰은 거대한 전투용 해머를 쥔 채 눈을
빛냈다.

그가 딛고 있는 것은 폐허가 된 성이었다. 토라스의 국경요
새 파리안과 디엘다 사이에 존재하고 있는 몇 개의 성 중에
하나. 이미 영지민들조차 모두 대피한 그곳에는 최소한의 병
력, 혹은 함정만이 배치되어 있었고 오팔리안 제국군은 거의

피해없이 그곳들을 돌파했다.

"디엘다라 뭔가 운명적인 느낌이 드는 곳이란 말이지."

그렇게 말한 것은 초대형 담배를 피우고 있던 오우거 로드 하르칸이었다. 조금 떨어진 곳에 기대어 있던 바라사다가 비아냥거렸다.

"운명이라니, 무식한 오우거 주제에 그런 말도 할 줄 아나?"

"적어도 자기 몸으로 진흙놀이나 하는 네놈보다는 로망이 뭔지 알거든?"

하르칸은 그렇게 투덜거리고는 하늘을 올려다보았다.

그곳에는 커다란 새 같은 것들이 날고 있었다. 하지만 그 정체는 새가 아니고 인간보다도 훨씬 커다란 괴물들이다. 빙글빙글 돌며 하늘을 장악하고 있는 그것들은 마법사 아이오네스가 만들어낸 비행형 키메라들이었다.

칼카쿰이 말했다.

"이번에야말로 승부를 낸다."

전신에 힘이 충만하다.

자신이 섬기는 주인이 마침내 기나긴 인내의 시간을 끝내고 몸을 일으켰다는 것을 알 수 있었다. 지금이라면 그 누가 덤빈다 하더라도 질 것 같지 않았다.

하르칸이 말했다.

"그 두 인간들이 없어도 할 수 있을까?"

그가 말한 것은 물론 아이오네스와 베이런이었다. 지난번 전투에서 파리안을 쉽게 함락시킬 수 있었던 것이 그들의 활약 덕분이라는 것은 부정할 수 없는 사실이었다. 고작 두 명이 천군만마를 능가하는 힘을 가졌기에 오팔리안 제국군은 그동안의 싸움이 허무할 정도로 쉽게 파리안을 무너뜨렸다.

칼카쿰이 말했다.

"문제없다. 그자들이 없더라도 우리 군의 전력이라면!"

아이오네스와 베이런은 철수했지만 그들이 남기고 간 '병기' 들은 고스란히 보존되어 있었다. 스무 마리의 자이언트 구울과 63마리의 비행형 키메라, 그리고…….

'저 꺼림칙한 것들.'

바라사다가 데스 나이트들을 보며 투덜거렸다.

아이오네스가 남겨두고 간 데스 나이트 개체는 열세 명. 원래 열여섯 명이었던 그들은 지난 전투에서 세 명이 당했지만, 대신 열 명이 넘는 소드 마스터를 베어 넘기는 전과를 올렸다. 막강한 전력이니 환영해야겠지만 바라사다는 그들을 볼 때마다 왠지 강렬한 불안감을 느꼈다.

'늙은이의 기우에 불과하면 좋겠군.'

베이런이 전수한 비스트 폼을 사용했을 때 들여다본 거대한 공허의 심연.

데스 나이트들은 언제나 그것과 비슷한 불길함을 느끼게 했다. 저들의 존재 자체가 단순히 강력한 병력이 아니라, 뭔

가 굉장히 위험한 가능성을 내포하고 있는 금단의 상자 같다
는 느낌을 지울 수 없었다.

'뭐, 프로토 오크께서 알아서 하실 바인가.'

트롤들은 자신들의 창조주인 네렐다를 기억하고 받들지
만, 바라사다는 트롤의 미래를 위해 프로토 오크를 섬기기로
결의했다. 이 전쟁에서 프로토 오크가 승리하고 대륙을 일통
한다면, 신이 다스리는 암흑제국 속에서 트롤은 확고한 입지
를 다질 수 있으리라.

칼카쿰이 말했다.

"그럼 가지, 지긋지긋한 인연에 종지부를 찍으러."

그렇게 오팔리안 제국군은 또다시 디엘다를 향해 진군하
기 시작했다.

4

오팔리안 제국군이 다가오고 있다는 소식을 접했을 때, 디
엘다에 모인 이들은 당황하지 않았다. 어차피 파리안이 함락
당했을 때부터 예견된 일이다. 그들의 진군 속도를 높이기 위
해 중간 중간에 여러 가지 장치를 해두긴 했지만, 그래 봐야
며칠 안에 다시 마주치는 것은 기정사실이었다.

다들 분주하게 전투를 준비하는 가운데, 한차례 방어 결계
를 점검한 엘프 대마법사 포르포린의 표정은 어두웠다.

'전력은 충분해. 하지만 그 마법사가 다시 나온다면…….'

파리안에서 아이오네스가 보여준 힘은 실로 압도적인 것이었다. 라곤과 버금갈 정도로 빠르게 궁극마법을 난사하는 마법사라니, 그런 존재가 있을 것이라고는 상상도 해본 적이 없었다.

자이언트 구울과 비행형 키메라에 대한 대책은 어느 정도 세워뒀다. 하지만 아이오네스가 나타나서 아군 마법사를 저격한다면 도저히 막을 자신이 없었다.

그때 라곤은 반가워해야 할지 말아야 할지 애매한 사람과 마주하고 있었다.

"여어, 라곤 경. 다시 만나게 되어서 반갑네."

"건강하신 것을 보니 안심입니다, 리처드 경."

토라스 왕국의 소드 마스터 리처드 바난 후작 역시 디엘다에 와 있었다. 바로 오늘 합류한 그는 라곤이 와 있다는 소식을 듣고는 냉큼 달려온 것이다.

다들 적의 대군이 시야에 들어올 때를 기다리며 긴장하고 있었지만 그는 그런 분위기를 싹 무시하고 품에서 뭔가를 꺼냈다. 라곤이 엉겁결에 받아 들고 보니 손바닥만 하게 그린 초상화였다.

'재주도 좋다.'

라곤은 그렇게 생각하며 초상화를 들여다보았다. 그곳에는 아직 앳되어 보이는, 그러니까 라곤보다 열 살은 어려 보이는 소녀의 모습이 있었다. 백금발에 짙은 녹색 눈동자를 가진 아름다운 소녀였다.

라곤이 잠깐 초상화를 볼 시간을 준 뒤, 리처드가 말했다.

"내 딸일세."

"……."

라곤은 그가 무슨 말을 하려는지 알고 흠칫했다. 아니, 이 양반은 전투가 벌어지기 직전인데 여기서 결혼 이야기를 꺼낼 셈인가?

물론 리처드는 꺼낼 셈이었다. 그가 눈을 반짝반짝 빛내며 물었다.

"어떤가? 이번 전투가 끝나고, 살아남는다면…… 우리 딸을 한번 만나주지 않겠나? 아주 착한 아이라네."

"아, 아니 저기……."

라곤은 난처한 듯 한 걸음 뒤로 물러났다. 그리고는 뒤쪽에서 즐겁다는 듯 미소 짓고 있던 알리시아의 손을 잡고 슬며시 옆으로 끌어당기며 말했다.

"흠흠. 리처드 경, 죄송하지만 전 그동안 장래를 약속한 여성이 생겨서 그럴 수가 없을 것 같습니다."

"장래를 약속한 여성?"

리처드가 눈을 휘둥그레 떴다. 아니, 몇 개월 동안 못 본 사이에 라곤을 채간 여자가 나타났단 말인가? 마음속 깊이 분함을 느끼는 그의 눈에 라곤과 손을 맞잡고 있는 알리시아가 들어왔다. 그는 눈을 휘둥그레 뜨고 물었다.

"설마…… 라곤 경 자네, 그러니까… 알리시아 경하고?"

"네."

"…….."

리처드는 놀라서 입을 떡 벌렸다. 설마 노리고 있던 일등신랑감, 신붓감 둘이 결합해서 자신의 손에서 빠져나가 버릴 줄이야!

'멋지게 당했군!'

이런 사태는 상상도 해보지 못했다. 두 사람이 친밀하다는 것은 알고 있었지만 설마 입장을 무시하고 맺어질 줄이야. 리처드는 그 점을 의아해하며 물었다.

"축하하네, 이거 참. 그런데 두 사람, 서로의 입장은 알고 있지 않은가?"

"알고 있습니다. 하지만 뭐, 전쟁이 끝나고 나면 어떻게든 되겠지요. 안 되면 되게 하면 그만이고."

라곤이 쑥스러운 듯 뒷머리를 긁적였다. 망설임없이 희망찬 앞날을 자신하는 라곤의 말에 알리시아도 슬쩍 얼굴을 붉히며 고개를 숙였다.

리처드는 잠시 동안 가만히 두 사람을 바라보았다. 그러다가 결국 피식 웃으며 라곤의 어깨를 두드려 주었다.

"역시 젊은이는 대단하군. 라곤 경 자네가 그렇게 결심했다면 할 수 있을 걸세. 이 빌어먹을 전쟁의 끝까지 두 사람에 게 영광이 있기를 빌어주지."

"감사합니다."

깨끗하게 물러나며 축하해 주는 리처드의 말에 라곤은 진심으로 감사를 표했다. 하지만 그 감사의 마음도 잠시 후, 리처드가 멋쩍은 듯이 헛기침을 하며 물어오는 말에 어디론가 사라져 버렸다.

"그런데 하나 묻고 싶은 게 있네만."

"무엇입니까?"

"여기 와서 듣자 하니 자네가 파리안에서 두각을 나타낸 그 알렉스 경하고 친한 사이라더군. 비록 평민 출신이지만 가문이 꽤 품격과 재력도 있고 그런 모양인데…… 한번 자리 좀 주선해 줄 수 있겠나?"

"……"

라곤도, 알리시아도 할 말을 잃었다.

졌다. 이것이 정녕 딸의 훌륭한 신랑감을 찾고야 말겠다는 아버지의 집념이란 말인가? 먹이를 노리는 매의 눈빛으로 자식들의 결혼 상대를 찾는 리처드의 의지는 이미 정략결혼이니 뭐니 하는 차원을 아득히 넘어선 것 같았다.

잠시 리처드의 집념에 질려서 말문이 막혔던 라곤은 잠시 후 사악한 미소를 지으며 말했다.

"아, 꼭 소개해 드리죠. 걱정하지 않으셔도 됩니다. 그 녀석도 소드 마스터가 됐고 하니 슬슬 격에 맞는 혼처를 찾아볼 때가 되었죠.”

“역시 그렇군. 고맙네. 잘 부탁함세.”

리처드는 함박웃음을 지은 채 라곤과 악수를 하고는 자신의 자리로 돌아갔다. 그에게 손을 흔드는 라곤에게 알리시아가 물었다.

“…괜찮은 거예요? 알렉스 경은 하쿠란 경을…….”

“사랑은 시련이 없으면 성장하지 않는 법. 가슴 아프지만 전 그 녀석의 스승으로서 그것을 줄 의무가 있을 것 같습니다.”

“악마 같으니.”

그렇게 말하는 알리시아도 사악하게 웃고 있었다. 계속해서 리처드의 등살에 시달렸던 두 사람은 다른 누군가가 희생양이 되어 자신들의 고통을 이어받을 거라는 사실을 상상만 해도 즐거웠다.

그리고 조금 떨어진 곳에서는 알렉스가 왠지 모를 오한을 느끼며 몸을 부르르 떨고 있었다. 하쿠란이 물었다.

“왜 그래요, 알렉스 경? 어디 아파요?”

“아니, 그런 것은 아닌데…… 왠지 불길하고 섬뜩한 느낌이…….”

그는 앞으로 다가올 거대한 시련을 알지 못하고 고개만 갸웃거렸다.

그렇게 전투의 긴장감과는 거리가 먼 대화가 끝나고 나서 얼마 후, 들판 너머에서 어둠의 군단이 모습을 드러냈다.

"온다."

라곤이 성벽에 선 채 적들을 바라보았다.

칼카쿰, 바라사다, 하르칸 세 명이 선두에 선 채 위풍당당하게 전진해 오고 있었다. 그 수는 1만 6천. 평원을 메우며 다가오는 것만으로도 땅이 흔들리는 게 느껴질 지경이다.

쿵! 쿵! 쿵!

"저게 그 거대 구울인가?"

라곤은 적들 사이에서 걸어오고 있는 자이언트 구울을 보며 중얼거렸다. 구울이라면 일전에 한번 상대해 본 적이 있지만 저 정도 크기라면 상당히 골치 아플 것 같았다.

'라이트닝 드래곤 바이트나 블레이즈 드래곤 바이트라면 어딜 치든 박살 내는 게 가능하겠지. 관절을 부숴서 기동력을 막는 걸 우선으로 해야겠군.'

라곤의 곁에 있던 알리시아가 말했다.

"회전기나 진동기는 먹히니까 저놈들을 우선적으로 제거해야 해요. 안 그러면 성벽이 돌파당합니다."

그때 옆에서 생각지도 못한 목소리가 들려왔다.

"재미있는 장난감들이군. 우리 헤라클레스와 맞붙여보고 싶은걸."

"……."

라곤은 기척도 없이 다가온 나타샤를 바라보며 눈살을 찌푸렸다. 바로 그제 그 난동을 부려놓고도 그녀는 미소를 지으며 라곤을 바라보고 있었다.

라곤이 말했다.

"넉살 좋군, 당신."

"그야 일단 적을 맞이해서 싸워야 하는 상황에 너랑 으르렁거려 봐야 의미가 없으니까. 사적인 감정은 잠시 접어두는 게 좋지 않겠어?"

"당신도 싸우긴 할 건가?"

"물론. 안 그러면 여기에 있는 보람이 없지 않겠나? 베이런 크로네스가 없는 것은 정말로 아쉽지만."

"뭐?"

라곤이 눈을 크게 떴다.

적들을 바라보면서 라곤은 베이런의 모습만을 계속 찾고 있었다. 그가 나타난다면 다른 모든 것을 무시하고 그에게 달려갈 생각이었다.

그런데 그가 없다고?

"무슨 근거로 그렇게 말하는 거지?"

"감이지. 저놈들 사이에선 그가 느껴지지 않아. 하지만 왠지 비슷한 것들은 잔뜩 있는 것 같군. 그게 너희들이 만났다는 수상한 흑기사들일지도 모르지.”

나타샤가 의미심장하게 웃었다.

20년 전, 한번 베이런에 의해 공허의 심연 속에 내던져져 영혼이 파괴되는 고통을 맛보았던 나타샤는 복수의 날만을 기다려 왔다. 공허의 심연에 발들이고 그 힘을 쓸 수 있는 그녀는 베이런이 나타난다면 설령 수십만의 군중 속에 섞여 있더라도 그를 감지할 자신이 있었다. 그렇기에 지금 적들 사이에 베이런이 없음을 확신하고 실망하고 있던 참이었다.

나타샤가 말했다.

“하지만 여흥은 되겠지. 저것이 베이런의 영향을 받은 모조품들이라면…….”

그녀는 차갑게 웃으며 적들을 노려보았다.

곧 적들이 성 앞 가득히 깔린 마법 함정을 간파하고는 멈춰섰다. 동시에 팔머 후작이 외쳤다.

“공격 개시!”

“와아아아아아!”

디엘다의 연합군이 함성을 지르며 공격을 개시했다.

적들의 선두는 현재 성벽 100미터 앞까지 다가온 상태. 그들이 마법 함정을 해체하려고 들기 전에 이쪽에서 화살과 투석기, 그리고 마법을 퍼부어준다.

투두두두두두!

마법과 화살이 비처럼 쏟아져 내리기 시작했다. 그에 맞서서 오팔리안 제국군들 사이사이에 배치된 트롤 메이지들이 광역 결계를 전개했다.

하르칸이 투덜거렸다.

"이 패턴도 지겹구만."

하지만 그때였다. 성벽에서 뭔가가 번뜩이나 싶더니, 강맹한 섬광이 100미터의 거리를 관통해서 날아들었다.

콰콰콰콰콰!

그것은 정확하게 하르칸을 노리고 있었다. 초음속으로 날아드는 그 공격에 하르칸은 기겁해서 옆으로 피했다.

'투창 공격!'

하르칸이 공격의 실체를 파악한 순간, 충격파가 그 자리를 휩쓸면서 뒤쪽에 있던 병력들 수십이 갈가리 찢겨져 날아가 버렸다.

바라사다가 하르칸을 보며 말했다.

"네놈이 지루하다고 말하기가 무섭게 다른 패턴이 시작되는군. 재앙을 부르는 주둥이다. 그냥 닥치고 있어."

"……."

하르칸이 발작을 일으키려고 했지만 디엘다의 연합군은 그럴 틈을 주지 않았다. 성벽에 포진하고 있던 소드 마스터들이 일제히 투창 공격을 날렸던 것이다.

"빌어먹을!"

콰콰콰콰콰!

아무리 트롤 메이지들이 방어 결계를 친다고 해도 소드 마스터의 투창 공격 앞에서는 종잇장처럼 찢겨지고 만다. 소드 마스터 스물세 명이 일제히 날린 투창 공격으로 300이 넘는 병력이 전사했다. 이렇게 되자 결국 오팔리안 제국군은 무식한 전술을 취할 수밖에 없었다.

칼카쿰이 외쳤다.

"손이 남는 놈들 전부 앞에다가 화력 집중! 키메라 부대 돌격!"

"썩을 것들! 잔머리만 늘어가지곤!"

하르칸이 투덜거리며 철기둥에 가까운 거대한 창을 뒤로 당겼다. 고속으로 진동하는 오러가 한곳으로 응축된다. 소드 마스터는 생각할 수 없을 정도의 밀도로 응축되고, 응축되고, 계속해서 응축된 끝에…….

"하앗!"

음속을 돌파하는 창격에 실려 폭발했다.

콰콰콰콰콰!

창을 던질 필요도 없었다. 그저 앞으로 혼신의 힘을 다해 찌르는 것만으로도 그 여파를 받은 마법 함정들이 날아가면서 폭발했다.

키에에에에!

그리고 배후에서 비행형 키메라들이 빠르게 날아올랐다.

화살만큼이나 빠르게 하늘을 나는 그들은 성벽 앞을 누비면서 압축 파이어 볼을 떨구기 시작했다.

콰콰콰콰쾅!

압축 파이어 볼 수십 발이 연타로 떨어지자 성벽 앞에 깔아 둔 마법 함정들이 줄줄이 폭발해서 흩어져 갔다.

그 광경을 본 라곤이 혀를 찼다.

"머리 나쁜 것들만 모인 주제에 대응 참 짜증나게 빠르네!"

저걸로 밟으면 터지는 방식의 마법 함정은 모조리 해체될 것이다. 그 외에도 다양한 마법 함정을 준비해 두긴 했지만, 가장 위력이 큰 것들이 날아가 버리고 나면 적들은 죽자사자 달려오기 시작할 것이다.

그렇게 폭격을 가한 키메라들은 곧바로 성벽 위로 상승, 제공권 장악을 시도했다. 마법사들조차 따라가기 버거울 정도로 빠르게 나는 키메라들의 숫자는 무려 60마리가 넘었고, 이대로 가면 지난번처럼 제공권을 장악당하고 파이어 볼 폭격을 당하는 결과가 나올 것만 같았다.

포르포린이 흥 하고 코웃음을 쳤다.

"우린 네놈들하고 달라서 똑같은 수법에 또 당하는 멍청한 짓은 안 하거든?"

후우우우우우!

동시에 요새에 설치해 둔 마법진이 발동했다. 바람의 정령들이 괴성을 지르며 허공을 질주하고, 상공의 기류가 도저히 날개를 펼치고 비행이 불가능할 정도로 무시무시하게 가속한다.

이 난기류 앞에서는 키메라들 역시 제대로 된 비행이 불가능했다. 난기류의 범위에 들어가자마자 균형이 무너지는 키메라들을 향해 마법사들이 공격을 날렸다.

투두두두두두! 콰쾅!

일단 움직임이 느려지고, 회피기동을 제대로 할 수 없다면 비행형 키메라 역시 강철보다도 단단하고, 비상한 마법 방어력을 가진 방어 결계를 펼친 괴물일 뿐이다.

'…잠깐, 생각해 보니까 그래도 무지 세잖아?

균형을 잃은 키메라들을 두들겨대던 마법사들이 혀를 내둘렀다. 이놈들은 워낙 몸이 단단하고, 거기에 방어 결계까지 항시 발생시키고 있어서 집중 포화를 날려도 쉽게 파괴되지 않았던 것이다. 게다가 그 방어 결계가 어찌나 견고한지 고위 마법사들조차 쉽게 해체하지 못하고 있었다.

포르포린이 당황했다.

"이건 예상외인데? 뭐 이렇게 단단한 거야, 저놈들?"

하나둘씩 죽어나가고 있긴 하지만 생각했던 것보다 너무 잘 버틴다. 키메라들을 처치하는 데 마법사들의 신경이 집중되다 보니 그만큼 정면에서 돌격해 오는 병력들을 막는 힘이 부족해졌다. 게다가…….

그그그그그그!

"으악! 저, 저거저거저거!"

달려오는 오크들 사이에서 자이언트 구울들이 하는 짓을 본 병사들이 비명을 질렀다. 키가 15미터를 넘는 자이언트 구울들은 그야말로 집채만 한 바위들을 들어서 던지려 하고 있었다.

칼카쿰이 외쳤다.

"던져라!"

자이언트 구울들이 들어 던지는 바위는 중간에 산의 암벽을 통째로 부숴서 그중 큰 조각들을 운반해 온 것이었다. 이는 바라사다의 발상으로, 자이언트 구울들의 거대한 덩치를 최대한 살리는 공격법이었다.

"세상에! 저걸 진짜로 던졌어!"

스무 마리의 자이언트 구울이 일제히 바위를 집어 던졌다. 투석기로 쏘는 바위와는 상대도 안 되는 크기였다.

"쏴! 쏴서 부숴!"

마법사들이 비명을 지르며 마법을 쏘아댔다. 날아들던 돌들이 집중 포격을 맞고 부서진다. 하지만 마법을 맞고 쪼개진 파편들 중에도 큰 것들이 있었고, 그중 몇 개는 성벽 안쪽으로 떨어졌다.

쿠아아앙!

병사들이 깔려서 피떡이 되고, 몇 개는 또 건물과 충돌해서 피해를 입혔다.

그리고 그렇게 마법사들의 화력이 분산된 틈을 타서 적들이 달려오고 있었다. 오크 히어로들, 그리고 그들 사이에 섞여서 데스 나이트들이 접근해 온다.

명백히 적들에게 유리한 상황이었다. 비행형 키메라들을 상대하느라 마법 전력이 절반 가까이 차출되었고, 그만큼 적들의 접근을 저지하기 위한 화력이 부족해졌다. 그런 상황에서 스물 개체의 자이언트 구울과 일백을 넘는 오크 히어로가 돌격해 오니 눈앞이 캄캄해질 지경이었다.

그때였다. 하늘에서 섬광이 번뜩였다.

푸확!

아무리 마법을 두들겨도 버티던 키메라 하나가 단번에 두 동강 나서 피를 흩뿌리며 추락해 갔다. 그것을 본 이들은 적군, 아군을 막론하고 모두 깜짝 놀랐다.

"뭐야?"

엘프 대마법사인 포르포린과 라가라브, 그리고 드워프 대마법사 바바델은 전방의 적들을 저지하느라 손이 묶인 상태였다. 그들이 아니면 격심한 난기류에 묶인 키메라들을 일격에 처치하는 것은 불가능한 일이었다.

그렇게 생각한 것은 착각이었다. 두 동강 난 키메라가 있던 자리에는 라곤이 푸른 망토를 펄럭이며 날고 있었다.

"라곤 클란드!"

모두가 놀라는 가운데 그가 허공을 달리기 시작했다. 원래부터 격렬한 기류 속에서 윈드워크를 이용, 뜻대로 몸을 움직이는 데 익숙했던 라곤이다. 키메라들을 묶어둔 난기류 속에서도 그는 전혀 개의치 않고 목표 지점으로 달려가고 있었다.

키에에에엑!

접근해 오는 라곤을 본 키메라가 울부짖었다. 동시에 근거리에서 압축된 파이어 볼이 연타로 작렬한다.

퍼버버버벙!

허공에서 폭발하는 화염을 보며 다들 숨을 삼켰다. 그러나 라곤은 블링크를 이용, 그 공격을 피해서 키메라 위에 나타나더니 검을 휘둘렀다.

쩌억!

무시무시한 파육음이 울려 퍼지며 키메라가 두 동강 나버렸다. 몸에 휘감은 백염, 이그나이트 포스를 집중해서 쏘아낸 드래곤 바이트였다. 소드 마스터의 오러 블레이드를 능가하는 그 공격 앞에서는 키메라의 방어 결계도, 단단한 몸뚱이도 아무런 의미가 없었다.

퍼억! 쩌억! 콰콰콰콰!

라곤은 윈드워크와 블링크를 병행, 난기류 속을 종횡무진 누비면서 키메라들을 격추시키기 시작했다. 마법사들을 애먹이던 키메라들이 허무할 정도로 쉽게 추락해 가고 있었다.

그 광경을 본 리리디카가 헛웃음을 흘렸다.

"어처구니없는 녀석이군!"

못 보던 사이 정말 터무니없을 정도로 강해졌다. 그가 하이 오크 라카둠을 쓰러뜨렸다는 것을 납득할 수 있을 것 같았다.

하지만 라곤이 키메라를 상대하고 있는 동안에도 적들은 시시각각 거리를 좁혀오고 있었다. 이미 일반 병력들이 성벽에 도달해서 사다리를 걸었고, 그 뒤로 자이언트 구울과 오러 구현자들의 무리가 다가왔다. 트롤 메이지의 방어력이 더해진 지금, 그들 모두를 저지하기에는 화력이 부족했다.

"라곤포 발사!"

쿠우우우웅!

후방에서 드워프들의 외침과 함께 섬광이 날아올랐다. 아음속으로 발사된 빛의 칼날이 자이언트 구울에게 작렬, 그 어깨를 박살 내버린다. 자이언트 구울은 균형을 잃고 쓰러졌지만 활동을 멈추지는 않았다. 그들은 몸속에 존재하는 핵을 파괴하지 않는 한 사지가 파괴되더라도 계속 움직일 수 있었다.

"포스 스톰!"

쓰러지는 자이언트 구울을 향해 드워프 대마법사 바바델이 공격을 가했다. 굵직한 섬광이 상처 부위에 작렬하자 자이언트 구울이 비명을 지르며 날아가 버렸다.

콰콰콰콰쾅!

"크으, 미치겠군. 궁극마법 아니면 제대로 먹히지도 않나?"

아무리 대마법사라고 하더라도 궁극마법은 하루에 몇 번

정도 쓰는 것이 한계였다. 그런데 자이언트 구울을 활동 불가능한 상태로 만들려면 최저 궁극마법이 필요했다.

그사이 포르포린과 라가라브가 합체마법을 완성했다.

"블레이즈 템페스트!"

화아아아아악!

거대한 회오리 형태로 응축되었던 불이 일거에 터져 나가면서 해일처럼 적들을 덮쳤다. 근방에 있던 일반 병력은 몰살, 오크 히어로들조차도 일부는 부상을 입고 후퇴하기 시작했다.

하지만 대다수의 오크 히어로는 그 공격도 버텨낸 데다가 마법사들의 화망으로부터도 벗어나 있었다. 그리고 무엇보다 문제는 데스 나이트들이었다.

리리디카가 중얼거렸다.

"저것들은 대체 뭐야?"

기분 나쁜 어둠을 두른 그들은 오크 히어로들처럼 죽기 살기로 달려오지 않았다. 마치 산책하듯이 유유히 다가오고 있는데, 누구도 그들을 저지하지 못한다. 마법이 날아드는 순간 움직임을 간파, 놀라운 속도로 그 지점을 이탈하거나 아니면 초진동 오러 블레이드를 휘둘러서 격파하면서 계속해서 나아간다.

저들 상대로 일반 마법사들의 화력을 쏟아붓는 것은 낭비였다. 그 사실을 파악한 리리디카는 사령관 팔머 후작에게 말해서 아예 그들을 공격 대상으로부터 제외시켜 버렸다.

우우우우웅!

'내 공격은 어떨까!'

그리고 그들이 50미터 거리까지 다가온 순간, 자신이 직접 공격에 나섰다. 마법이라면 몰라도 초음속으로 날아드는 초진동 오러 화살을 막아낼 수 있을까?

뿌아아아아아아!

시시각각 변하는 전장의 상황을 파악, 이상적인 궤도로 쏘아 날린 초진동 오러 화살이 선두에 있던 데스 나이트를 노렸다. 음속을 초월하는 속도로 쏘아 날렸기에 50미터를 가로지르는데 걸린 시간은 그야말로 찰나. 일반인이라면 뭐가 번쩍였다고 생각한 순간 이미 관통당한 후일 것이다.

그러나 데스 나이트는 놀라운 반응속도로 그 지점을 이탈, 공격을 피해내더니 한번 뛰어서 20미터 거리를 좁히며 검을 들어 올렸다.

우우우우우웅!

"저놈, 라카둠이랑 비슷한 짓을 할 수 있는 건가!"

리리디카가 경악했다. 데스 나이트의 새카만 오러 블레이드가 30미터 가까운 길이로 불어나는 것이 아닌가? 동시에 다른 데스 나이트들 역시 일제히 오러 블레이드를 증폭, 거리를 좁혀오기 시작했다.

"저놈들을 막아! 소드 마스터, 오러 테이커, 엑서 하이어 전원 나가야 해!"

리리디카는 말과 함께 오러의 파편을 타고 날아올랐다. 저 놈들이 성벽을 사정거리에 넣기 전에 저지해야 한다!

그때였다.

"무르군."

쾅!

선두에 있던 데스 나이트가 섬광에 얻어맞고 날아가 버렸다.

그리고 그 앞에 잿빛에 가까운 은발을 휘날리는 나타샤가 나타났다. 그녀는 재미있다는 듯 웃고 있었다.

"네놈들 정체가 뭐지? 베이런이 관여한 것 같기는 한데……."

데스 나이트는 대답하지 않았다. 몸을 바로잡은 다음 무시무시한 속도로 나타샤를 향해 달려들었다. 소드 마스터조차 반응하기 어려운 섬전 같은 돌진, 그리고 어둠이 뭉쳐 이루어진 초진동 오러 블레이드가 아음속으로 나타샤를 노렸다.

스팡!

하지만 그것이 닿기 직전, 나타샤의 몸이 너무나도 자연스럽게 데스 나이트의 옆을 지나친다. 어둠과 교차하듯이 세 줄기로 갈라진 섬광이 허공에 그어지고, 그 궤도에 걸려든 데스 나이트가 바깥쪽으로 튕겨 나갔다.

촤아아아악!

데스 나이트가 겨우 몸을 바로잡고 착지했다. 하지만 충격을 이기지 못하고 몇십 미터나 뒤로 밀려났다.

나타샤가 차갑게 웃었다.

"그래도 견제기에 끝날 정도로 허당은 아닌가. 하지만 성능은 높지만 실력은 영 별로군. 좀 빠르고, 좀 강하고, 초진동오러 블레이드 쓸 수 있는 걸로 끝이라면……."

그녀가 눈을 부릅뜨는 순간, 검에 맺혀 있던 섬광이 수십줄기로 갈라졌다. 뭐가 번쩍였다고 여긴 순간 반경 30미터에 있던 적들이 모조리 충격을 받고 날아가 버린다.

콰아아아아아!

그중 오크 히어로 둘은 공격을 막지 못하고 직격, 그대로두 동강 나버리고 빛의 폭풍이 몰아쳤다. 불가사의하기까지한 광경. 압도당해 움직임을 멈춘 적들을 보면서 나타샤가 씩웃었다.

"이 전투는 학살전이 되겠어."

동시에 무수한 섬광이 뻗어나가기 시작했다.

6

'무시무시하군. 잔재주 하나 없이 완벽하게 속도만으로 적을 제압하다니, 기본으로 궁극을 이룬다는 게 저런 건가.'

상공에서 나타샤의 활약을 본 라곤은 혀를 내둘렀다.

알리시아, 하쿠란, 알렉스처럼 다재다능한 소드 마스터들은 오러를 보다 효율적이고 현란하게 운용하는 데 치중하는 경향이 있었다. 연구를 통해서 더 다양한 효과를, 그리고 더 큰 힘을 발휘하고자 하고 그것을 통해 가진 힘을 단순하게 휘두를 줄밖에 모르는 적들을 압도한다.

그런데 나타샤는 아예 극한까지 연마한 기본기로 적들을 압도하고 있었다.

그녀가 선샤인 디바이드라고 부르는 기술은 원리만 놓고 보면 정말 별것없다. 그냥 검격을 날림과 동시에 오러 블레이드를 여러 개로 나누어서 원하는 지점으로 쏘아낼 뿐이다. 심지어 그 공격이 뻗어나가는 궤도조차 완벽한 직선이었다. 여기서 기술적인 부분을 찾는다면 초진동 오러 블레이드라는 것, 그리고 두 개의 서로 다른 형질을 가진 오러 블레이드를 이용, 그 차이를 이용해 쏘아냄으로써 보다 넓은 공격 거리를 가진다는 것 정도?

문제는 그 공격이 따라갈 수 없을 정도로 빠르고 정확하다는 것이다. 공격 거리 안에 있으면 도저히 벗어날 수 없을 지경이다. 게다가 오크 히어로들은 초진동 오러 블레이드를 막아낼 수도 없으니 그야말로 학살.

'세상에. 오크 히어로가 이렇게 약해 보일 줄이야.'

그동안 라곤이나 알리시아, 하쿠란, 질리언 등 강력한 힘을 가진 이들이 오크 히어로들을 연파하는 기염을 토해왔지만 나타샤에 비하면 조족지혈이었다. 일단 나타샤의 공격 거리에 들어가기만 하면 데스 나이트를 제외한 모든 존재가 참살 당하고 있었다.

'그럼 나는 저 커다란 놈들을 쓰러뜨려 볼까?'

대충 서른 마리 이상의 키메라를 처리한 라곤은 자이언트 구울들을 바라보았다. 마법사들이 악을 쓰고 두들겨대고 있는데도 몇 분만 더 있으면 성벽까지 도달할 것 같았다.

심호흡을 한 라곤은 블링크를 이용, 난기류의 영향권을 벗어나서 성벽 앞에 나타났다. 동시에 파이어 볼 수십 발을 사용해서 스스로에게 때려 박았다.

화아아아악!

"뭐야? 자살할 생각인가?"

상식을 벗어나는 행위에 다들 경악했다.

그러나 그 경악은 흩어지는 불꽃 속에서 라곤의 모습이 드러났을 때의 놀람에 비하면 아무것도 아니었다. 백염 대신에 호박색 불꽃을 두른 라곤이 불의 신 같은 모습으로 웃고 있었다.

"이그나이트 포스 융합 상태, 염신(炎神)! 간다!"

라곤이 극한까지 다룰 수 있는 원소력은 두 개.

하나는 뇌전이고 하나는 불꽃.

그렇기에 라곤은 그 두 가지 힘을 이그나이트 포스와 융합시킬 수 있었다. 뇌신 상태일 때 진뢰(眞雷)의 검을 사용한다면, 염신 상태일 때는 진염(眞炎)의 검을 사용한다. 둘 모두 원소력을 극한까지 응축시켜 안정시킨, 오러 블레이드를 제외한 모든 것을 끊어낼 수 있는 검이었다.

라곤은 허공을 달리나 싶더니 블링크를 사용, 한순간에 자이언트 구울의 눈앞에 나타났다. 놀란 자이언트 구울이 괴성을 지르며 손을 뻗으려는 순간, 라곤이 비틀린 웃음을 지으며 공격을 날렸다. 활화산 같은 기세로 치솟은 불길이 용이 아가리를 벌린 형상으로 작렬했다.

'블레이즈 드래곤 바이트!'

콰아아아아아아!

폭음과 함께 자이언트 구울의 상체가 폭발, 흩어지는 불길 속에서 새카맣게 타서 부서져 버렸다. 한순간에 상체를 잃은 하체가 버둥거리면서 그대로 쓰러져 버렸다.

쿠우우우우웅!

"후우, 그럼 또 간다! 융합, 뇌신!"

라곤은 곧바로 라이트닝 볼트 수백 발을 사용, 스스로에게 때려 넣었다. 격렬한 뇌격이 휘몰아치면서 그 속에서 뇌신 상태가 된 그가 모습을 드러낸다.

그때였다.

츠팡!

질풍처럼 달려온 데스 나이트 하나가 라곤을 향해 도약, 초진동 오러 블레이드를 날렸다. 라곤은 진뢰의 검으로 그것을 비껴내면서 뒤로 물러났다.

'젠장! 진뢰의 검까지 꺾여 버리니 짜증나네.'

처음 진뢰의 검, 진염의 검을 완성했을 때는 초진동 오러 블레이드와 정면으로 격돌할 수 있으리라 기대했지만 실제로는 그렇지가 않았다. 지금도 비스듬하게 비껴냈을 뿐인데 진뢰의 검 일부가 통째로 깎여 나가서 불안정하게 흔들리기 시작했다.

스산한 목소리가 들려왔다.

"라곤 클란드."

전장에 투입된 이래 한 번도 입을 연 적이 없는 데스 나이트가 라곤의 이름을 부르고 있었다. 라곤은 흠칫 놀라서 그를 바라보았다. 검은 투구 아래로 붉은 안광을 빛내고 있는 데스 나이트의 목소리는 증오로 가득 차 있었다.

라곤이 말했다.

"어떻게 내 이름을 알고 있는 거지?"

데스 나이트는 대답 대신 라곤에게 뛰어들었다. 거의 라곤과 필적하는 속도로 거리를 좁히면서 검격을 날린다.

하지만 속도 면에서 그와 동등한 라곤은 쉽게 그 공격을 피했다. 지금까지 자신보다 훨씬 빠른 상대들을 제압해 왔던 라곤이다. 하물며 동등한 속도에 변화조차 없는 일격쯤이야 위협조차 못 된다.

그렇게 생각한 순간 데스 나이트의 오러 블레이드가 변화했다. 휘둘러진 궤도의 끝에서 반대쪽으로 휘어지면서 되돌아온다.

　'제법인데!'

　라곤은 몸을 뒤로 젖혀 피하면서 반격을 날렸다. 뇌격과 융합된 이그나이트 포스가 데스 나이트에게 직격했다.

　꽈광!

　라곤의 공격은 한 방으로 끝나지 않았다. 뇌격이 작렬하는 것과 동시에 사방팔방에서 섬광이 떠오르더니 포스 쉘이 소나기처럼 쏟아져 내렸다.

　투두두두두둥!

　그러나 데스 나이트 역시 호락호락하지 않았다. 초진동 오러 디펜더로 그 모든 공격을 방어하면서 라곤에게 뛰어들었다. 아음속의 참격이 두 줄기, 세 줄기로 갈라지면서 라곤을 노렸다.

　파파파파파파!

　라곤은 그 모든 공격을 피하고, 비껴내면서 반격했다. 방어와 동시에 마법 공격이 이루어지고, 잠시라도 틈이 발생하면 진뢰의 검이 날아드니 데스 나이트도 손발이 어지러워지기 시작했다.

　쾅!

　데스 나이트의 호흡이 흐트러지는 순간, 라곤이 진뢰의 검으로 그의 검을 얽으면서 발차기를 날렸다. 데스 나이트는 즉시 오러 디펜더를 집중해서 막으려고 했지만 혼신의 힘을 실은 듯한 그 발차기는 속임수, 중간에 힘이 빠지면서 다시 땅을 짚고 동시에 집중된 뇌격이 작렬했다.

'라이트닝 드래곤 바이트!'

쫘르르릉!

용의 형상을 취한 뇌격이 데스 나이트에게 작렬했다. 발차기에 대비하느라 오러 디펜더를 한곳에 집중, 그만큼 방어가 옅어진 다른 지점을 정확히 노리고 때린 일격이었다. 데스 나이트는 소리없는 비명을 지르며 나가떨어졌다.

라곤이 혀를 내둘렀다.

"그 갑옷 성능 끝내주는군. 항마력이 이 정도면 궁극마법도 한번 정돈 버티겠는데?"

비록 진뢰의 검으로 때린 것은 아니었지만 라이트닝 드래곤 바이트의 파괴력은 막강하다. 하지만 데스 나이트의 갑옷은 그 공격을 받고도 부서지지 않는 게 아닌가? 그것은 단순히 방어력이 높은 것이 아니라 마법 공격을 받아내기 위해 항마력을 높이는 처치가 되어 있기 때문이었다. 이그나이트 포스 역시 마법이기에 항마력 강화 처리가 된 방어구 앞에서는 위력이 깎이는 것이다.

파지직, 지지직.

그러나 좁은 범위에 직격하는 위력은 궁극마법과 비교해도 손색이 없는 라이트닝 드래곤 바이트다. 갑옷 자체는 부서지지 않고 버텨냈지만 거기에 각인된 대마법 방어는 한계에

달해 더 이상 제기능을 발휘할 수 없게 되었다.

"라곤, 클란드……!"

데스 나이트가 고통스러운 목소리로 으르렁거린다. 그의 새카만 투구에 쩌적, 하고 금이 가더니 일부분이 부서져서 떨어져 내렸다.

"크아악!"

데스 나이트는 괴성을 지르며 몸을 일으켰다. 그리고는 손을 들어 투구를 뜯어내듯이 벗어버렸다. 그 속에서 창백한 인간의 얼굴이 드러났다.

라곤은 흠칫했다. 시체처럼 창백한 얼굴을 가진 청년이었다. 나이는 라곤과 비슷한 것 같았고, 칠흑의 머리칼 아래로 얼굴 한가운데를 가로지르는 기다란 칼자국 흉터를 갖고 있었다. 눈동자에서 섬뜩한 붉은빛을 발하는 청년은 짙은 어둠을 두른 채로 말했다.

"어째서 네놈 따위가 그분에게 인정받는 거지?"

"뭐?"

"우리는 아무리 발악해도 흥미의 대상조차 될 수 없는데…… 어째서!"

청년은 라곤이 이해할 수 없는 말을 외치면서 돌격해 왔다. 강렬한 발구름에 땅이 폭발하듯 터져 나가고, 라곤과의 거리가 한순간에 좁혀진다.

검이 휘둘러진다. 초당 수만 번이나 진동하는 어둠의 칼날이 라곤을 노리며 가속했다. 중간에 세 줄기로 갈라지면서 상, 중, 하단을 모조리 노리는 공격!

평범한 전사라면 방어조차 어려우리라. 하지만 라곤은 그 공격이 가속하기 전에 뛰어들면서 진뢰의 검을 찔렀다. 검을 쥔 손목을 노리는 그것은 정확히 공격의 중심을 짚는 것이었다. 청년이 흠칫하며 궤도를 트는 순간, 기세가 죽은 공격은 어이없게 허공을 가르고 라곤은 그의 턱에 카운터를 먹이면서 지나쳤다.

파앙!

청년의 몸이 허공으로 치솟았다. 놀라운 반응속도를 이용, 아슬아슬하게 오러 디펜더를 집중해서 방어하긴 했지만 충격을 모두 상쇄하진 못했다. 그의 뒤로 돌아간 라곤이 주저없이 검격을 날렸다.

파밧!

하지만 그 순간 그 앞을 가로막는 또 하나의 검은 오러 블레이드가 있었다. 라곤은 혀를 차며 물러났다.

"흥. 두 놈… 이 아닌가?"

그새 무려 다섯의 데스 나이트와 트롤 원더러 바라사다가 주변을 포위하고 있었다.

바라사다가 말했다.

"네놈은 여기서 확실하게 끝을 내놔야 할 놈이야, 라곤 클란드."

"재수없긴. 뭐 전력을 집중할 타이밍을 잘 잡은 것은 칭찬해 주지, 더러운 트롤."

동시에 라곤의 모습이 사라졌다. 블링크를 사용해서 수십 미터를 한순간에 이동하는 그에게 소수가 형성한 포위망 따윈 의미가 없었다.

"놓칠 것 같으냐!"

바라사다가 외치는 순간, 데스 나이트들이 무시무시한 속도로 쏘아져 나갔다. 그들보다 한참 뒤쳐진 꼴이 된 바라사다가 혀를 찼다.

"그, 그놈들 참 빠르군."

트롤 원더러인 그도 속도에는 꽤 자신이 있었지만 데스 나이트들은 격이 다를 정도로 빠르다. 그리고 라곤 역시 그들과 동등한 속도로 움직이고 있었다.

파파파파파!

라곤은 윈드 워크와 블링크를 이용, 데스 나이트들이 퍼붓는 연격 속에서 곡예처럼 춤추고 있었다. 아무리 검술이 단순하다고 해도 소드마스터조차 느려 보일 정도의 속도, 그리고 오우거 로드와 필적할 정도의 파워를 가졌고 오러 블레이드와 오러 디펜더를 진동시킬 수 있는 놈들이다. 여럿이 합세해 맹공을 퍼부어대니 라곤으로서도 상황을 타개하기가 쉽지 않았다.

'다른 인간들이 상대했다간 한순간에 당해 버리겠군!'

파리안이 돌파당할 때 열 명 이상의 소드 마스터가 전사했다더니 정말 그럴 만했다. 알리시아나 하쿠란, 알렉스 외의 소드 마스터들은 이놈들 앞에서는 전혀 맥을 못 출 것이다. 그렇게 생각하면 자신에게 이만한 숫자가 달려들어 준 것은 오히려 고마워해야 할 일이었다.

"라곤 클란드!"

그리고 잠시 주춤해 있던 흉터의 청년이 달려들었다. 라곤의 신형이 그와 교차했다.

쩌엉!

"젠장!"

막 네 명의 공격을 피해서 블링크했던 틈을 찔리는 바람에 제대로 방어하지 못했다. 진뢰의 검이 흩어지면서 상당량의 뇌격 에너지가 손실되었다.

'손이 엉망이 된 것 같은데.'

게다가 그 충격으로 손아귀가 찢어진 것 같았다. 정말이지, 이런 생각은 하고 싶지 않지만 빌어먹을 정도로 약한 몸이다.

'하지만 검이 부러지지 않는다면 상관없지!'

그래도 엘더 크리스탈 소드는 부러지지 않았다. 그것으로 충분했다.

라곤은 허공에서 몸을 회전시켜 충격을 흘려내면서 다시금 뇌격을 집중, 진뢰의 검을 형성했다. 그런 그에게 청년이 달려들면서 둘의 눈이 마주쳤다.

우웅!

"…레저넌스 오브 오리진."

시선이 마주치는 순간, 라곤의 마법이 발동하면서 청년의 모든 것이 낱낱이 읽히기 시작했다. 오러의 흐름이, 마나의 요동침이, 그리고 마음의 움직임마저도……!

'이건……'

그와 일체화에 성공하는 순간, 라곤은 예상치 못한 정보가 해일처럼 몰려오는 것을 느꼈다.

그것은 기억이었다.

'이 녀석의 기억인가?

라곤을 증오하는 마음 저편에 존재하는 기억이 흘러들어 온다.

전쟁에 휩쓸려 모든 것을 잃은 소년이 보인다. 홀로 돌격해서 원수들을 베어 넘기다가 한계에 달한 순간, 홀연히 나타난 베이런이 압도적인 힘으로 그의 원수들을 참살하고, 고개를 조아리는 그를 데리고 간다.

'은혜.'

어두컴컴한 공간 속에 수백 명의 인간을 모아두고 베이런이 어둠의 세례를 내린다. 베이런으로부터 흘러나온 어둠을 받아들인 인간들은 몸이 내부로부터 뒤틀려 지옥 같은 고통 속에서 죽어가고, 그 속에서 극소수의 인간만이 살아남아 헐떡거린다. 그러한 일이 수십 번이나 반복되고, 얼굴을 아는 인간들은 점점 줄어들어 간다.

'선택.'

살아남은 자들은 곧 새로운 지옥에 발을 딛는다. 백 명 이상의 인간을 희생시켜 그 에너지를 집약시키는 마법진. 그것을 받아들이지 못하면 몸이 터져서 죽고 만다. 그렇게 또다시 수없이 많은 인간이 죽고, 극소수의 인간들만이 살아남는다. 살아남은 인간들의 정신이 산산이 부서진 지는 오래. 그들은 고통과 흑마법에 의한 정신조작에 일그러진 바람만을 남긴 채 모든 것을 잃어간다.

'고통.'

다른 소드 마스터들은 인식조차 하지 못하는, 거대한 공허에 발을 담근 채 언제나 자신이 사라져 버릴 듯한 공포와 누군가에게 안겨 온기를 얻고 싶은 갈중에 미칠 듯이 고통받는다. 그리고 그 고통이 그들에게 다른 오러 구현자들을 압도하는 힘을 부여한다.

'갈증.'

아무리 여자를 안아도, 그리고 충동을 이기지 못하고 눈앞에 보이는 것들을 파괴해도 갈증이 채워지지 않는다. 오로지 한 사람만이 자신을 채워줄 수 있을 것 같다. 자신의 세계를 바꾼 베이런이 인정해 준다면, 자신을 가치있는 존재라고 말해준다면…… 어떤 지옥이라도 견뎌낼 수 있을 것이다.

'질투.'

그러나 베이런의 시선은 언제나 길거리에 널린 돌을 보는 것과도 같다. 그가 흥미를 보이는 것은 오로지 스스로의 힘으로 빛날 수 있는 재능을 가진 자뿐. 그리고 그런 자들은 모두 그의 손에 죽고, 오로지 하나만이 남아 그에게 미래를 기대하게 한다.

'증오.'

전쟁에서 활약하는 것만이 도구로 벼려진 그들의 가치라면 그렇게 할 것이다. 싸우고 싸우다가 마침내 쓰러지게 된다면 그때는 이 고통으로부터도 해방될 수 있겠지. 하지만 그전에 단 하나, 이루고 싶은 일이 있다.

"라곤 클란드, 네놈, 내 안에… 들어오다니!"

청년은 라곤이 자신의 내면에 침입했다는 사실을 깨달았다. 마치 원수 앞에 발가벗겨진 채 내던져진 듯한 기분이다. 라곤은 그의 모든 것을 해체하여 낱낱이 읽어내었고, 절대 알리고 싶지 않았던 기억마저도 파헤쳐 버렸다.

비틀린 감정의 격류가 몰아친다. 삶을 파괴당하고, 인성을 해체당하고, 그렇게 영혼이 산산조각 날 때까지 유린당한 청년에게 남은 왜곡된 마음이 폭발했다.

"죽여 버리겠어!"

청년이 두른 어둠이 폭증했다. 괴물처럼 으르렁거리며 길이가 30미터를 넘는 거대한 검으로 화한다.

라곤은 그를 고요한 시선으로 바라보고 있었다. 그러다가 눈을 감으며 중얼거렸다.

"그렇게 된 건가. 어차피 함께 어둠에 발을 담근 처지라면."

어둠이 쏟아져 내린다, 이 세상 모든 것을 지워 버릴 듯한 기세로.

그 앞에서 라곤의 의식이 가속한다. 이 어둠 너머에, 그리고 그것을 쥔 청년의 너머에 있는 공허의 심연을 향해 뛰어든다. 귓가를 맴도는 목소리가 부르는 곳으로, 넋을 잃을 정도로 아름다운 검이 있는 그곳으로!

"끝장을 봐야겠지!"

그리고 라곤의 의식이 공허의 심연을 돌파했다.

7

어둠 너머에 도달했을 때, 처음으로 눈에 들어온 것은 넋을 잃을 정도로 아름다운 검이었다.

이 세상에 단 하나뿐인, 오로지 단 한 사람만을 위해 존재하는 검.

하지만 그것은 라곤의 검이 아니다. 가질 수만 있다면 목숨을 바칠 수 있을 정도로 아름답지만, 자신의 것이 아닌 검으로부터 라곤은 시선을 뗀다. 그리고 처음으로 공허 너머의 풍경을 눈에 담는다.

"이곳이……."

스스로의 입에서 나온 목소리에 흠칫 놀란다. 그것은 분명히 물리적으로 울려 퍼지는 소리였다.

그러나 놀람은 잠시, 라곤은 주변에 펼쳐진 광경에 시선을 빼앗기고 말았다.

하늘도 땅도 없는, 그저 무한히 펼쳐져 있는 푸른 어둠의 공간. 그곳에 무수한 검의 파편들이 모여 떠다니고 있었다. 어떤 것은 아이가 들던 장난감 검이었고 어떤 것은 소년이 들었던 연습용 검이었으며 어떤 것은 명장에 의해 벼려진 명검이었고 또 어떤 것은 무수한 피를 머금었던 마검이었다. 셀 수도 없을 정도로 많은, 세상이 존재하고 나서 만들어지고, 쓰여지고, 마침내 부러져 버렸던 검들 모두가 이 공간에 모여 있었다.

그 속에서 라곤은 한 사람을 발견했다.

부서진 검의 파편들이 이룬 산 위에 한 소년이 앉아 있었다. 회색 빛 머리칼 아래 붉은 눈동자를 빛내는 소년이 턱을 괸 채 라곤을 빤히 바라본다.

라곤이 물었다.

"너는 누구지?"

겉보기로는 열서너 살 정도 되었을까? 수려한 외모에 균형 잡힌 몸을 가진 소년은 손가락으로 무릎을 톡톡 두드리며 말했다.

"그건 내가 물어야 할 말인 것 같은데. 나는 이곳의 주인이고, 너는 초대받지 않은 손님이잖아?"

"그럼 네가… 윈시넬?"

라곤은 마법의 신에게서 들었던 이름을 떠올렸다.

검의 신 윈시넬. 인간과 검의 이치를 대가로 계약을 나누어 소드 마스터를 만들어낸 존재.

소년이 기분 좋은 듯 눈을 감고 몸을 부르르 떨었다.

"아아, 이름을 불린다는 것은 역시 좋아. 케케묵은 것들이 아니고 살아 있는 인간에게 불리는 기분은…… 정말 뭐라고 말할 수 없을 정도로 좋군. 정말 오랜만인데."

"윈시넬이 맞는 건가?"

"맞아. 내가 윈시넬이야."

소년은 고개를 끄덕였다. 라곤이 물었다.

"검의 신이 왜 그런 모습을 하고 있지?"

"그럼 뭘 기대했어? 인간의 모습이 아니고 검의 모습으로 떠들어주길 바란 거야?"

"아니, 그보다는…… 음. 좀 더 위엄있는 모습이어야 하지 않을까 하고."

"어떤 모습이면 되는데?"

"그러니까, 음, 척 봐도 이 사람은 혹독한 삶을 살아왔구나 싶은 전사라던가, 최소한 좀 경외감이 드는 노전사의 모습이라던가……."

“이상한 로망을 갖고 있구나. 신들의 모습은 아마 대부분 네 기대에서 어긋날걸. 이 모습은 나와 계약을 맺은 최초 소드 마스터의 것이야. 그는 딱 이 모습일 때 검의 이치를 대가로 나와 계약을 맺었지.”

“최초의 소드 마스터?”

라곤은 놀랐다.

소드 마스터가 인간과 검의 신의 계약에 의해 탄생한 존재라면 최초에 그 계약을 맺은 자가 있는 것은 당연하다. 하지만 그런 존재가 저런 소년이라는 사실이 믿어지지 않았다.

윈시넬이 웃었다.

“천 년도 더 전의 일이야. 인간들이 역사로 기록하지도 않은 시절…… 그때 인간들은 지금보다 작고 약했어. 너 정도의 몸이면 굉장히 크고 강건한 편에 속했지. 물론 예외가 있어서 좀 커다란 녀석들도 있긴 했지만 말야.”

최초의 소드 마스터는 라곤의 기준으로 보면 열서너 살 정도로밖에 보이지 않는다. 하지만 그가 검의 신과 계약을 맺었을 때 그의 나이는 열여섯 살이었다.

“아직 인간들이 무예를 제대로 발전시키기도도 전이었지. 하지만 그는 자신의 몸을 가장 효율적으로 쓰는 법을, 그리고 검을 쥐고 가장 효율적으로 사용하는 법을 깨우쳤어. 그리하여 그는 인간이 가진 인지의 한계를 초월하여 공허와 마주하고, 나와 만났지.”

그는 검의 신에게 소원을 빌었다.

인간에게 신과 싸울 힘을 달라고.

"신과 싸울 힘이라니……."

라곤이 숨을 삼켰다.

고작 열여섯 살의 소년이 검의 이치를 깨달아 공허의 심연을 넘어 신을 배알하고, 그에게 신과 싸울 수 있는 힘을 달라고 요구했단 말인가? 상상을 초월하는 스케일을 가진 인물이었다고밖에 할 수 없었다.

원시넬이 말했다.

"당시에는 괴물신들이 많았으니까. 가련한 인간들은 신의 보호를 받는 다른 종족과 거래하여 기대지 않으면 괴물신들에게 맞설 수 없었지."

인간이 가진, 괴물신에게 맞설 만한 기술이라고는 마법뿐. 하지만 괴물신은 이름을 갖지 못했을지언정 진짜 신들과 같은 기원을 가진 존재였기에 마법이 통용되지 않았다.

"그래서 나는 그와 계약을 맺었어."

그렇게 최초의 오러 구현자, 소드 마스터가 탄생했다.

라곤이 혀를 차며 물었다.

"여기는 도대체 뭐지?"

"여긴 신인 나의 거처이며 세상에 존재한 모든 검들이 수명을 다했을 때 도달하는 마지막 장소……. 음, 검의 무덤이라고 이해하면 편할 거야."

"검의 무덤이라······."

라곤은 이곳을 떠다니는 무수한 검의 파편들을 보았다. 한때 주인의 손에 들려 그 쓸모를 다한 끝에, 도구로서의 삶을 마친 검의 유해들.

라곤이 물었다.

"내가 알기로 당신을 섬기는 인간은 없고, 당신의 이름을 아는 이조차 모두 사라졌어. 소드 마스터들은 당신과 계약을 맺고 그 힘을 행사한다는 사실조차 모르지. 그래도 당신은 괜찮은 건가?"

마법의 신은 프로토 오크는 더 많은 오크들의 신앙을 받을수록 강해진다고 했다. 신이 현세에 끼칠 수 있는 영향력이란 신앙의 질과 양에 달려 있으며, 자신을 섬길 자가 사라지고 이름마저 잊힌 신은 현세에서는 죽은 것과 같다. 그런데 신앙을 바칠 신도들도 모두 사라지고, 이름조차 잊힌 윈시넬은 아직도 이곳에 존재하며 소드 마스터와의 계약을 주관하고 있는 것이다.

윈시넬이 말했다.

"확실히 잊힌 신인 내가 현세에 끼칠 수 있는 영향이라고는 소드 마스터와의 계약뿐이지. 하지만 내가 사라지는 일은 없어. 나는 이미 이름을 얻었고, 이 세상에 검이라는 도구가 존재하는 한 불멸이야."

창세 때 윈시넬이 한 일은 검이라는 도구를 만들어 세상에 내려보낸 것이었다. 그렇게 수많은 신들, 아니, 이름을 얻지 못한 망령들은 세계를 구성하는 조각들을 만들어 뿌렸고 피조물들이 그 조각의 근원을 신앙의 대상으로 여기며 이름을 부여했을 때 비로소 신이 되었다.

그리고 한번 이름을 얻은 신은 자신을 상징하는 존재가 사라지지 않는 한 불멸. 그렇기에 그를 신앙의 대상으로 보는 이들이 사라졌어도 윈시넬은 여전히 이곳에서 검의 이치를 통해 마나를 움켜쥐는 인간을 기다린다.

"너는 마법과 만났지? 그는 이름조차 얻지 못했지만 이 세상에 마법이 존재하기에 불멸이야. 이름조차 얻지 못한 주제에 무리해서 육체를 만들었다가 죽음이라는 개념에 휩쓸린 괴물신이 아닌 이상, 우리는 언제까지나 자신의 영역 속에 존재하면서 너희들을 통해서 살아가."

"우리를 통해 살아간다고? 그건 무슨 소리지?"

"그 말에 답하기 전에, 나도 질문을 좀 하고 싶어. 일방적으로 너만 묻고 있잖아?"

윈시넬이 미소 지으며 손을 뻗었다. 그러자 무수한 검의 파편들 중 하나가 그의 앞으로 날아온다.

그것은 산산이 부서진 검이었다. 수십 조각으로 쪼개진 파편들을 하나로 모아둔 처참한 모습에 라곤은 눈살을 찌푸렸다. 고작 파괴된 검 한 자루이거늘 이상할 정도로 가슴이 아프다. 마치 사랑하던 사람의 시체를 보는 것처럼 마음 한구석이 시큰거리고 눈물이 흘러나올 것만 같았다.

'뭐지? 왜 이렇게 슬픈 거야?

당황하는 라곤에게 윈시넬이 말했다.

"이것이 바로 너야."

"뭐?"

"소드 마스터는 나와 계약하는 순간 인간이면서 동시에 한 자루 검이 되는 거야. 지고한 힘을 휘두르는 인간의 형상을 한 검. 그렇게 인간은 검의 이치를 통해 인간을 넘어 마침내 검이 되어가는 거지."

검의 신과 계약을 나누는 순간, 소드 마스터는 인간이 아닌 존재로 다시 태어난다. 인간의 모습을 한 신의 검, 검의 이치를 통해 신의 힘을 휘두를 수 있는 존재.

"이것은 너의 검이며, 너 자신이었어. 하지만 네가 그런 몸이 되었을 때 계약의 실은 끊어지고 산산조각 났지. 너는 더 이상 신의 힘을 발휘하는 검이 아닌 인간으로 돌아간 거야."

신의 검이었던 라곤은 베이런에 의해 한번 파괴되었다가 인간으로 다시 재생되었다. 그렇기에 저 부서진 검은 라곤 자신이었으며, 동시에 영원히 되찾을 수 없는 완전함이었다.

"라곤 클란드."

윈시넬이 라곤의 이름을 불렀다.

비록 계약의 실은 끊어지고, 그의 검은 산산이 부서졌다.

하지만 그에게는 자격이 있다.

셀 수도 없을 정도로 많은 검이 태어나고 죽어가는 것을 보아온 윈시넬이 기억하고 되새겨볼 가치가 있었다.

"당신은 이곳에 올 자격이 충분해. 계약을 주관하는 내가 인정하지."

그렇기에 윈시넬은 물었다.

"하지만 분명 계약의 순간은 인간이 태어나는 순간과 같아. 누구도 그 순간을 기억하지 못하기에 이곳에 대해서도 알지 못하지. 그렇게 신은 죽고 신앙만이 남아 언제까지고 되풀이되고 있어. 당신은 그 순간을 잊었고, 그리고 돌아올 방법조차 영원히 잃어버렸으면서도 여기에 다시 왔어. 어떻게 그럴 수 있었지?"

궁금해서 견딜 수가 없다. 윈시넬은 죽어서 이곳에 묻힌 모든 검의 역사를 안다. 그렇기에 라곤의 인생 역시 언젠가 알게 될 수많은 사실 중에 하나에 불과하다. 하지만 지금까지 존재해 온 시간에 비하면 찰나에 불과한 시간조차 기다리기 싫을 정도로, 라곤이 이 자리에 서 있는 것은 비정상적인 일이었다.

라곤은 쓴웃음을 지었다.

"그건 말하자면 길어질 것 같은데."

"시간은 많아. 당신의 인생을 들려줘."

윈시넬이 지배하는 이 공간에서는 시간조차 그의 뜻에 따른다. 윈시넬이 원한다면 이곳의 영원조차도 현세의 찰나. 그렇기에 라곤이 이곳에서 아무리 많은 시간을 낭비하더라도 현세에서 지나간 시간은 섬광처럼 짧다. 본능적으로 그 사실을 알게 된 라곤 앞에서 윈시넬이 말했다.

"이제까지, 그리고 앞으로도 영원히 죽은 검들과 더불어 살아야 하는 내게는 검을 쥔 자들의 인생만이 유일한 낙이니까."

눈을 빛내는 윈시넬의 부탁에 라곤은 어쩔 수 없다는 듯 이야기를 시작했다.

그것은 오로지 전장에서만 살아 있다는 것을 실감할 수 있었던 남자의 이야기.

인생에 걸쳐 쌓아올린 모든 것을 잃고, 단 하나의 목적을 위해 새로운 자신을 만들어 나갔던 남자의 이야기였다.

CHAPTER 31
마검전생(魔劍轉生)

마검전생

베이런은 문득 고개를 들어 하늘을 올려다보았다. 시선이 아무것도 없는 먼 곳에 고정된 채 한참 동안이나 움직이지 않았다.

그의 옆에 있던 아이오네스가 의아해하며 물었다.

"왜 그러나?"

"지금 뭔가가 일어났습니다."

그것이 무엇인지는 알 수 없었다. 하지만 돌이킬 수 없는, 그리고 주목하지 않을 수 없는 일이 세계 어딘가에서 일어났다는 확신이 들었다.

두근.

가슴이 뛴다. 오로지 태양 같은 재능을 만나 검을 겨룰 때만 살아 있는 것을 실감할 수 있었던 그의 감각이 기대감으로 요동치고 있었다.

'뭐지?

한 번도 느껴본 적이 없는 감각이었다. 어떤 상대가 자신에게 이런 기대감을 주었던가?

뭔가 이상하다. 자신이 항시 발 담그고 있는 절망의 원천, 영혼을 삼켜 버리고 저주의 말을 속삭이는 공허의 심연 너머로부터 뭔가가 전해져 오고 있었다.

그것은 예감을 넘어선 예지. 피할 수 없는 운명을 알려오는 세계의 속삭임.

"왠지 굉장히 즐거운 일이 벌어질 것 같군요."

"무슨 말인지 모르겠군. 하지만 자네가 즐거워할 일이라면, 나한테는 골치 아픈 일일 수도 있겠는걸."

아이오네스는 그렇게 말하며 정면을 바라보았다.

도시가 불타고 있었다.

오크들의 맹공에서 살아남은 엘비라스 왕국의 도시 중 하나였다. 그 도시는 난데없이 나타난 단 한 명의 오크에 의해 성벽이 박살 나고, 도시를 일직선으로 가로지르는 대파괴의 흔적이 남아 불탔다.

아이오네스가 미소 지었다.

"상상 이상이군, 프로토 오크."

도시 위에 떠서 아래를 굽어보고 있는 것은 오크들의 신, 프로토 오크였다.

그 뒤를 따라 1천의 오크 군대가 움직인다. 전원 오크 히어로와 오크 사제, 트롤 메이지로 이루어진 초정예 군단이었다.

하지만 그 속에 하이오크 하라두쿰과 파라둠의 모습은 없었다. 그들은 듀리스에서 패퇴한 군대를 이끌고 있었기 때문이다. 만약 그들이 이 모습을 보았다면 감격의 눈물을 흘렸으리라.

아이오네스가 말했다.

"이 힘 앞에서는 확실히 인간이 어떤 잔재주를 부리더라도 의미가 없겠어. 남은 것은 군대를 이용해서 짓밟는 것뿐인가."

이미 프로토 오크의 뒤를 따르는 3만의 오크 대군이 이곳으로 향하고 있었다. 프로토 오크가 1천의 정예를 거느린 채 성벽을 격파하고 도시를 불태우면서 전진하고 나면 대군이 와서 그곳을 완전히 짓밟을 것이다.

곧 프로토 오크의 몸이 투명한 빛을 발하기 시작했다. 그 빛이 자신에게까지 뻗어오는 것을 본 아이오네스가 중얼거렸다.

"이크, 이동하실 모양이군. 단단히 붙잡아야겠어."

동시에 그들의 몸이 무시무시한 속도로 하늘을 날기 시작했다. 한순간에 음속을 돌파하는 속도는 천공의 궤적과 비교해도 손색이 없을 정도였다.

하지만 프로토 오크는 물리법칙이 지배하는 현세로부터 한 발짝 벗어나 차원의 틈으로 자신의 군세를 끌어들여서 음속의 세 배 속도를 실현하고 있었다. 그것도 자신만이 아니고 1천이 넘는 군세 전부를!

그렇게 엘비라스의 도시 하나를 파괴한 프로토 오크의 군세는 또 다음 도시를 향해 달려가기 시작했다.

목표는 바이더스 제국의 황도 바이제라.

중간에 도시를 파괴하는 행위는 그저 거기까지 가는데 걸리적거리는 것을 치우는 일에 불과했다. 그것이 바로 완전한 힘을 회복한 신의 위용이었다.

그렇게 차원의 틈을 통해 초음속으로 가속하고 있는 상황에서도 베이런은 먼 곳을 바라보고 있었다. 하늘 저편, 공허의 심연을 통해 자신을 자극하는 존재가 있는 곳을.

'기대되는군.'

그는 미소 지었다. 어쩌면 자신이 그토록 바라왔던 순간이 다가오고 있는 것인지도 모른다는 생각이 들었다.

2

긴 이야기가 끝났다.

흥미진진하게 라곤의 이야기를 들은 윈시넬은 만족한 듯

미소 지었다. 그가 말했다.

"라곤 클란드. 너는 자신이 얼마나 기적 같은 존재인지 모르고 있어."

"음. 역사상 최초의 마검사고 이 힘으로 오러 구현자를 꺾기까지 했으니 나름 대단한 존재라고는 생각하고 있어."

"그 정도가 아니야. 너는 창세 이후 처음으로 여기까지 도달한 인간이야. 계약의 순간이 아닌, 그 이후에 다시금 내 앞에 도달해서 나와 이렇게 이야기를 나누는 존재는 역사상 네가 유일해."

비할 바 없는 재능과 인간이면서 단신으로 수십의 신을 쓰러뜨렸던 첫 번째 소드 마스터도 다시 이곳으로 돌아오지 못했다.

프로토 오크를 쓰러뜨리고, 천 년에 걸쳐 인간의 힘을 강하게 할 안배를 마련한 카르벨 대왕도 다시 이곳으로 돌아오지 못했다.

공허에 몸을 담그고 절망적인 힘을 휘두르는 베이런 크로네스도 다시 이곳으로 돌아오지 못했다.

"인간의 역사는 길고, 소드 마스터 중에 태양 같은 재능을 가진 자는 많았어. 하지만 여기까지 다시 도달한 것은 오로지 너뿐이야."

한번 자신을 이루는 검을 파괴당했고, 두 번 다시 소드 마스터가 될 수 없는 오염된 몸을 가진 라곤이 여기까지 온 것

은 신인 원시넬조차 놀랄 수밖에 없는 기적이었다. 어쩌면 최
초의 소드 마스터가 탄생한 이후 또 한 번 새로운 계약의 시
간이 다가온 것인지도 모른다.

"새로운 계약의 시간?"

라곤이 의미를 알 수 없어서 물었다. 하지만 원시넬은 설명
해 주는 대신에 물었다.

"라곤 클란드, 너는 뭘 하고 싶어?"

"내 이야기를 들었으니까 알잖아? 베이런을 쓰러뜨리고 싶
어."

"그것은 네 스스로 이루어야 할 것이야. 그러니 신인 나에
게 바라고 싶은 것을 생각해 봐. 그래서 여기까지 목숨을 걸
고 다시 온 것 아니야?"

"바라고 싶은 것이라……."

라곤은 생각에 잠겼다.

그러고 보면 자신은 어째서 공허의 심연에 몸을 던진 것일
까.

소드 마스터의 계약을 끊어버리는 수법을 사용할 수 없다
는 것이 밝혀진 이상, 정말로 무의미하게 목숨을 버리는 짓이
될 수도 있었는데.

하지만 이곳에 있었던 계약의 검들이 눈에서 떠나지 않았
다.

한때는 자신의 것도 있었지만, 지금은 타인의 것만이 존재

하는 그 검들이, 그리고 윈시넬의 목소리가 영혼을 붙잡고 놓아주지 않았다.

'검.'

라곤은 자신이 진정으로 바라는 것을 깨달았다. 모든 미련을 버렸다고 생각했지만 아직도 영혼 깊숙한 곳에 그 바람이 머무르고 있었다. 다시는 이루어질 수 없는, 영원히 잃어버린 것을 되찾고자 하는 소망.

"…다시 소드 마스터가 되고 싶어."

인간을 넘어 신의 힘을 휘두르는 검이 되었을 때 느꼈던 극치의 쾌락.

검을 통해 자신을 제약하던 모든 족쇄를 베어 넘기고 세계와 하나가 되는 듯한 감각.

오로지 그때만 그저 살아서 숨쉬기만 하는 것을 넘어 영혼이 충만한 만족감을 얻을 수 있었다. 다시금 그 감각을 느낄 수만 있다면 목숨도 버릴 수 있는 절대적인 가치. 그렇기에 라곤은 자신의 눈을 사로잡았던 다른 소드 마스터의 검을 잊지 못하고 이곳으로 돌아왔던 것이다.

윈시넬이 물었다.

"불가능한 소망이라는 것은 알고 있지?"

"알아."

하지만 부질없는 일이다. 이미 마법에 오염되어 버린 자신은 두 번 다시 그때로 돌아갈 수 없다. 윈시넬의 앞에 떠 있는

산산조각 나버린 검이야말로 소드 마스터로서의 라곤이 완전
히 죽었음을 상징하는 것이니까.

원시넬이 말했다.

"하지만 당신의 존재는 기적이고, 우리가 마주한 이 순간
역시 기적이야. 그 점을 알아야 해, 라곤 클란드."

"뭐?"

"당신은 소드 마스터로 돌아갈 수는 없어. 당신의 검은 깨
어졌고, 소드 마스터 라곤 클란드는 죽었어. 죽은 자를 되살
릴 수는 없지. 그러니 나는 여기서 새로운 계약을 제안하겠
어."

소드 마스터는 사람과 신의 계약에 의해 탄생한 존재. 최초
의 소드 마스터 이후 그와 다른 방식으로 검의 신을 배알한
존재는 아무도 없었다.

그렇기에 라곤은 새로운 역사를 증명하는 기적이었다. 그
렇다면 그에게는 새로운 계약을 맺을 자격이 있었다.

"마법! 음흉하게 훔쳐보지 말고 나오지그래? 당신의 출입
을 허락하지."

원시넬의 말에 라곤은 움찔했다. 무한히 펼쳐진 푸른 어둠
의 일부가 흔들리며 그곳에서 라곤이 익히 아는 얼굴이 모습
을 드러내고 있었다. 마법의 신이었다.

"여어, 결국 이곳에서 만나게 되는군, 라곤 클란드."

"공상세계에서 봤을 때하고는 좀 느낌이 다르네."

라곤은 그를 위아래로 훑어보며 말했다. 꿈을 기반으로 한 공상세계에서 만났을 때와는 달리 실체감이 뚜렷하다. 마법의 신이 말했다.

"그야 그곳에 있는 것은 어디까지나 의식을 투영한 허상이고 여기에 있는 나는 진짜니까."

"당신의 모습도 혹시 최초의 마법사가 계약했을 당시의 모습인가?"

"그래."

"당신들의 진짜 모습은 없는 거야?"

라곤은 윈시넬과 마법의 신을 보며 물었다. 그 말에 마법의 신이 쓴웃음을 지었다.

"윈시넬에겐 있고, 내겐 없다."

"어째서지?"

"윈시넬은 이름을 얻어 자신이 누구인지 알았지만, 나는 그렇지 못하기 때문이지."

"……."

라곤은 신들이 이름을 갈구하는 이유를 이해할 수 없었다. 그들은 이름을 얻은 자는 신이 되고, 이름을 얻지 못한 자는 망령으로 떠돌거나 혹은 괴물신이라는 존재가 되어 결국 죽음에 이르렀다고 한다. 그런데 그 이름을 얻고 안 얻고가 어떻게 자신이 누구인지 아는지 모르는지를 결정할 수 있단 말인가?

윈시넬이 말했다.

"라곤 클란드, 너는 나와 마법 모두의 계약자야. 모든 소드 마스터가 나의 계약자이듯이 모든 마법사는 마법의 계약자지. 그렇기에 나는 여기서 새로운 계약을 제안할게. 라곤 클란드, 너는 마법사로서 신의 힘을 사역하는 자가 되어라."

"마법의 주인 된 자격으로 그 계약에 동참한다. 라곤 클란드여, 우리와 계약하겠는가?"

라곤이 물었다.

"그 계약으로 내가 얻는 것은 뭐지?"

"소드 마스터는 검의 이치를 대가로 신의 힘을 사역하는, 사람의 형상을 한 검."

윈시넬이 말했다. 그리고 마법의 신이 말을 이었다.

"그리고 마법은 본래 내가 만들었고, 신들이 휘두르는 힘. 인간의 눈으로 볼 때 그 둘은 동등하지 않지만 신들이 볼 때 그 둘은 동등하다."

"원시의 영역에 속한 마법은 오러의 힘과 대등하단 말인가?"

"그래. 둘은 똑같이 의지와 마나의 공명으로 발생하며, 보다 많은 가공을 통해 다양한 현상을 일으키는 비술이 마법이다. 그렇기에 너는 순수한 소드 마스터가 될 수는 없으나, 내가 참여한 새로운 계약을 통해 그들과 동등한 힘을 가질 수 있을 것이다."

“잠깐. 그건 설마…….”

라곤은 믿을 수 없다는 듯이 물었다.

“마법으로 오러 블레이드와 오러 디펜더를 구현한다는 거야?”

“맞다. 신들이 사역하는 마법, 원시의 영역이라 불리는 그 힘은 모든 것이 오러의 힘과 동격. 그렇다면 신의 육체로부터 이어진 마법회로를 가졌고, 스스로의 힘으로 공허를 넘어 여기까지 도달하여 역사상 최초의 사례를 만들어낸 너에게는 그 힘을 가질 자격이 있다.”

“이제부터 일어날 일은 네가 이해한 그대로야. 라곤 클란드, 우리와 계약하겠어? 이것은 이전에도 없었고, 아마 앞으로도 없을 새로우면서 동시에 유일한 계약이야.”

원시넬이 당황한 라곤을 보면서 웃었다. 두 신은, 아니, 오래전에 이름을 얻은 신과 아직도 이름을 얻지 못한 망령은 라곤을 바라보며 대답을 기다렸다.

잠시 동안 멍해져 있던 라곤은 퍼뜩 정신을 차리고 둘을 바라보았다. 그리고 심호흡을 한 번 한 뒤에, 대답했다.

“좋아. 그 계약, 받아들이겠어!”

“검의 신 원시넬의 이름으로, 계약은 성립되었어.”

“마법의 주인 된 자의 자격으로, 새로운 검을 만드는 데 동의한다.”

둘의 선언과 함께 세계가 변화하기 시작했다.

쿠구구구구!

굉음과 함께 푸른 어둠이 갈라지기 시작했다. 무수한 검의 파편들이 춤추며 그곳에서 빛의 파편들이 발생해 모여들었다.

그 검들이 모여드는 지점은 바로 이전에 라곤의 것이었던 부서진 검이었다. 완전히 산산조각 나서, 어떤 명장이 오더라도 다시 원래대로 고치는 것이 불가능할 것 같은 그 검의 갈라진 틈을 빛의 파편들이 메워갔다.

동시에 라곤은 자신의 내부에 압도적인 힘이 차오르는 것을 느꼈다. 소드 마스터의 힘을 잃은 이래 끊임없이 그를 괴롭히던 상실감과 갈증이 채워지고 있었다.

윈시넬이 말했다.

"부서진 검은 죽은 검. 죽음은 세상의 섭리. 그렇기에 나도 그것을 되살릴 수 없어."

마법의 신이 말했다.

"하지만 내가 힘을 보탠다면 부서진 검을 재료 삼아 새로운 검을 만들어내는 것은 불가능한 일이 아니지. 라곤 클란드, 네 영혼은 이 순간 다시 태어난다. 죽어서 이곳에 묻힌 검이 아니라, 새로운 마검(魔劍)으로."

라곤은 자신의 내면에 위치한 힘의 원천을 보았다.

부서진 검은 신들의 힘에 의해 새로운 검으로 전생(轉生)한다.

그것은 이 세상에 한 번도 존재한 적 없는, 역사상 최초의 진정한 마검(魔劍)이었다.

'이것이 나.'

라곤은 자신의 눈앞에 떠오른 마검을 보았다.

너무나도 아름다운 검이었다.

이 검을 가질 수만 있다면 누구나 기꺼이 자신의 인생을 대가로 지불하리라.

그렇게 신성이 깃든 검에 매료된 자들은 기꺼이 검의 신에게 인생을 바치고, 계약에 의해 소드 마스터는 태어난다.

라곤은 손을 뻗어 그 검을 쥐었다. 순간 그와 검이 서로 연결되며 계약이 완성되었다. 푸른 어둠이 찢어지며 눈부신 빛이 주변을 채워가기 시작했다.

자신의 세계를 지우는 빛을 보며 윈시넬이 말했다.

"우리들, 너희들이 신이라 부르는 존재들은 이전 세계의 망령이야."

그것은 아무도 아는 이가 없는 세계의 역사이며, 인간들이 알아야 할 진정한 신화였다.

3

"우리들이 살았던 세계가 어떤 세계였는지, 어떻게 멸망했는지는 아무도 몰라. 우리들은 모든 게 파괴되고 남은 파편들

을 모아서 필사적으로 자신이 가졌던 기억 속의 존재를 다시
만들고자 했지."

　그것이 바로 지금의 세계였다. 한 번 파괴되고 형체조차 알
아볼 수 없는 파편들만이 떠다니던 혼돈 속에서, 자신이 누구
인지조차 모르는 망령들은 필사적으로 그 파편들을 모아서
기억 속의 세계를 재구축하려고 했다. 수많은 망령들이 하나
씩 하나씩 기억 속의 세계를 구성하던 파편들을 만들어내니
마침내 지금의 세계가 만들어졌다.

　"하지만 우리는 그 속에서 살아갈 수 없었어. 그리고 여전
히 우리가 누구인지도 몰랐지. 다만 한 가지, 본능 속에 각인
된 사실을 믿을 수밖에 없었어."

　그것은 바로 이름을 얻은 자만이 스스로가 누구인지를 알
수 있게 된다는 것.

　끔찍한 혼돈과 상실감에 괴로워하던 망령들은 이름을 얻
기 위해서라면 무슨 일이든지 할 수 있을 것 같았다. 그들 중
많은 기억을 가져서 더 많은 세계의 파편들을 만들고, 그로써
세계 속에서 더 강한 힘을 휘두를 수 있게 된 이들은 자신에
게 이름을 줄 존재들을 만들었다.

　"그것이 바로 최초에 타할라가 만든 오크와 그 뒤를 따라
만들어진 트롤, 고블린, 놀, 오우거, 엘프, 드워프, 머메이드,
드래곤, 데몬, 오큐라스, 하피, 아니마르라는 지성체들이야."

　창조된 이후 시간이 흐르면서 그들 중 몇몇은 세계 속에서

도태되어 사라졌다. 하지만 그들을 창조한 이들은 뚜렷한 신앙의 대상이 되어 이름을 찾고 강대한 종족신으로 군림했다.

"그건 예나 지금이나 종족신만의 특권이지. 괴물신이 되어 죽음이라는 개념이 받아들여지는 이들을 제외한다면 육체를 갖고 세계 속에서 삶을 누릴 수 있는 것은 종족신뿐이니까."

프로토 오크를 비롯, 신들이 창조한 최초의 개체들은 신 자신의 영혼을 담고 세상에서 활동하는 그릇이 되었다. 그러나 자신의 종족을 세상의 패자로 만들고 싶어하는 신들이 서로 싸운 끝에 프로토 오크를 제외한 모든 화신들은 죽고, 타할라를 제외한 신들은 세상의 일을 바라보기만 할 수밖에 없는 처지로 전락했다.

이렇게 종족신들이 서로 싸울 때, 몇몇 망령들은 그들을 부러워하여 육체를 갖고 싶어했다. 그들은 마법의 신이 창조한 비술, 마법을 이용해서 육체를 만들고 세상에 내려가서 삶을 만끽했다.

"그것이 괴물신이야."

그때 마법의 신은 기대했다, 자신의 비술로 육체를 창조한 그들이 자신에게 이름을 주기를.

하지만 괴물신이 된 자들은 물론, 종족신들마저도 그를 배신했다. 그의 비술을 마음껏 사용하면서도 오히려 자신들이 가진 권한을 이용해 그가 쉽게 이름을 얻을 수 없도록 제약을 걸었던 것이다.

"종족신들은 마법이 이름을 얻는다면 자신들보다 강한 신이 되어, 그 힘으로 자신의 자식들을 위협할 종족을 만들어낼 것을 두려워했어."

그 말에 라곤은 마법의 신을 바라보았다. 그는 쓴웃음을 짓고 있었다. 그가 지금까지 한 말들에는 그런 의미가 있었던 것인가.

윈시넬이 말을 이었다.

"괴물신들은 대체로 이전 세계의 기억을 별로 많이 갖고 있지 않아서, 인간의 기준으로 보면 상당히 비이성적이고 광기가 강했어."

삶을 만끽하면서도 여전히 자신이 누구인지 모른다는 혼돈에 시달리던 괴물신들은 미쳐서 난동을 부렸고, 자신의 자식들을 보호하려는 종족신들에 의해 하나둘씩 죽어나갔다.

"그리고 최초의 죽음이 이루어졌을 때, 그들은 알게 되었지. 종족신이 아닌 망령들이 마법으로 육체를 만들어 괴물신이 되었을 때, 그들은 지상의 피조물들과 똑같이 삶과 죽음이라는 개념에 종속된다는 것을."

그들이 세계를 바라보기만 하는 망령일 때, 그들을 해할 수 있는 것은 아무것도 없었다.

그러나 괴물신이 된 그들은 종족신이나 다른 괴물신에 의해 죽음을 맞이할 수 있었다. 그리고 그렇게 죽으면 다시는 되살아날 수 없었다.

마법의 신이 말했다.

"그것이 네가 본 무덤이다. 그곳은 구세계가 파멸한 후 우리가 눈을 뜬 요람이었으며, 동시에 죽은 자들이 도달하는 무덤이기도 하지."

신들은 그렇게 기억 속에 남아 있는 생을 갈구했고, 그 결과 죽었다.

윈시넬이 말했다.

"그렇게 수많은 망령들이 괴물신이 되고, 죽어가는 와중에 새로운 발상을 떠올린 자들 네 명이 있었어. 다른 망령들보다 많은 기억을 갖고 있었고, 이성적인 이들이었지. 그들은 스스로의 육체를 만들어 괴물신이 되어 지상으로 내려갔고, 마법을 이용해 자신들에게 이름을 줄 종족을 창조하고자 했어."

오크를 비롯, 종족신들이 만든 종족들은 세계의 파편을 모아 만들어낸 것이었다. 아마도 그들은 이전 세계에 동일하거나 비슷한 종족이 있었을 것이다. 종족신들은 그러한 기억을 갖고 있었기에 자신을 신으로 받들어줄 자식들을 만들어낼 수 있었다.

하지만 네 명의 괴물신에게는 그런 기억이 없었다. 그렇기에 자신들의 육체를 만들듯이 마법을 이용해서 자식을 만들어내고자 했다. 그들은 현존하는 종족들의 특성을 조금씩 따서 새로운 종족을 만들어냈으니 그것이 바로 '인간' 이었다.

"인간은 그렇게 만들어진 거야. 너희들이야말로 진정한 의미에서 마법의 자식이며, 그 결과 창조한 네 괴물신은 물론 다른 어떤 존재에게도 종속되지 않는 자유로운 종족이 되었지."

여러 종족의 요소를 모아서 마법으로 창조한 인간은 결과적으로 실패작이었다. 네 명의 괴물신은 자신을 숭배할 자식들을 얻지 못했다. 인간은 그들의 손으로 만들어졌으나 그들에게 종속되지도 않고, 그들을 신앙의 대상으로 보지도 않았다.

"그들에게는 참 안된 일이지. 하지만 인간이 그렇게 자유로운 종족이었기에 배신자들에게 수많은 제약을 받았던 마법은 인간 앞에 나타나 계약을 맺고 마법사라는 존재가 나타나도록 할 수 있었어."

그렇게 최초의 마법사가 나타났고, 마법은 급속도로 인간 사이에 퍼져 가기 시작했다. 이후 인간과 다른 종족이 교류하면서 마법사의 숫자는 기하급수적으로 번져 나갔다.

인간은 마법사의 존재를 세상에 출현시킨 것 외에도 놀라운 기적을 일으켰다.

"모든 종족 중에서 너희들만이, 종족신에게 종속되지 않는 너희들만이… 세계를 이루는 수많은 요소들에게 신성한 의미를 부여하고 신앙의 대상으로 삼을 수 있었던 거야."

인간은 상상력으로 무수한 신들을 잉태했다. 태양의 신을 만들었고, 하늘의 신을 만들었고, 대지의 신을 만들었고, 물의 신을 만들었고, 비의 신을 만들었고, 바다의 신을 만들었고, 바람의 신을 만들었고, 벼락의 신을 만들었고, 전쟁의 신을 만들었고… 그리고 검의 신도 만들었다.

"인간은 나를 발견하고, 내게 이름을 주었어. 너희들이 우리를 상상해 준 덕분에 우리는 오래된 방황을 끝내고 불멸의 존재가 되었지. 그리고 이제 우리는 너희들을 통해서만 세상을 살아가."

종족신들은 자식들을 통해 세상을 살아간다. 타할라는 모든 오크들을 통해 세상을 본다. 설령 그가 프로토 오크라 불리는 화신을 잃고 더 이상 세상에 관여할 수 없게 되더라도, 그는 여전히 오크들을 통해 세상을 보며 살아가리라.

그리고 인간에 의해 이름을 얻은 신들은 자신에게 신앙을 바치는 인간들과 자신이 상징하는 것을 통해 세상을 살아간다. 그들이 부르는 이름과 마음으로 바치는 신앙은 신과 세상을 연결해 주는 끈이다. 수많은 망령들은 세상을 그저 바라볼 수밖에 없었지만, 이름을 얻은 자들은 그들을 통해 세상을 느끼고 삶을 체험할 수 있었다.

윈시넬이 말했다.

"라곤 클란드, 이제 나는 너를 통해 세상을 살아갈 거야. 나를 기억하고 신앙을 바치는 이들은 이제 아무도 없지만 나와 계약을 맺은 소드 마스터들이 있는 한, 그리고 네가 있는 한… 나는 계속해서 세상을 살아갈 수 있어."

주변을 채워가는 빛이 윈시넬의 모습을 조금씩 희미하게 지워간다. 윈시넬이 활짝 웃으며 말했다.

"나를 발견해 줘서 고마워. 내 이름을 아는 유일한 인간. 어려운 일이겠지만, 언젠가 또다시 찾아와 주면 환영할게."

"그런 미친 짓을 또… 뭐, 생각나면 해보도록 하지."

라곤은 검을 쥔 채 윈시넬에게 손을 흔들었다. 그리고 흩어져 가는 빛 속에서 마법의 신에게 말했다.

"이제야 당신의 말을 모두 이해할 수 있겠어."

"윈시넬은 나처럼 인간에게 못할 말이 많은 제약에 걸려 있지 않으니까 말이지. 나도 좀 속이 후련하군."

"고마워. 당신 덕분에 여기까지 올 수 있었어."

"또 만나게 될 거다. 아직 우리의 인연이 끝난 것은 아니니까."

"하나 궁금한 게 있는데……."

라곤은 마법의 신은 물론이고, 자신도 빛 속으로 녹아서 사라져 가는 것을 느끼며 물었다.

"당신들이 갖고 싶어하는 이름은, 그냥 당신들을 아는 누군가가 붙여주면 안 되는 거야?"

그 말에 마법의 신이 눈을 크게 떴다.

대답은 돌아오지 않았다. 그는 곧 부드럽게 미소 지으며 빛 속으로 사라져 갔다.

그가 사라져 가는 것을 보던 라곤은 피식 웃으며 눈을 감았다. 빛이 모든 것을 집어삼키고, 그리고 그의 의식 또한 시간을 거꾸로 되감듯이 왔던 길을 되돌아간다.

4

"정말 끈질기구나! 덩치 큰 꼬맹이!"

알리시아는 무시무시한 기세로 공격을 퍼부어대고 있었다. 항시 초진동하는 오러 블레이드가 수십 개의 창처럼 정면을 두들겼다. 그런가 하면 바닥을 타고 달려온 촉수 같은 오러 블레이드가 일어나 적을 노리고, 적이 날린 반격은 스타더스트가 비껴내며 틈을 만든다.

그렇게 수십 번의 공격을 격중시켰는데도 적은 쓰러지지 않고 서 있었다. 아무리 오크 사제들의 가호와 회복 마법이 집중되고 있다고 하더라도 살아 있는 몸인 이상 한계가 있을 터. 하지만 전신이 피투성이가 되었으면서도 결코 쓰러질 기미가 보이지 않았다.

"알리시아 미세룬!"

칼카쿰이 울부짖었다. 거대한 해머가 들어 올려지고, 넝마가 되어버린 그의 몸이 무시무시한 속도로 돌진해 온다. 초진동 오러 블레이드가 실린 해머가 벼락처럼 알리시아를 강타했다.

콰창!

하지만 상처를 입는 쪽은 칼카쿰이었다. 알리시아는 칼카
쿰이 공격을 확정짓는 순간, 놀라운 속도로 옆으로 튕겨 나가
면서 훤히 드러난 허점으로 카운터를 찔러 넣었다. 옆구리에
긴 상처가 생겨나면서 칼카쿰이 비틀거렸다.

"오크 사나이는 무릎 꿇지 않는다!"

칼카쿰은 무너지려는 자신의 다리를 주먹으로 쳐서 힘을
불어넣었다. 다른 오크 히어로라면 벌써 수십 번은 죽었을 모
습으로도 쓰러지지 않는 그에게 알리시아가 질려 버렸을 정
도였다.

"크워어어어어!"

칼카쿰이 울부짖었다. 동시에 그의 오러가 황금빛을 발하
기 시작했다.

파앙!

하지만 그 순간 알리시아의 공격이 날아들어서 칼카쿰을
날려 버렸다. 황금빛으로 변하던 오러는 다시 붉은빛으로 돌
아왔다.

알리시아는 이미 몇 번이나 칼카쿰을 패퇴시키면서 그의
전력을 파악했다. 프로토 오크로부터 힘을 받아 오러가 황금
빛으로 변하면 그의 힘은 폭증한다. 하지만 황금의 힘이 완전
히 발현되기 전에 저지하면 그만이었다. 이전에 칼카쿰이 황
금의 힘을 발현하는 데 성공했던 것은 다른 동료가 알리시아
를 막아 시간을 벌어주었기 때문이다.

칼카쿰이 으르렁거렸다.

"비겁한 것! 사나이라면 응당 적의 진정한 힘과 승부하는 용기를 증명해야 할 것 아니냐!"

"난 여자다! 사나이 따위 몰라!"

"크워어어! 진정한 사나이와 승부하고 싶었거늘 간악하고 나이 먹은 여자가 나의 숙적이라니!"

"닥치랬지!"

파파파파파파!

알리시아가 분노해서 연속 공격을 퍼부었다. 칼카쿰은 필사적으로 방어했지만 전신에 수십 개의 상처가 새로 새겨지면서 피가 사방으로 튀었다. 지금까지 흘린 피의 양만 봐도 그가 쓰러지지 않은 것을 믿을 수 없을 정도였다.

'히드라 스트라이크 한 방이면 끝나는데.'

압도적인 파괴력을 발휘하는 스파이럴 차징의 개량판, 히드라 스트라이크.

진동기를 터득하면서 한 차원 더 강화된 그 기술이라면 불사신 같은 칼카쿰의 생명력을 단번에 끊어놓을 수 있을 것이다. 문제는 그것을 발동하기 위해서는 시간이 필요하다는 점이었다.

'한 방에 끝낼 수 없다면 죽을 때까지 때릴 수밖에. 오늘은 하르칸도, 바라사다도 너를 도울 수 없어!'

하르칸은 오크 히어로들과 함께 하쿠란을 협공했지만 오

히려 너덜너덜해져 가고 있었고, 바라사다는 라곤을 치러 갔다가 발목이 묶였다. 그리고 데스 나이트들은……

‘잠깐.’

데스 나이트들의 위치를 파악한 알리시아는 등줄기가 서늘해지는 것을 느꼈다. 나타샤에게 붙은 다섯은 그렇다 치고, 라곤에게 여섯이나 가서 붙었다!

‘라곤!’

알리시아는 놀라서 라곤을 바라보았다. 그 순간 가만히 서 있는 라곤을 향해 어마어마하게 증폭된 데스 나이트의 어둠이 쏟아져 내렸다. 그것도 그 하나만이 아니고 주변을 포위하고 있던 데스 나이트들이 라곤이 블링크하지 않은 것을 확신, 그곳을 향해 전력을 다해 공격을 퍼붓는다.

"안 돼!"

알리시아는 자신도 모르게 비명을 질렀다. 칼카쿰을 두들겨 패는 것조차 잊고 땅을 박차며 그 자리를 이탈했다.

순간 계속해서 두들겨 맞느라 틈을 찾지 못했던 칼카쿰이 눈을 빛냈다. 그가 방어를 풀며 울부짖었다.

"크워어어어어!"

알리시아가 아차 하는 순간, 그의 오러가 폭증하며 황금빛으로 변했다. 그가 이전보다 세 배는 빠르게 돌진해 오면서 해머를 내려쳤다. 잠깐 집중력이 흩어져서 그 자리를 이탈하려던 알리시아로서는 도저히 피할 수 없는 공격이었다.

'이런!'

알리시아는 가슴이 덜컹 내려앉는 것을 느끼며, 반사적으로 반격을 날렸다. 이미 피하기에는 늦었다. 그렇다면 반격으로 위력을 상쇄시키지 않으면 일격에 죽는다!

꽈아아앙!

대지가 폭발하며 충격파가 터져 나갔다. 알리시아는 충격파에 밀려 뒤로 날아가면서 혼란에 빠졌다.

'어떻게 된 거지?'

분명히 직격당할 수밖에 없는 상황이었는데, 칼카쿰의 공격은 멋지게 빗나갔다. 그리고 알리시아의 반격 역시 허공을 때리고 말았다.

그런 그녀의 앞에서 칼카쿰이 다가오고 있었다. 알리시아는 눈살을 찌푸리며 물었다.

"왜 맞추지 않았지?"

알리시아의 반격은 제대로 들어간다고 하더라도 즉사를 면하는 것이 고작인, 애처로운 발악에 불과했다. 그러니 그것이 칼카쿰의 공격을 비껴냈을 리가 없다. 알리시아가 격중당하지 않은 것은 칼카쿰이 처음부터 맞출 생각으로 휘두르지 않았기 때문이다.

칼카쿰이 쿵! 하고 해머를 땅에 찍으면서 콧김을 뿜었다.

"무릇 오크의 영웅은 뒤돌아본 적을 쳐서 이득을 취하는 쩨쩨한 짓 따윈 하지 않는다. 정면에서 적과 마주하고, 온 힘

을 다해 쳐부수는 것이 영웅의 긍지다! 알리시아 미세룬, 나
의 숙적이여! 전사와 마주했을 때는 한눈 팔지 않는 것이 예
의다!"

"……."

알리시아는 어처구니가 없어서 할 말을 잃었다. 이 자식은
나이도 열한 살밖에 안 먹은 덩치만 큰 꼬맹이 오크 주제에
어쩌면 이렇게 용암처럼 끓어오르는 피를 가졌단 말인가? 전
사들이 가진, 자기 목숨 버리기 딱 좋은 로망이란 로망은 저
근육으로 꽉꽉 찬 머리통에 다 우겨 넣은 것 같았다.

쿠궁!

그때였다. 뒤쪽에서 섬뜩한 감각이 엄습해 왔다. 알리시아
는 물론이고 칼카쿰마저도 그 감각을 참지 못하고 고개를 돌
렸다. 그리고 둘 다 눈을 크게 떴다.

알리시아가 신음처럼 중얼거렸다.

"라곤……!"

그곳에서는 새하얀 빛의 칼날로 해일처럼 쏟아지는 어둠
을 가르며 라곤이 걸어나오고 있었다.

5

"뭐야?"

흉터의 청년은 믿을 수 없다는 듯 중얼거렸다. 초진동 오러

블레이드는 무적. 세상에 베지 못할 것이 없으며, 결코 부러지지 않는 검이다. 그렇기에 공격이 라곤에게 격중했을 때 그는 승리를 확신했었다.

그런데 라곤은 그 어둠을 너무나도 쉽게 찢어발기면서 유유히 걸어나오고 있었다. 방금 전까지 두르고 있던 푸른 뇌전 대신 새하얀 빛을 두른 그를 본 이들은 모두 숨을 삼켰다. 수만이 어우러져 싸우는 전장의 한 지점에 기이한 정적이 내려앉았다.

시간이 정지한 듯한 정적 한가운데서, 라곤이 허공을 올려다보았다. 마치 아스라한 추억을 되새기는 듯한 눈이었다.

"후후."

우우우웅.

그로부터 순백의 빛이 구체형 파문이 되어 퍼지고 있었다. 그렇게 퍼져 가던 빛이 어느 순간 수백 개의 검을 모아둔 듯한 형상으로 변하고, 그다음에는 수백 개의 면을 가진 다면체로 변하고, 마침내 라곤의 모습을 일그러뜨리는 수면에 이는 듯한 파문으로 변했다.

쉴 새 없이 변화하는 오러 디펜더 속에서 라곤은 웃었다.

"하하하. 정말로 돌아왔군."

"이 자식!"

자신을 안중에도 두지 않는 듯한 그 태도에 흉터의 청년이 폭발했다. 그는 방금 전에 있었던 불가사의한 현상 따윈 무시하고 초고속으로 진동하는 어둠의 검을 휘둘렀다.

"아서라."

쩍!

라곤이 그를 보며 말하는 순간, 공기가 갈라지면서 보이지도 않는 공격이 작렬했다. 초음속으로 날아든 그 공격은 간단하게 청년의 방어를 가르면서 몸속 깊숙이 파고들었다.

"커헉……!"

겉으로는 상처 하나 없었지만, 청년은 몸속이 불타는 것 같은 고통을 느끼며 그 자리에 주저앉았다. 라곤의 공격은 청년의 오러 디펜더를 강타, 충격만을 전달하여 내상을 입힌 것이다. 믿을 수 없는 공격법에 경악하는 그를 라곤이 내려다보며 말했다.

"미안한데, 이제 너흰 내 상대가 안 돼."

"뭐야? 그건 설마 오러 블레이드인가?"

경악해서 그렇게 물은 것은 한발 물러나 있던 바라사다였다. 라곤은 대답 대신 검을 휘둘렀다. 그러자 채찍처럼 휘어지는 섬광의 칼날이 바라사다에게 날아들었다.

파아앙!

"진짜 오러 블레이드잖아!"

라곤이 웃었다. 동시에 그로부터 무수한 섬광의 칼날이 뻗어나가기 시작했다.

파파파파파파!

허공에 빛의 선이 그어진다. 반경 20미터 안에 수백 개에 이르는 빛의 궤적이 그려지면서, 그것에 걸려든 모든 것이 파열했다.

콰아아아아아!

"이 기술, 쓸 만한데."

다섯의 데스 나이트와 바라사다까지 튕겨낸 라곤이 중얼거렸다. 그것은 나타샤의 샤이닝 디바이드를 응용, 쏘아낼 때마다 탄성과 진동수를 미묘하게 바꾸어서 궤도가 변화하도록 개량한 것이었다.

라곤은 움직이지 못하는 흉터의 청년을 내려다보며 말했다.

"네가 왜 나를 미워하는지는 알겠지만 별로 정당한 미움은 아니군. 진짜 미워해야 할 상대조차 제대로 볼 수 없는 너를 동정해야 할지도 모르겠지만, 그 정도로 망가졌으면 어차피 돌이킬 수 없겠지."

"이 자식……!"

흉터의 청년이 죽을힘을 다해 일어났다. 동시에 초진동 오러 블레이드가 무시무시한 기세로 라곤에게 날아들었다.

파학!

그러나 라곤은 그가 검을 휘두르기 시작할 때 이미 그를 지나치며 검격을 날렸다. 허공에 하나의 선이 그어졌다 사라지는 순간, 그 궤적에 걸려들었던 청년의 목이 피를 뿜으며 몸에서 떨어져 나갔다.

"잘 가라."

라곤은 돌아보지 않고 속삭였다.

그리고 그의 몸을 갈가리 찢으면서 터져 나온 어둠이 휘몰아쳤다.

콰아아아아아!

라곤은 그 폭풍이 산들바람이라도 되는 것처럼 그 속에서 천천히 걸어나왔다. 휘몰아치는 어둠이 그의 의식을 공허의 심연으로 이끌고자 했지만, 그는 코웃음을 치며 물리친다. 이미 공허의 심연을 넘어 검의 신을 배알한 그에게 있어 그 유혹은 하찮은 것이었다.

"너희들의 복수는 내가 해주마. 그러니 안심하고 여기서 죽어라."

그 말에 데스 나이트들이 달려들었다. 레저넌스 오브 오리진의 성향을 가진 오러 디펜더를 이용, 그들의 기색을 잃은 라곤은 그들이 분노하고 있다는 사실을 알았다.

진정 무엇을 미워해야 하는지, 무엇에 분노해야 하는지조차 모르는 망가진 영혼의 소유자들. 사악한 마법사들과 사악한 전사가 그들을 유린하고 두 번 다시 돌아올 수 없는 지옥으로 떨어뜨렸다.

라곤은 고개를 슬쩍 옆으로 틀어서 날아드는 공격을 피했다. 동시에 한 걸음 앞으로 가며 검을 휘둘렀다. 음속을 초월하는 검격이 수십 줄기로 갈라지면서 주변을 휩쓸었다.

파파파파파파!

충격파가 터졌을 때 라곤은 이미 뿔뿔이 흩어놓은 데스 나이트 중 하나에게로 다가가고 있었다. 라곤과 데스 나이트의 시선이 마주하고, 그리고 둘 사이의 거리가 사라진다. 데스 나이트가 공격을 가하고…….

파학!

라곤은 아무것도 없는 허공을 치는 데스 나이트를 지나치며 그의 목을 베어버렸다.

'어떻게……?

데스 나이트는 죽는 순간 그런 의문을 떠올렸다. 어째서 자신은 엉뚱한 곳을 친 것일까?

라곤은 데스 나이트의 모든 것을 낱낱이 파악했다. 힘의 움직임은 물론이고 의념의 방향마저도 읽어낼 수 있는 상황이니 그것을 속이는 것은 손쉬운 일이었다. 미약한 오러 파동으로 데스 나이트의 감각을 자극, 현혹시킨 것이다.

어둠의 폭풍을 뿌리치고 나오는 라곤에게 데스 나이트들이 다시 달려든다. 일제히 오러 블레이드를 길게 늘려서 원거리 공격을 가해온다.

우우우웅……!

하지만 그 순간 무수한 빛의 파문이 일어나 그것을 가로막는다. 그 광경을 본 하쿠란이 신음처럼 중얼거렸다.

“신기루……!”

하쿠란의 신기루였다. 공격을 가뿐하게 막아낸 라곤에게 데스 나이트 중 하나가 돌진한다. 물결처럼 퍼져 나가며 넓은 범위를 커버하는 신기루였지만 데스 나이트의 눈에는 그 사이에 존재하는 틈새가 보였다. 질풍처럼 거리를 좁히며 그 틈새에 검을 찔러 넣는다.

쾅!

그리고 그 순간 목을 관통당해 추락한다. 그 광경을 본 알렉스가 깜짝 놀라서 외쳤다.

“내 제로 카운터?”

라곤은 일부러 신기루 사이에 틈새를 만들고, 그곳에 데스 나이트의 오러 블레이드와 진동수를 동일하게 만든 오러의 덩어리를 배치시켜 두었던 것이다. 그리고 알아차릴 수 없을 정도로 미세한 오러 파동으로 데스 나이트를 자극, 달려들게 해서 스스로의 공격에 찔려죽게 만들었다.

그리고 점점 더 늘어나는 빛의 파문 너머에서 여덟 개의 별이 떠올랐다. 사람 머리통만 한 크기로 빚어진 오러 블레이드의 구체. 그것이 초고속으로 진동하며 형태를 변형시켜 간다. 순식간에 여덟 개의 빛의 검이 라곤의 옆에 포진하며 크기를 불려 나가는 것을 본 알리시아가 믿을 수 없다는 듯 중얼거렸다.

“히드라 스트라이크……!”

히드라 스트라이크는 변형과 증폭에 시간이 걸리는 기술.
하지만 라곤은 사방에 신기루를 두른 채 힘의 일부만을 초고
속으로 변형, 증폭시킴으로써 한순간에 공격 준비를 갖추었
다.

그리고 검에 맺혀 20미터 길이로 늘어난 오러 블레이드와
주변에 떠오른 여덟 개의 오러 블레이드를 겨눈 라곤이 땅을
박차고 돌진했다. 일순간 초음속에 도달한 그 공격은 데스 나
이트가 미처 자신이 표적이라는 것을 인식하기도 전에 그 몸
을 꿰뚫었다.

콰아아아아아!

"이건 말도 안 돼!"

바라사다가 입을 쩍 벌렸다.

마치 연습이라도 하듯이 다른 소드 마스터들의 기술을 사
용해 가면서 데스 나이트를 하나씩 쓰러뜨려 가는 라곤이 사
람으로 보이지 않았다. 어떻게 인간이 저런 짓을 할 수 있단
말인가?

라곤이 말했다.

"정말 좋군. 꿈이라면 부디… 아니, 이런 소리를 하면 꼭
진짜 꿈이더라."

미치도록 소드 마스터의 힘을 되찾고 싶었다.

하지만 부질없는 꿈이라는 것을 누구보다도 잘 알고 있었다.

그렇기에 연구했다.

소드 마스터의 모든 것을 집요하게 파헤쳤다.

오러 구현자의 모든 것을 그들 자신보다도 깊고 자세하게 알고자 했다.

그 결과 머릿속에는 수백, 수천 가지의 오러 운용법이 들어 있었다. 그리고 그것을 격파하기 위한 방법도 들어 있었다.

오로지 자신이 생각한 방법을 마주하고, 그것을 격파하기 위해 혼을 깎아내듯이 단련해 왔다. 그리고 나서도 여전히 머릿속에서 그려낸 자신의 발치에도 미치지 못해 절망하고, 다시 일어나기를 반복했다.

"이제……."

그리고 마침내 이상(理想)과 현실의 자신이 하나로 합쳐졌다.

"나는 진짜 마검이야."

라곤은 선언하며, 오로지 자신에게만 허락된 순백의 섬광을 뿜어냈다.

실처럼 얇게 갈라진 섬광 수백 개가 사방으로 뻗어나갔다. 피할 수 없다는 것을 안 데스 나이트들이 오러 디펜더를 세워 그것을 받아냈다. 하지만 뭔가 이상하다. 실처럼 얇은 오러 블레이드는 그들의 오러 디펜더를 후려치는 것이 아니라, 그대로 달라붙고 있었다. 하나가 달라붙나 싶더니 둘이, 그리고 셋이…… 결국은 수십 개의 오러 블레이드가 달라붙어서 그들과 라곤 사이를 잇고 있었다.

그리고 라곤이 손을 들어 손가락을 튕겼다.

콰콰콰콰쾅!

그러자 그들의 오러 디펜더가 폭발해 버렸다. 거기에 달라붙은 오러 블레이드가 폭발한 것이 아니다. 그들이 철석같이 믿고 있던 오러 디펜더 일부가 제어에서 벗어나면서 폭발한 것이다.

데스 나이트 하나는 양팔을 잃고 나가떨어졌고, 또 하나는 그대로 즉사해서 몸이 갈가리 찢기며 어둠의 폭풍이 휘몰아쳤다.

"기술적인 이해가 없는 녀석들은 아무리 강하고, 빨라도 무섭지 않아. 하긴 이것도 내가 너희들 이상으로 강하고, 빠르니까 할 수 있는 소리지만."

라곤이 쓴웃음을 지었다.

원시넬과 마법의 신에 의해 마검으로 전생한 라곤은 마법 회로에 신들과 나눈 계약의 힘이 각인되어 있었다. 그가 지금 사용하고 있는 오러 블레이드와 오러 디펜더는 막대한 마력에 의해 발생하고 있는 것이다. 인간들이 10서클이라 부르는 원시의 영역에 속한 기적.

그렇기에 라곤은 소드 마스터의 힘을 사용함과 동시에 지금까지 연마한 모든 마법을 자유자재로 쓸 수 있었다. 갖가지 마법이 그의 육체를 강화하고, 의식을 극한까지 가속시킨 가운데 오러 디펜더의 효용까지 더해지니 그는 데스 나이트의 속도조차 굼벵이처럼 느리다 여겼다.

라곤은 양팔이 날아간 데스 나이트에게 다가가며 말했다.

"아이오네스라는 작자가 왜 너희들을 이렇게 만들었는지 알 것 같아."

그어어어어!

그때였다. 자이언트 구울 하나가 라곤에게 다가와 손을 뻗었다. 전장 15미터의 거인이 손을 뻗어오는 모습은 마치 산이 무너지는 것 같은 웅장한 위협이었다.

"너희는 정말 잘 만들어진 병기들이야. 확실히 만들 수 있을지 없을지 모르는 달인보다는 성능이 뛰어난 병기를 만들어내는 것이 훌륭한 선택이지."

라곤은 코웃음을 치며 땅을 박찼다. 동시에 블링크가 발동하며 그의 몸이 자이언트 구울의 뒤통수에 나타났다. 라곤은 검을 들어 자이언트 구울의 후두부를 찍었다.

푹!

하지만 자이언트 구울은 워낙 덩치가 커서 검으로 찌르든 말든 전혀 타격을 입지 않았다. 오러 블레이드를 전개해서 머리를 통째로 날려 버린다고 해도 마찬가지이리라.

라곤은 그런 방법을 택하지 않았다. 검을 찌른 뒤 3초 정도 있다가 물러나서 뒤에 내려섰다. 그리고…….

퍼엉!

자이언트 구울의 머리가 폭발해서 산산조각 났다.

그것으로 끝이 아니었다. 초고속으로 진동하는 오러 파동이 자이언트 구울의 몸속을 내달리면서 내부기관을 파괴하고, 뼈를 파괴하고, 근육의 역할을 하는 마법 소재들을 파괴한다. 마침내 자이언트 구울의 몸에 균열이 생기고 그로부터 빛이 뿜어져 나오더니 마치 거대한 건축물이 붕괴하듯이 부서져서 쓰러졌다.

쿠구구구궁!

주변의 모든 이들이 할 말을 잃은 채 라곤을 바라보았다. 갑자기 오러의 힘을 각성한 라곤이 보여주는 무력은 도저히 현실이라고 믿을 수 없을 정도였다.

라곤이 바라사다를 보며 말했다.

"이번엔 네가 나를 막을 거냐?"

"크윽⋯⋯."

바라사다가 신음하며 뒤로 한 발짝 물러났다.

6

지금의 라곤은 괴물이다. 무슨 수를 써도 쓰러뜨릴 수 있을 것 같지 않았다. 그렇다면 전황에 영향을 미치지 못하도록 움직임을 막는 게 최선책이다. 바라사다는 식은땀을 흘리며 명령을 내렸다.

"트롤 메이지, 전원 공격!"

그와 동시에 사방에서 마법이 쏟아지기 시작했다. 라곤은 피식 웃으며 블링크를 사용, 한순간에 그 자리를 벗어났다. 막 프로토 오크로부터 받은 신위를 발휘하여 오러를 황금빛으로 바꾸던 바라사다는 눈앞에 나타난 라곤을 보며 깜짝 놀랐다.

파학!

그가 공격을 날리는 순간, 그 팔이 통째로 잘려져 날아갔다. 다른 이들이었으면 그것으로 전투 불능이 됐겠지만 바라사다는 불사신이라 불리는 트롤 원더러, 아랑곳하지 않고 신위를 완전히 발휘했다.

황금의 오러를 휘감은 그를 본 라곤이 말했다.

"프로토 오크의 힘이군. 오러의 용량이 열 배 이상 늘다니 굉장한데."

"그렇다. 네놈은 내가 여기서 막겠다. 네가 아무리 대단하다고 해도 전황을 혼자 좌우할 수는 없어!"

그사이 잘려 나간 팔을 통해 트롤 원더러의 비기 아바타가 발동, 또 하나의 바라사다가 일어나고 있었다. 황금의 오러 디펜더를 두른 두 명의 트롤 원더러라면 아무리 강한 자라도 손발이 묶일 수밖에 없으리라.

라곤이 고개를 끄덕였다.

"그건 그래. 근데 내 생각엔 불리한 쪽은 우리가 아니고 너희거든?"

키메라들은 상공의 기류에 묶인 채 하나씩 하나씩 격추당
해서 이제 스무 마리도 남지 않았다.

데스 나이트들은 라곤에게 여섯이 격파당하고, 그리고 성
벽에 다가서는 족족 나타샤에게 쓰러져 갔다.

나머지 데스 나이트들이 소드 마스터 다섯을 쓰러뜨리긴
했지만, 그게 전부다. 알렉스가 호들갑을 떨면서 데스 나이트
들을 하나씩 격파, 벌써 두 명을 쓰러뜨리고 세 번째를 상대
로 싸우고 있었다.

'저놈 진짜 실력 많이 늘었네.'

라곤은 알렉스의 활약에 놀랐다. 싸우는 꼬락서니가 영 믿
음직스럽지 않아서 그렇지, 데스 나이트를 혼자 쓰러뜨릴 수
있을 정도면 정말 굉장한 실력이다. 질리언과 비교해도 떨어
지지 않을 것 같았다.

'큰 놈들은 앞으로 일곱 남았고.'

자이언트 구울들 역시 대마법사들이 쏘아낸 궁극마법에
의해 하나씩 쓰러져 가고, 남은 녀석들도 리리디카를 비롯한
오러 테이커들이 돌격을 저지하고 있었다.

"슬슬 너희들만 쓰러지면 이 전투, 우리의 승리로 끝날 것
같군. 그리고 나는 굳이 너한테만 집착할 이유가 없지."

"뭐라고?"

바라사다가 놀라는 순간, 라곤이 블링크로 공간을 뛰어넘
었다. 바라사다와 싸우면서 시간을 낭비하느니 좀 더 효율적

으로 싸우기로 마음먹은 것이다.

마법사들의 포격에 묶여 있던 오크 히어로의 앞에 라곤이
나타났다.

파학!

오크 히어로가 손을 쓸 시간도 없었다. 검을 휘두르려는 순
간, 라곤이 그를 베고 지나가고, 그 직후 그의 몸이 폭발하며
빛의 폭풍이 휘몰아쳤다.

"제기랄! 이놈, 비겁하게!"

"잡을 테면 잡아보시지!"

라곤은 바라사다를 비웃으며 오크 히어로들과 트롤 메이
지들을 학살하기 시작했다. 블링크를 연이어 사용할 수 있는
라곤은 누구도 잡을 수 없는 기동력을 갖고 있었고, 그와 맞
붙어서 10초 이상을 버틸 수 있는 오크 히어로는 칼카쿰을 제
외하면 아무도 없었다.

채 5분도 지나지 않아서 라곤이 열네 명의 오크 히어로와
일곱 명의 트롤 메이지를 죽이고 나자 전황이 바뀌기 시작했
다. 점점 화력에 여유가 생기는 디엘다의 마법사들이 다시 오
크들을 밀어내기 시작한 것이다.

"알렉스, 너도 앞으로 나가."

라곤은 알렉스가 치열하게 상대하고 있던 데스 나이트와
검을 맞대며 말했다. 알렉스가 멍청하니 물었다.

"네?"

“너 같은 인력이 하나 붙잡고 시간 끌고 있으면 손해거든?
이놈들 내가 치울 테니까 앞으로 가서 싸워라.”

파파파파파!

라곤은 말하면서도 데스 나이트와 검격을 주고받고 있었
다. 그러면서 주변을 둘러보곤 말했다.

“이제 너밖에 안 남았군.”

데스 나이트는 이제 하나밖에 남지 않았다. 나머지는 모두
라곤, 나타샤, 알렉스 세 사람에게 격파당했다.

“그래도 너희들, 지금까지 중에 가장 무서운 놈들이었다.
우리 쪽 소드 마스터가 이렇게 빠르게 당한 것도 처음이야.”

라곤이나 나타샤에게 다수가 달려들었는데도 불구하고 소
드 마스터가 다섯 명이나 전사했다. 만약 그들이 라곤이나 나
타샤에게 집착하지 않고 산개해서 소드 마스터들을 학살하려
고 했다면 엄청난 피해가 났을 것이다. 결국 전술적인 선택이
그들의 전력을 헛되이 낭비하는 결과를 낳은 셈이었다.

파학!

수십 합을 겨루며 데스 나이트의 호흡, 힘의 흐름, 의념의
방향까지 파악한 라곤은 미약한 오러 파동으로 데스 나이트
의 감각을 현혹했다.

감각이 뒤틀린 데스 나이트가 엉뚱한 곳에 검격을 날리자
유유히 다가가서 목을 베고 지나갔다. 어둠의 폭풍을 뿌리치
고 나오자 알렉스가 황당해하며 물었다.

"아니, 그건 도대체 뭐예요? 어떻게 하는 거죠?"

"너한텐 아직 일러."

라곤이 피식 웃었다.

알렉스는 웬만한 기술은 한 번만 보면 그 원리를 파악하고 재현할 수 있었다. 하지만 알리시아의 스타 더스트나 하쿠란의 신기루는 몇 번이나 봤으면서도 사용하지 못한다. 그것은 그가 아직 그것을 사용할 수 있는 토대를 쌓지 못했기 때문이었다. 라곤이 구사하는 고급 기술들을 그가 배우려면 앞으로 많은 훈련과 경험을 거쳐야 할 것이다.

"자, 그럼 무서운 트롤이 오기 전에 가."

그 말대로 바라사다가 득달같이 달려오고 있었다. 라곤은 블링크로 그의 눈앞에 나타나서 검격을 날렸다.

파창!

둘의 오러 블레이드가 격돌하면서 충격파가 터졌다. 그 속에서 바라사다의 몸에서 뿜어진 핏방울이 증발했다.

"크윽!"

라곤은 수십 개의 오러 블레이드를 각기 다른 궤도로 쏘아내서 바라사다를 난도질했다. 오러 디펜더를 강화해서 막아내긴 했지만 온몸이 피투성이가 되는 것은 어쩔 수 없었다.

하지만 상처만 줘서는 소용없다. 라곤이 재차 공격을 가하기도 전에 그 모든 상처가 아물어 버리고, 그다음에는 흘러내리던 피들이 방울져서 허공에서 떠오른다. 황금빛을 머금은 그 핏방울들이 라곤에게 날아들었다.

콰콰콰쾅!

라곤은 그것을 피하면서 물러났다. 고작 핏방울 하나지만 폭발력이 장난이 아니었다. 초진동 오러 디펜더로도 충격을 완전히 상쇄할 수 없을 정도였다.

스칵!

그리고 그 너머에서 바라사다가 날린 공격이 탄력있게 날아들었다. 오러를 발생시키는 핏방울들로 전면을 폭격하고, 그렇게 이목을 흐려놓은 틈으로 검격을 찔러 넣었다. 바라사다의 오러 운용은 감탄스러울 정도로 세련되었다.

'쓰러뜨리려면 좀 시간이 걸리겠어.'

라곤은 혀를 찼다. 지금의 라곤에게 필적하는 오러량에 초재생 능력, 그리고 아바타로 자신을 두 배로 늘리기까지 하면서 기기묘묘한 오러 운용을 보여주는 바라사다는 쉬운 상대가 아니었다. 목을 날려 버려도 죽지 않는 괴물이 오로지 라곤을 막는 데만 주력한다면 아무래도 애를 먹게 된다.

라곤은 바라사다와 일정한 거리를 유지하면서 오크들 사이로 뛰어들었다. 사방팔방으로 마법을 날려서 병사들을 치우고, 오크 히어로와 트롤 메이지가 시야에 들어오는 순간 블링크를 이용해서 그들에게로 달려든다. 그렇게 시간이 지나자 전세는 완전히 기울고 말았다.

바라사다는 참담함을 느끼며 전장을 살폈다.

쾅!

그의 시선이 닿은 곳에서 굉음이 울려 퍼지며 칼카쿰이 뒤로 몇십 미터나 밀려났다. 알리시아에게 수백 대 이상 두들겨 맞은 그는 슬슬 한계에 도달한 것 같았다. 황금빛으로 변했던 오러가 서서히 붉은색으로 돌아왔다.

"이제 힘이 다한 모양이군."

그에게 다가가는 알리시아 역시 지쳐 있었다. 압도적인 오러량을 자랑하는 칼카쿰을 상대로 수십 분 동안 싸웠으니 당연했다. 하지만 그녀가 승기를 잡은 것만은 분명했다.

그리고 하르칸 역시 한계에 도달하고 있었다.

"빌어먹을!"

하쿠란의 막강함을 아는 그는 오크 히어로들을 끌고 숫자로 밀어붙였지만 결과는 참혹했다. 하쿠란은 오크 히어로를 모조리 해치우고, 하르칸을 피투성이로 만들었다.

"덩치는 큰 주제에 도망치는 재주가 일품이네."

하쿠란이 싸늘하게 말했다. 그 말대로 하르칸은 응축할수록 폭발력이 커지는 오러 특성을 이용, 순간적으로 위력이 큰 공격을 퍼부어서 하쿠란의 접근을 저지하고 도망치는 식으로 목숨을 부지하고 있었다. 정면에서 치고받겠다고 덤볐다면 이미 목이 떨어졌을 것이다.

더 심각한 것은 알렉스였다.

쾅! 콰쾅! 콰앙!

“웃차차! 하나씩만 덤비라니까, 좀!”

데스 나이트들 상대에서 해방된 알렉스는 전장을 종횡무진으로 누비고 있었다. 바라사다가 라곤을 따라다니는 동안 오크 히어로를 열둘이나 베어 넘겼고, 트롤 메이지도 셋이나 해치웠다. 세 명의 마장군 수준이 아니고서야 그를 막는 것은 턱도 없어 보였다.

마지막으로 바라사다의 시선이 성벽으로 향했다.

“흠. 전세가 확실하게 기울었군.”

나타샤는 성벽 앞에 버티고 선 채 느긋하게 전장을 바라보고 있었다. 그는 자신의 자리는 그곳이라는 듯 마법사들의 화망을 뚫고 접근해 오는 자들만을 상대했다. 그 결과 데스 나이트들이 결국 성벽에 닿지 못하고 참살당했고, 자이언트 구울 두 기가 완파되어 주변에 널브러져 있었으며, 오크 히어로 열넷과 오크 병사 수백이 목숨을 잃었다.

‘틀렸다.’

바라사다는 이미 승패가 결정됐다는 사실을 깨달았다. 이 상태에서는 무슨 수를 써도 성벽을 무너뜨릴 수 없었다.

‘후퇴해야 해.’

여기서는 일단 물러나야 한다. 몇 번이나 경험한 일이지만 또다시 디엘다를 함락시키지 못하고 물러나야 한다는 사실이 분하기 그지없었다.

하지만 다음에는 이렇게 끝나지 않을 것이다. 프로토 오크가 부활한 지금 오팔리안 제국의 강성함은 이전과는 비교도 안 되는 수준으로 뛰어올랐다. 전력을 보충한다면 반드시 복수할 수 있을 터.

'고작 한 놈 때문에 이런 꼴을 당하다니.'

바라사다는 어처구니없어하며 라곤을 바라보았다.

라곤이 각성하지만 않았다면 충분히 해볼 만한 승부였다. 하지만 라곤은 도무지 알 수 없는 과정을 거쳐 각성했고, 오팔리안 제국군의 비밀병기들을 격파하여 디엘다에 승기를 가져다주었다.

"라곤 클란드……!"

바라사다는 분을 삼키며 명령을 내렸다.

"전군, 후퇴한다!"

그가 날듯이 뒤로 뛰면서 외치자 칼카쿰이 깜짝 놀라서 그를 노려보았다. 하지만 곧 전황을 파악하고는 이를 갈며 물러나기 시작했다.

"그렇게 맘대로 가게 둘 것 같아?"

라곤이 코웃음을 쳤다. 올 때는 마음대로 왔지만 갈 때는 그렇게 두지 않는다. 적어도 여기서 칼카쿰과 하르칸, 바라사다 세 명은 쓰러뜨릴 생각이었다.

알리시아도, 하쿠란도 라곤과 같은 생각을 하고 있었다. 셋 모두 상대를 향해 득달 같이 달려들었다.

그런데 그때였다.

오오오오오오!

오크들의 후방에서 황금빛 섬광이 뿜어지기 시작했다.

7

숫구치는 황금빛 섬광은 거의 오러 구현자가 죽었을 때 폭발하는 오러와도 비슷한 기세였다. 그것을 본 라곤이 깜짝 놀랐다.

"뭐야? 이놈들 같은 놈들이 또 있었나?"

라곤의 눈에 보이는 황금빛 섬광은 칼카쿰과 바라사다, 하르칸이 뿜어내는 것과 똑같았다. 저곳에 그들과 동급의 힘을 발휘할 수 있는 누군가가 출현한 것이다.

'아니야.'

그러나 곧 라곤은 자신의 생각이 틀렸음을 깨달았다.

찬란하게 타오르는 황금빛 오러가 점점 증폭되어 간다.

칼카쿰이 뿜어내는 것보다도, 하르칸이 뿜어내는 것보다도, 바라사다가 뿜어내는 것보다도……

'그 셋을 합친 것보다도 더 커! 말도 안 돼! 어떻게 이런 힘이!'

라곤이 지금까지 본 모든 존재를 통틀어서 지닌바 오러의 크기가 가장 압도적이었던 것은 하이오크 라카둠이었다. 베이런의 힘은 명확히 파악하지 못했지만 그보다 크지는 않으리라 여기고 있었다.

그런데 지금 출현한 저 힘의 주인은 라카둠조차 초라해 보일 정도로 압도적인 오러량을 자랑하고 있었다.

'뭐지? 왜 오크 사제들이 죽어 있지?'

라곤은 그 주변에 오크 사제들이 죽어 있는 것을 보고 의문을 느꼈다. 빛에 가려진 놈들도 있어서 정확히 파악하긴 힘들지만 최저 스물에 가까운 오크 사제들이 전신에서 피를 흘리는 시체로 변해 있었다.

후우우우우…….

잠시 후 압도적인 기세로 뿜어지던 황금빛이 안정되면서 그 속에서 한 오크가 모습을 드러냈다. 그 역시 새카만 사제복을 입은 오크 사제였다. 그가 탄식하듯 중얼거렸다.

"이 정도 희생으로는 4분이 고작이군. 하지만 그 정도면 충분해."

"프로토 오크……!"

오크 사제의 정체를 알아차린 라곤이 전율했다.

라곤은 이전에 메이베라에서 프로토 오크를 직접 본 적이 있었다. 그렇기에 알아차릴 수 있었다.

저 어마어마한 오러의 주인은 바로 프로토 오크다!

"흠!"

황금빛을 두른 프로토 오크가 땅을 박찼다. 그러자 한순간에 그의 몸이 전장을 가로질러 라곤의 눈앞에 나타났다.

"이미 화신으로 활동 중인 신을 강신(降神)시키다니!"

라곤이 경악했다. 오크 사제들은 자신들의 목숨을 바쳐서 프로토 오크를 강신시킨 것이다. 고위 사제들이 가끔 하는 짓이지만 프로토 오크는 이미 육체를 갖고 활동 중인데도 강신이 가능하다니!

프로토 오크가 대답했다.

"어리석은 질문이군. 신은 너희들처럼 작은 그릇 하나를 다루는 것도 벅차하는 존재가 아니니라."

동시에 그가 허공에 손을 뻗었다. 그러자 황금빛 섬광이 라곤을 향해 날아들었다.

콰아아아아아!

지름이 5미터도 넘는 섬광의 칼날이 공간을 꿰뚫었다.

아슬아슬하게 공격을 피한 라곤은 그것이 오러 블레이드라는 사실을 깨달았다. 프로토 오크는 오러 블레이드를 전개해서 그를 찔러온 것이다.

'진동수는 해볼 만한 수준. 하지만 출력이 너무 커. 정면으로 붙는 건 미친 짓이군.'

라곤은 방대한 마력을 기반으로 오러의 힘을 발휘한다. 그렇기에 오러량 역시 이 전장에 있는 그 어떤 소드 마스터보다도 많았다. 하지만 지금 강신한 프로토 오크의 오러량은 도저히 맞부딪쳐 볼 엄두가 안 날 정도로 압도적이었다.

"라곤 클란드."

프로토 오크가 라곤을 노려보았다.

"네놈은 이곳에서 없애 버려야겠다."

"신씩이나 되시는 분께서 나한테 원한을 품고 있다니, 이거 영광으로 생각해야 하나?"

"그 입 다물어라. 원시넬과 마법의 농간으로 그런 힘을 갖게 된 것 같은데, 그래 봐야 버러지 같은 인간일 뿐. 주제도 모르고 귀중한 하이오크를 해한 죄는 억겁의 세월 동안 지옥에서 고통받아도 사할 수 없노라."

프로토 오크가 발하는 황금의 오러가 더더욱 강해졌다. 라곤은 혀를 차며 투덜거렸다.

"젠장. 보아하니까 힘을 제대로 쓸 수 없는 상태 같은데도 이 정도라니, 카르벨 대왕은 대체 어떻게 이런 걸 이긴 거야?"

프로토 오크의 본체는 먼 곳에서 활동하고 있고, 이곳에 있는 것은 오크 사제들이 목숨을 희생해서 강신시킨 분체에 불과하다. 그가 발휘하는 힘은 막강하지만 본체에 비할 바는 못되었다.

후우우우웅!

투덜거리는 라곤에게 황금빛 오러 블레이드가 날아들었다. 굵기가 5미터를 넘고, 길이가 40미터에 이르는 그것은 이미 오러 블레이드라고 부르기도 민망할 지경이었다.

라곤은 블링크를 이용, 그것을 피해 프로토 오크의 등 뒤로

돌아갔다. 동시에 초진동 오러 블레이드가 뒤통수를 노리고
날아들었다.

콰!

검격이 작렬하는 순간, 라곤의 몸이 무시무시한 기세로 뒤
로 튕겨져 날아갔다. 라곤은 내장이 진탕하는 것을 느끼며 블
링크를 발동, 50미터 상공으로 이동한 후에 멈춰 섰다.

'오러 디펜더로 나를 후려쳐서 이 꼴로 만들다니.'

프로토 오크의 오러 디펜더는 무려 일곱 겹으로 나뉘어 초
고속 진동하고 있었다. 그것을 초고속으로 이동시켜 후려치
니 라곤은 마치 벽이 달려오는 듯한 착각을 느껴야만 했다.
라곤의 공격이 두 겹의 오러 디펜더를 꿰뚫는 데 성공했지만
세 번째, 네 번째 오러 디펜더가 달려드니 대책없이 튕겨 나
갈 수밖에 없었다.

"근거리 공간 도약이라, 귀찮구나. 더 이상 허락하지 않겠
다."

"뭐라고?"

라곤은 경악했다. 프로토 오크로부터 압도적인 마력이 뿜
어지더니 주변의 공간이 이상하게 뒤틀리기 시작했다. 그것
으로 라곤의 블링크는 봉쇄되었다.

'이렇게 쉽게 블링크를 봉쇄하다니!'

신이 사역하는 마법이야말로 진정한 마법. 인간의 마법은
그것을 모방한 것에 불과함을 확실하게 실감할 수 있었다. 그

리고…….

휘이이이이이!

라곤을 둘러싸고 격렬한 기류가 일기 시작했다. 한순간에 용권풍이 라곤을 붙잡고 지상으로 끌어내렸다. 라곤은 내장이 터질 듯한 압력 속에서 지면이 가까워지는 것을 보았다.

"크앗!"

라곤은 오러 블레이드를 뻗어내서 용권풍을 찢고 뛰쳐나왔다. 프로토 오크가 기다렸다는 듯 오러 블레이드를 휘둘렀다.

콰콰콰콰콰콰!

라곤은 한순간에 프로토 오크의 오러 진동수를 파악, 얇게 나눈 오러 블레이드를 날려서 반발력을 일으켰다. 허공에 빛의 파문이 일어나면서 라곤의 몸이 급격하게 위로 치솟았다.

"재미있는 재주를 쓰는군."

프로토 오크가 눈살을 찌푸리며 손을 들었다. 그러자 지면에서 수십 개의 돌멩이가 떠오르더니, 모조리 황금의 오러로 감싸져서 라곤을 향해 초음속으로 날아들었다.

쾅! 쾅! 콰콰콰쾅!

라곤은 전면에 신기루를 전개하고, 수십 발의 검격을 쏘아내 그것을 받아냈다. 하지만 그렇게 방어한 직후 프로토 오크가 눈앞에 나타났다.

"과연 하이오크를 쓰러뜨릴 만한 실력! 하지만 여기까지다!"

쾅!

그때였다. 목숨을 걸고 카운터를 날리려던 라곤의 눈이 놀람으로 물들었다. 누군가 프로토 오크의 등 뒤로 접근해서 그의 몸을 후려쳤던 것이다. 그 공격은 프로토 오크의 몸에 이르진 못했지만 그를 땅으로 떨구는 데는 성공했다.

"감히!"

프로토 오크가 격분하여 등 뒤로 오러 블레이드를 휘둘렀다. 상대가 허공을 딛고 솟구쳐서 그것을 피한 다음 반격했다. 한 번 검을 휘두르자 일곱 줄기의 섬광이 뻗어 나와서 프로토 오크에게 직격했다.

투두두두둥!

그러나 그 공격도 프로토 오크의 몸에는 닿지 못했다. 주변에 두른 일곱 겹의 오러 디펜더가 모든 것을 차단한 것이다.

"짜증날 정도로 단단하군."

지상에 내려서며 투덜거린 것은 나타샤였다. 라곤이 물었다.

"도와줄 건가?"

"안 도와주면 여태까지 싸운 게 말짱 도루묵이 될 판이지. 설마 일대일로 싸우겠다는 개소리를 지껄이려는 것은 아니지?"

"새삼스럽게 느낀 건데, 당신 진짜 말투 끝내주는 것 같아.

어쨌든 무려 신을 상대하는 일이니 그런 고집 피울 생각은 없어. 아직 되찾은 힘이 손에 익지도 않았고."

"그런 것치고는 남의 기술 잘도 훔쳐서 쓰던데. 재수없는 애송이 같으니."

그렇게 말을 나누고 있는 두 사람을 향해서 프로토 오크의 공격이 날아들었다. 둘은 양쪽으로 갈라져 그것을 피하면서 반격했다.

프로토 오크는 그들을 상대하기가 귀찮아졌는지 오러 디펜더를 강화한 뒤 손을 들어 올렸다.

"어리석은 것들! 날파리처럼 나를 귀찮게 하겠다면 생각을 바꿀 수밖에!"

그러자 하늘이 변화하기 시작한다. 구름이 일그러지면서 용권풍이 일어나 디엘다로 떨어져 내렸다.

우르르르릉!

동시에 수십 발의 뇌격이 쏟아져 디엘다의 방어 결계를 두들겼다. 다들 비명을 지르는 가운데 포르포린이 외쳤다.

"다들 정신 차리고 결계 강화해! 라가라브, 저걸 막자!"

프로토 오크가 만들어낸 용권풍의 규모는 어마어마했다. 저게 지상에 도달하면 디엘다는 엄청난 타격을 입을 것이다. 그 사실을 깨달은 마법사들은 필사적으로 용권풍에 대항해 마법을 쥐어짜 냈다.

"이야아아아아압!"

포르포린은 모든 마력을 쥐어짜 내고, 다른 마법사들의 마력까지 그러모아서 바람의 정령 수백을 소환해 내었다. 프로토 오크가 일으킨 용권풍에 대항해서 격렬한 기류가 일어나 충돌, 고막이 찢어질 듯한 폭음이 울려 퍼졌다.

꽈아아아아아앙!

수백 미터 상공에서 일어난 일인데도 그 충격파가 지상에 닿자 사람이 날아가고, 건물이 무너질 지경이었다. 용권풍이 와해되자 포르포린이 비틀거렸다.

“마, 막았다…….”

그녀는 힘이 다해 그 자리에 풀썩 쓰러지고 말았다. 무너지는 그녀를 드워프 대마법사 바바델이 안아 들면서 말했다.

“빈약한 엘프 주제에 잘해주었다. 이제는 드워프의 위대함을 보여주지.”

“닥치고 마법이나 써!”

라가라브가 쏘아붙이고는 후속타로 날아들던 초대형 불덩어리를 격파했다. 궁극마법 규모의 마법을 장난처럼 난사하다니, 이것이 진정 신의 힘인가 싶어 절망이 느껴질 정도였다.

“인간들이여! 신의 힘이 어떤 것인지 알아라!”

프로토 오크는 일곱 겹의 오러 디펜더로 몸을 두른 채 엄청난 마법들을 난사해댔다. 그가 강신해 있을 수 있는 시간은 극히 짧다. 원래는 오팔리안 제국군이 퇴각할 수 있는 시간을 벌어주고, 귀중한 하이오크를 죽인 라곤을 죽일 생각이었다. 하지만 그게 생각보다 쉽지 않다는 것을 알게 된 이상 디엘다에 궤멸적인 타격을 주는 것을 우선하기로 한 것이다.

그때 프로토 오크의 등 뒤에서 달려드는 그림자가 있었다.

콰콰콰콰콰콰!

프로토 오크의 등 뒤에서 아홉 개의 머리를 가진 붉은 빛의 용이 달려들었다. 아음속으로 달려든 아홉 개의 초진동 오러 블레이드가 프로토 오크를 쳐서 날려 버렸다.

"이래도 안 뚫리다니……."

히드라 스트라이크로 프로토 오크를 급습한 알리시아가 혀를 내둘렀다. 정통으로 먹였는데도 다섯 겹의 오러 디펜더를 꿰뚫었을 뿐, 남은 두 개를 파괴하는 데는 실패했다.

"그럼 연발로 날려보면 되겠죠."

그렇게 말한 것은 하쿠란이었다. 그녀는 쌍검을 안쪽으로 교차하더니 서로 검면을 대고 마찰시키면서 바깥쪽으로 밀어냈다. 마치 검을 감싼 오러 블레이드를 벗겨서 밀어내는 듯한 초음속의 비검!

콰아아아아아!

마침내 마지막 하나의 오러 디펜더마저 찢겨졌다. 하쿠란이 주저없이 그곳을 향해 파고들면서 새로운 비검을 전개하려는 순간, 프로토 오크의 시선이 그녀에게 향했다. 섬뜩한 감각이 엄습해 오면서 동시에 황금빛 섬광이 무시무시한 기세로 공간을 관통했다.

"으아아아아아아!"

하쿠란이 꼼짝없이 죽는다고 생각한 순간, 그 앞을 알렉스가 가로막았다. 모든 힘을 전면에 집중하여 빛의 구체를 만들어낸 알렉스는 오러 진동수를 프로토 오크의 오러 블레이드와 동일하게 맞춰서 그 궤도를 비껴냈다.

"마, 막았다……!"

알렉스는 몸이 덜덜 떨리는 것을 느끼며 하쿠란의 어깨를 잡고 뒤로 물러났다. 죽기살기로 제로 카운터를 발동, 프로토 오크의 일격을 막아내긴 했지만 그것이 한계였다. 되돌려주지도 못했고, 충격을 완전히 상쇄하지도 못했다.

"쿨럭!"

"알렉스 경."

"으윽, 나 진짜 너무 약하네……."

알렉스는 피를 토하면서 주저앉았다. 하쿠란이 기겁해서 그를 부축했다.

그 광경을 본 프로토 오크가 찢겨진 오러 디펜더를 복구시키면서 다시금 손을 들어 올렸다. 그러자 황금빛 오러 블레이드가 무려 100미터 길이로 뻗어나갔다.

"맙소사……!"

이건 검격이 아니고 재앙이다. 다들 할 말을 잃은 순간, 나타샤가 그 앞을 가로막았다.

쿵!

나타샤는 아직 완전히 복구되지 않은 오러 디펜더의 틈을 가볍게 치고 지나갔다. 프로토 오크는 코웃음을 치며 100미터의 오러 블레이드를 내려치려고 했으나, 그 순간 내장이 뒤흔들리는 충격이 느껴졌다.

"커헉! 이 기술은……!"

놀랍게도 나타샤는 오러 블레이드와 오러 디펜더가 접촉할 시에 발생한 충격만을 그 내부로 전달, 프로토 오크에게 타격을 주었던 것이다. 주인이 타격을 받고 흐트러지자 모든 것을 갈라 버릴 것 같았던 황금의 빛기둥이 그대로 스러지고 말았다.

나타샤가 차갑게 미소 지었다.

"역시 오크의 신이라고 해도 오러의 형질은 오크 히어로와 똑같은 모양이군. 압도적인 밀도와 강건함. 하지만 그렇기에 오히려 무너뜨릴 틈이 있는 법이지."

"네년이 감히 신을 해하려고 하다니!"

프로토 오크가 격분해서 오러 디펜더를 확장했다. 일곱 겹의 오러 디펜더가 주변의 모든 것을 휩쓸면서 날아들었다.

나타샤는 물러나지 않았다. 오히려 앞으로 돌진했다. 일곱 개의 오러 디펜더가 강건하게 뭉쳐 있지 않은 지금, 넓게 퍼지느라 얇아진 지금이야말로 그것을 돌파할 수 있는 기회였다. 그 사실을 간파한 그녀가 질풍처럼 검격을 날렸다.

‘하나.’

아직 복구되지 않은 첫 번째 오러 디펜더가 간단하게 찢겨져 나갔다.

‘둘.’

거의 다 복구된 두 번째 오러 디펜더 역시 청백색 오러 블레이드에 갈라졌다.

‘셋.’

세 번째 오러 디펜더는 완전히 복구되어 있었다. 그렇기에 수십 발의 오러 블레이드를 한 점으로 집중하여 관통했다.

‘넷.’

나타샤의 앞쪽에 또 한 명의 그녀가 나타났다. 오러로 만들어낸 또 하나의 자신, 인카네이션이 혼신의 힘을 다해 오러 디펜더를 돌파했다.

‘다섯.’

인카네이션은 너덜너덜했지만 소멸하진 않았다. 남은 힘을 모조리 그러모아서 검을 전면으로 세우고, 그대로 다섯 번째 오러 디펜더를 돌파하며 소멸시켰다.

‘여섯.’

그녀의 오러 디펜더가 변형했다. 전면으로 집중되어 폭발적으로 확장, 프로토 오크의 오러 디펜더와 접촉했다. 오러 진동수가 동일하게 맞춰진 두 개의 오러 디펜더가 부딪치는 순간, 서로 엉켜 버리면서 방어력을 잃고 흩어졌다.

'마지막!'

벼락처럼 찌른 검이 마지막 오러 디펜더를 갈라내고, 마침내 그녀가 프로토 오크 앞에 섰다. 프로토 오크는 나타샤의 기술에 경탄하며 검을 휘둘렀다. 황금빛 오러 블레이드가 아음속으로 날아들어 그녀의 오러 블레이드와 격돌했다.

콰아아아앙!

내장이 진탕하고, 뼈가 부러질 듯이 삐걱거린다. 충격으로 뒤로 밀려나면서 그녀가 외쳤다.

"내가 여기까지 해줬는데 목을 베지 못한다면, 네놈은 사내도 아니니 당장 거세해라!"

"무서운 소리 하지 마!"

대답과 함께 라곤이 그녀의 뒤에서 뛰쳐나왔다. 라곤은 그녀의 뒤를 따라서 힘을 온존한 채 프로토 오크의 오러 디펜더를 돌파한 것이다.

"이놈!"

프로토 오크가 분노하며 검을 휘둘렀다. 하지만 이미 방어를 돌파당하고, 나타샤와 일격을 부딪친 직후라 그 공격은 무뎌져 있었다.

"어설퍼!"

라곤은 그 공격의 측면을 쳐서 비껴내고, 프로토 오크와 눈을 맞추었다. 프로토 오크가 오러를 조작, 라곤을 치려는 순간 등 뒤에서 뭔가가 날아들었다.

쾅!

오러로 감싼 돌멩이였다. 라곤은 프로토 오크의 품으로 파고드는 동시에 오러 블레이드를 뻗어서 돌멩이를 감싸 집어 던졌던 것이다. 예기치 못한 일격을 받은 프로토 오크가 허점을 드러냈다. 그리고……!

파학!

프로토 오크의 목이 몸에서 분리되어 허공으로 날아올랐다.

8

결말은 한순간이었다.

몸에서 분리된 프로토 오크의 목이 날아올라 땅에 떨어지기까지의 몇 초 동안, 전장에 있는 모든 이들이 숨을 죽이고 그 광경을 지켜보고 있었다.

"크크크크……"

그렇기에 다들 그 웃음소리가 들려왔을 때 깜짝 놀랄 수밖에 없었다. 땅에 떨어진 프로토 오크의 목이 웃고 있었으니 그럴 수밖에 없지 않은가?

"약속된 4분이 지나기 전에 나를 쓰러뜨리다니, 대단하군. 전초전치고는 즐거웠다. 곧 다시 만나지."

목이 떨어져 나간 몸이 격심하게 떨리며 강렬한 오러 파동이 쏟아져 나오기 시작했다. 그것을 본 라곤이 깜짝 놀라서 외쳤다.

"모두 내 옆으로 모여! 당장!"

프로토 오크가 피식 웃으며 말을 이었다.

"여기서 살아남는 녀석들만 말이다."

그리고 목을 잃은 몸이 갈가리 찢겨져 나가면서, 광포한 황금빛이 폭발했다.

콰아아아아아!

그것은 오러 구현자들이 죽었을 때 휘몰아치는 폭풍과는 차원이 달랐다. 처음부터 의식의 일부를 나누어서 사제의 몸을 원격 조작하던 프로토 오크는 폭주하기 시작하는 힘을 하나로 모아 증폭해서 폭발시킨 것이다. 그 폭발은 반경 100미터를 초토화시키고, 후폭풍이 수 킬로미터를 휩쓸었다.

쿠구구구구……!

폭발이 끝나고 나자 장대하게 일어 올랐던 흙먼지가 서서히 가라앉았다. 폭발의 범위에 있던 모든 것들은 지상에서 사라져 버리고, 황폐하게 변한 땅만이 남았다.

"맙소사."

부서진 성벽 위에서 몸을 일으킨 리리디카가 기가 막혀서 할 말을 잃었다.

디엘다의 피해는 생각보다는 크지 않았다. 프로토 오크의 맹공으로 약화되어 있던 방어 결계가 날아가는 바람에, 몰아치는 폭풍을 버티지 못한 이들이 좀 죽었을 뿐이다. 마법사와 성직자들이 급히 스스로와 주변까지 지켜냈기 때문에 사상자 수가 백을 넘지 않을 수 있었다.

'그것도 엄청난 피해이긴 하지만……'

리리디카는 수십 명이 죽은 것을 '적은 피해'라고 생각하는 자신에게 혐오감을 느꼈지만 어쩔 수 없는 일이었다. 지금은 냉정하게 상황을 파악해야만 했다.

'소드 마스터들은?'

그녀는 아직도 흙먼지가 뭉게뭉게 피어오르고 있는 전방을 바라보았다.

문제는 오크 히어로들과 싸우기 위해 성벽을 나섰던 소드 마스터들이었다. 그들은 한두 명을 제외하면 남김없이 초토화 범위에 말려들었다.

"프로토 오크……!"

리리디카가 이를 갈았다. 결과적으로 프로토 오크는 디엘다의 군세가 오팔리안 제국군을 추격하는 것을 막았을 뿐만 아니라, 치명적인 타격까지 주는 데 성공했다. 만약 성 밖으로 나가 있던 소드 마스터들이 싹 쓸려 버렸다면… 오팔리안 제국군이 전열을 정비하고 다시 몰려왔을 때, 디엘다는 간단히 함락되고 말 것이다.

리리디카는 끓어오르는 분노를 애써 가라앉히며 날아올랐다.

"포르포린, 이 흙먼지를 좀 치워봐!"

"끄응. 알았어."

포르포린은 안색이 창백해진 채 바람의 정령을 불러내어 흙먼지를 치우기 시작했다. 라가라브와 다른 마법사들이 힘을 보태자 장대하게 일어 올랐던 흙먼지가 걷혀 나가고 안쪽 상황이 드러났다.

"저기! 저기 봐!"

목을 길게 빼고 흙먼지가 걷히길 기다리던 이들이 환호성을 질렀다. 걷혀진 흙먼지 너머에 새하얀 빛이 보였기 때문이다. 반구형을 띤 그 빛의 구체는 분명 소드 마스터의 오러 디펜더였다.

"하, 하하하하. 죽을 뻔했네."

빛의 구체 속에서 그렇게 중얼거린 것은 라곤이었다. 그 주변에는 여덟 명이나 되는 소드 마스터가 오밀조밀하게 모여 있었다.

나타샤가 말했다.

"소드 마스터들끼리 이런 식으로 힘을 합치는 게 가능했다니, 재미있군."

프로토 오크가 오크 사제의 육체를 폭발시키기 직전, 라곤은 주변에 있던 소드 마스터들을 한데 모으면서 오러 디펜더를 최대 출력으로 전개했다. 그러면서 자신의 곁으로 모여든 이들의 오러 디펜더의 진동수를 동일하게 맞추면서 하나로

엮으니, 모든 것을 날려 버리는 폭발의 중심부에 있었으면서
도 무사히 버텨낼 수 있었다.

라곤이 말했다.

"제대로 쓰려면 호흡을 맞출 사람들끼리 집중적으로 훈련
을 해봐야 할 거야. 어쨌든 급한 대로 목숨 구하는 데 성공했
으니 다행이군."

"프로토 오크에게 보여주지 않아서 다행이야."

나타샤의 말에 라곤이 흠칫하며 그녀를 바라보았다. 그녀
가 일그러진 웃음을 지으며 말을 이었다.

"어차피 곧 본체와도 맞붙게 되겠지. 모든 걸 보여주면 다
음에 싸울 때는 승산이 그만큼 줄어들어. 다행히 너는 모든
걸 다 보여준 것은 아닌 것 같군."

"그건 당신도 마찬가지 아닌가?"

라곤은 나타샤가 모든 실력을 발휘하지 않은 것을 눈치채
고 있었다. 프로토 오크의 오러 디펜더를 돌파할 때 쓴 인카
네이션은 놀라운 것이었고, 무엇보다 베이런이 쓰는 것과 동
일하다는 점에서 의미심장한 것이었지만 그녀는 분명 더 감
추고 있는 게 있을 것이다.

나타샤가 씩 웃었다.

"신과 싸우게 되다니, 살다 보니 별일이 다 있군. 다시 싸
워서 이긴다면 우리의 이름도 역사에 남겠지."

그녀는 그렇게 말하며 몸을 돌려 성벽으로 걸어가기 시작

했다.

라곤은 한숨을 쉬고는 알리시아를 바라보았다. 그녀는 칼 카쿰과 장시간 사투를 벌인 데다가, 방금 전에 힘을 모조리 쏟아부어서 당장에라도 쓰러질 것처럼 위태위태해 보였다.

"괜찮아요?"

"네, 그럭저럭."

알리시아는 한숨을 쉬었다. 라곤은 그녀를 부축하고 성문을 향해 걷기 시작했다. 하쿠란도 내상을 당해서 창백한 알렉스를 부축한 채 그 뒤를 따랐다.

그런데 그때였다.

"으윽, 누, 누가 나 좀 도와줘."

조금 떨어진 곳에서 애처로운 목소리가 들려왔다. 라곤이 깜짝 놀라서 주변을 두리번거렸다.

"리처드 경?"

리처드가 다 죽어가는 목소리로 구원을 청하고 있었던 것이다. 감각을 확장해서 주변을 훑어보니 그는 흙에 파묻혀서 나오질 못하고 있었다.

"웃차."

라곤은 오러 블레이드를 전개해서 흙을 치운 다음 그를 바깥으로 끌어내었다. 흙투성이가 된 리처드는 죽다 살아난 얼굴로 말했다.

"푸하! 정말 죽을 뻔했구먼."

"그래도 죽지 않았으니 다행이죠. 어중간한 거리에 있었으면서 잘도 살아남으셨군요."

리처드가 파묻혀 있던 지점은 폭심지에서 70미터 정도 떨어진 곳이었다. 굳이 말하지는 않았지만 폭발하는 섬광에 휩쓸린 소드 마스터들은 모두 전사했다. 그런데 리처드가 살아남았으니 놀라울 수밖에.

리처드가 고개를 절레절레 저었다.

"말도 말게. 자네들 덕분에 살았어."

"우리들 때문이라뇨?"

"자네들이 꽤 큰 범위를 점하고 버텼잖나. 그래서 그 뒤로는 폭발하는 힘이 비껴가더라고. 죽기살기로 그 범위로 뛰어들었더니 어떻게 살아남긴 했군. 다리 하나 분질러먹긴 했지만 목숨 값으론 싸지."

그 말대로 리처드는 왼쪽 다리가 부러져서 덜렁거리고 있었다. 하지만 죽은 소드 마스터가 여덟 명이나 되는 상황에서 살아남았으니 그걸로 불평할 처지가 아니었다.

라곤의 곁으로 뛰어든 덕분에 목숨을 건진 다른 소드 마스터들이 그를 부축하고, 라곤은 알리시아와 함께 성문으로 들어왔다.

열린 성문을 향해 황폐해진 평원을 바라보던 라곤이 중얼거렸다.

"신이라……."

인간을 짓밟으려고 하는 광포한 신이라면 싸워서 이기는 수밖에 없으리라. 천 년 전에 카르벨 대왕을 중심으로 모여들었던 영웅들이 그러했듯이.

'그들은 어떻게 저놈을 쓰러뜨린 거지?

그런 의문을 떠올린 라곤은 곧 한숨을 쉬었다. 아무래도 해답을 얻으려면 한 가지 방법밖에 없을 것 같았기 때문이다.

알리시아가 물었다.

"왜 그래요?"

"아니, 아무것도 아니에요. 시원한 거라도 마시러 가죠."

인간도, 엘프도, 드워프도 당시의 상황을 정확히 알지 못하는 지금 명확한 답을 얻을 수 있는 대상이 지상에는 없다. 그렇다면 공허의 심연을 넘어서 검의 신과 대면하는 것 외에는 다른 방법이 없을 듯했다.

'죽을 고비를 넘기는 게 습관이 되겠군.'

라곤은 스스로의 무모함을 자각하며 쓴웃음을 지을 수밖에 없었다.

『마검전생』 7권에 계속…

꿈꾸지 않는 자가 시간을 지배한다!

단 한 시간도 잠을 잘 수 없는 희귀 신체 진원.
가난과 천애고아란 이유로 사랑하는 연인을 잃어야만 했다.
그가 실낱같은 희망을 위해 선택한 길은 가상현실 게임 차원의 틈새.
그리고 지독한 퀘스트 끝에 얻게 된 직업 그림자 여우.

사랑하지만 떠나보낼 수밖에 없었던 연인을 되찾기 위한
꿈꾸지 않는 독종의 처절한 노력이 펼쳐진다!

KARMA MASTER 카르마 마스터

이상혁 게임 판타지 소설

살아 있다는 것이 무엇인가?

살아 있는 것과 살아 있지 않은 것. 자극을 받는 것과 받지 않는 것.
자극을 받는 그 무엇. 즉, 자아(自我).

형이 개발한 게임, 샹그릴라에서 만난 소녀. 사고로 깊은 잠에 빠진 형을 알고 있는
그녀로 인해 한규의 게임 인생이 180도 뒤바뀐다!

"한규, 티아메트 만나."

이상혁 작가의 새로운 도전! 〈카르마 마스터〉
샹그릴라를 둘러싼 비밀까지 한규로 날려 버린다!

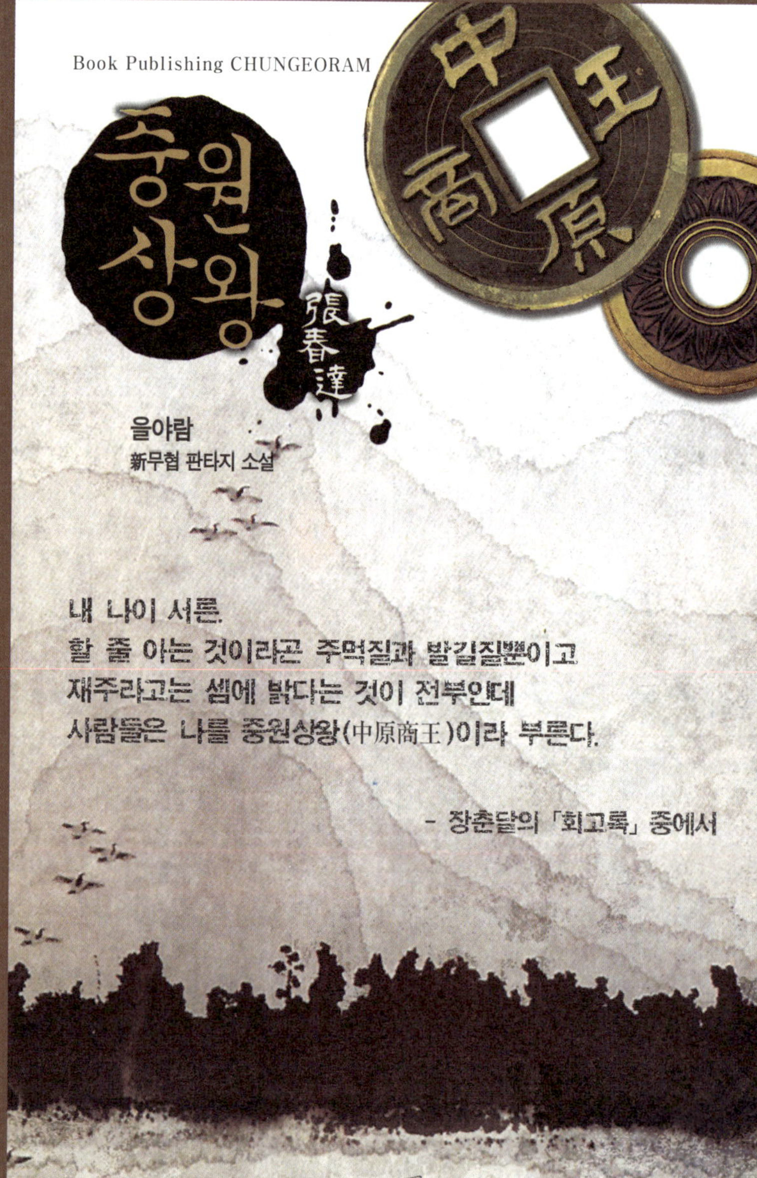

Book Publishing CHUNGEORAM
중원상왕
張春達
을야람
新무협 판타지 소설
中原商王
내 나이 서른.
할 줄 아는 것이라곤 주먹질과 발길질뿐이고
재주라고는 셈에 밝다는 것이 전부인데
사람들은 나를 중원상왕(中原商王)이라 부른다.
- 장춘달의 「회고록」 중에서
유행이 아닌 자유추구 -
Book Publishing CHUNGEORAM
WWW.chungeoram.com

이경영
판타지 장편 소설

가즈 나이트 R

Gods Knight R

이제는 그 전설조차 희미해진 옛 신계, 아스가르드.

그 멸망한 신계의 전사가 새로운 사명을 품고
다시금 인간들의 곁으로 내려온다.

렘런트라는 이름의 적들, 되살아나는 과거, 그리고 가치관의 차이.
그 모든 것들과 맞서 싸우려는 그녀 앞에 신은 단 한 사람의 전우를 내려준다.

그는 붉은 장발의, R의 이름을 가진 남자였다!

초대작 「가즈 나이트」의 부활!
신의 전사들의 새로운 싸움이 지금 시작된다!

대호산의 다섯 산적이 자칭 천하제일인을 만난다.

괴노 마효(魔梟)!
그는 정말 천하제일인이었을까?
그의 화마경은 정말 천하제일무경일까?

인간의 마음속에 억압된 자아를 끌어내는 자(者)의 무공!
그 화마경의 세계로 다섯 산적이 뛰어든다.

"본래 사람 사는 세상이 화마의 세계인 거다."